GOLDMANN

*Buch*

Was geschieht, wenn eine junge englische Witwe der Enge ihrer spießigen, in Konventionen erstarrten Heimat entflieht und für ein Jahr nach Italien reist? Wenn ein Autor wie E. M. Forster sich dieses Stoffes annimmt, darf man erwarten, daß daraus mehr wird als eine gewöhnliche Urlaubsreise ...

Lilia, Anfang Dreißig, lebt mit ihrem Kind bei der Familie ihres verstorbenen Mannes. Die gegenseitige Zuneigung ist nicht sehr groß, und so wird die Idee, daß Lilia eine Freundin der Familie für ein Jahr nach Italien begleitet, von allen gerne aufgegriffen. Doch wer hätte gedacht, daß Lilia den Rat ihres Schwagers, »die Italiener lieben und verstehen zu lernen«, allzu wörtlich nehmen würde? Wie eine Bombe platzt die Nachricht, daß Lilia sich mit einem Italiener verlobt habe, in das wohlgeordnete Leben der Familie. Nicht um die Zukunft der Schwiegertochter ist man besorgt, aber wie kann sie es wagen, den guten Ruf der Heritons aufs Spiel zu setzen? Schwager Philip wird nach Italien geschickt, um das Schlimmste zu verhindern: doch er kommt zu spät, Lilia ist bereits verheiratet. Aber noch ahnt niemand, daß die wirklichen Tragödien noch bevorstehen.

*Autor*

Der Engländer Edward Morgan Forster (1879–1970) gilt als einer der bedeutendsten Prosaisten des 20. Jahrhunderts und wird längst zu den Klassikern der Moderne gezählt. In Deutschland wurde er vor allem durch die Verfilmung seiner Romane »Zimmer mit Aussicht« und »Wiedersehen in Howards End« bekannt.

*Als Goldmann Taschenbuch bereits lieferbar:*

Augenblick der Ewigkeit. (9704)
Maurice. Roman (9620)
Wiedersehen in Howards End. Roman (9284)
Zimmer mit Aussicht. Roman (8879)

# E. M. FORSTER
# ENGEL UND NARREN
ROMAN

GOLDMANN VERLAG

Die englische Originalausgabe erschien zuerst im
Verlag Edward Arnold & Co., London, unter dem Titel
»Where Angels fear to tread«

Deutsche Übertragung von Irma Tiedtge
Behutsame Überarbeitung von Niels-Henning von Hugo



Der Goldmann Verlag
ist ein Unternehmen der Verlagsgruppe Bertelsmann

Genehmigte Taschenbuchausgabe

Umschlaggestaltung: Design Team München
Umschlagfoto: TIB/McNeely, München
Satz: IBV Satz- und Datentechnik GmbH, Berlin
Druck: Elsnerdruck, Berlin
Verlagsnummer: 42241
UK · Herstellung: Stefan Hansen
Made in Germany
ISBN 3-442-42241

1 3 5 7 9 10 8 6 4 2

# I

Sie waren alle am Charing Cross-Bahnhof, um Lilia das Geleit zu geben – Philip, Harriet, Irma und Mrs. Herriton persönlich. Sogar Mrs. Theobald hatte, in Begleitung von Mr. Kingcroft, die Reise von Yorkshire auf sich genommen, um ihrer Tochter Lebewohl zu sagen. Auch Miss Abbott wurde von zahlreichen Verwandten begleitet. Beim Anblick so vieler Leute, die alle auf einmal und so verschiedene Dinge redeten, brach Lilia in hemmungsloses, schallendes Gelächter aus.

»Das ist ja ein richtiger Huldigungszug«, rief sie und lehnte sich wohlig aus ihrem Erster-Klasse-Wagen. »Man wird uns für Königliche Hoheiten halten. Ach, Mr. Kingcroft, besorgen Sie uns doch Fußwärmer!«

Der gutmütige junge Mann eilte davon. Philip stellte sich an seinen Platz und überschüttete sie mit einer letzten Flut von Ratschlägen und Ermahnungen – wo sie Rast machen, wie Italienisch lernen, wann Moskitonetze benutzen und welche Bilder sie besichtigen sollte. »Denke daran«, schloß er, »daß man das Land nur abseits von den ausgetretenen Pfaden wirklich kennenlernt. Sieh dir die kleinen Städte an – Gubbio, Pienza, Cortona, San Gimigniano, Monteriano. Und ich bitte dich, geh nicht mit der fürchterlichen Touristenvorstellung hin, als ob Italien nichts als ein

Kunst- und Antiquitätenmuseum sei. Liebe und versteh die Italiener, denn die Leute sind wunderbarer als das Land.«

»Wie schön wäre es, wenn du mitkämest, Philip!« sagte sie, durch die ungewohnte Aufmerksamkeit ihres Schwagers geschmeichelt.

»Ich wollte, ich könnte.« Er hätte es ohne große Schwierigkeiten einrichten können, denn seine Tätigkeit am Gericht war nicht so aufreibend, daß er sich nicht gelegentlich ein paar Urlaubstage leisten konnte. Aber seine Familie sah seine fortgesetzten Besuche auf dem Kontinent nicht gern, und ihm selbst machte es oft Spaß, sich einzubilden, er sei zu beschäftigt, um die Stadt zu verlassen.

»Lebt wohl, all ihr Lieben! Was für ein Trubel!« Lilia erblickte ihre kleine Tochter Irma und merkte, daß ein bißchen mütterliche Feierlichkeit am Platze sein könnte. »Leb wohl, Liebling. Denke immer daran, daß du hübsch artig bist und tust, was Oma dir sagt.«

Sie spielte damit nicht auf ihre eigene Mutter, sondern auf ihre Schwiegermutter, Mrs. Herriton, an, die es haßte, Oma tituliert zu werden.

Irma hob ein ernstes Gesichtchen zum Kuß empor und sagte vorsichtig: »Ich will mir Mühe geben.«

»Sie wird gewiß artig sein«, sagte Mrs. Herriton, die in Gedanken versunken ein wenig abseits von dem Tumult stand. Aber Lilia rief schon nach Miss Abbott, einer großen, ernsten und recht sympathisch aussehenden jungen Dame, die sich auf schicklichere Art auf dem Bahnsteig verabschiedete.

»Caroline, liebe Caroline! Spring auf, sonst fährt deine Anstandsdame noch ohne dich ab.«

Und Philip, den der Gedanke an Italien jedesmal berauschte, hatte wieder angefangen, ihr von den Höhepunkten ihrer bevorstehenden Reise zu erzählen – von dem Campanile von Airolo, der auf sie einstürmen werde, wenn sie aus dem Sankt-Gotthard-Tunnel herauskomme, und der das Kommende ankündige; von der Aussicht auf den Tessin und den Lago Maggiore, wenn der Zug die Abhänge des Monte Cenere hinaufklettre; von der Aussicht auf Lugano, der Aussicht auf Como – Italien werde sich jetzt dicht um sie zusammenballen – und der Ankunft an ihrem ersten Zwischenaufenthalt, wenn sie nach der langen Fahrt durch dunkle und schmutzige Straßen endlich, mitten im Getöse der Straßenbahnen und dem grellen Schein der Bogenlampen, die Strebepfeiler des Doms von Mailand erblicken werde.

»Taschentücher und Kragen«, rief Harriet, »sind in meinem eingelegten Kasten! Ich hab' dir meinen eingelegten Kasten geliehen.«

»Gute alte Harry!« Sie gab jedem noch einen Kuß, und es herrschte einen Augenblick Schweigen. Sie lächelten alle standhaft, außer Philip, der im Nebel nach Luft rang, und Mrs. Theobald, die zu weinen begonnen hatte. Miss Abbott stieg ein. Der Schaffner schloß die Tür und sagte zu Lilia, es werde schon alles in Ordnung gehen. Dann setzte sich der Zug in Bewegung, und sie gingen alle noch ein paar Schritte mit, schwenkten ihre Taschentücher und stießen fröhliche kleine Rufe aus. In diesem Augenblick kam Mr. Kingcroft mit dem Fußwärmer zurück, den er an beiden Enden festhielt wie ein Tablett. Er war betrübt, daß er zu spät kam, und rief mit zitternder Stimme: »Leben Sie wohl, Mrs. Charles. Gottes Segen über Sie!«

Lilia lächelte und nickte. Dann kam ihr auf einmal zum Bewußtsein, wie unmöglich er den Fußwärmer hielt, und sie fing wieder an zu lachen.

»Oh, es tut mir leid«, rief sie zurück, »aber Sie sehen so komisch aus. Oh, ihr seht alle so komisch aus, wie ihr winkt! Oh, bitte!« Und hilflos lachend wurde sie vom Nebel entführt.

»Welch großartige Stimmung beim Antritt einer so weiten Reise«, sagte Mrs. Theobald und wischte sich die Augen.

Mr. Kingcroft bewegte feierlich seinen Kopf zum Zeichen der Zustimmung. »Ich wollte, Mrs. Charles hätte den Fußwärmer noch bekommen«, sagte er. »Diese Londoner Gepäckträger nehmen von uns Burschen vom Lande überhaupt keine Notiz.«

»Aber Sie haben doch getan, was Sie konnten«, sagte Mrs. Herriton. »Und ich finde es einfach großartig von Ihnen, daß Sie Mrs. Theobald an einem Tage wie heute den ganzen weiten Weg herbegleitet haben.« Dann verabschiedete sie sich mit einem ziemlich eiligen Händedruck und überließ es Mr. Kingcroft, Mrs. Theobald den ganzen weiten Weg wieder zurückzubegleiten.

Sawston, ihr eigenes Zuhause, war von London leicht zu erreichen, und sie kamen gerade noch rechtzeitig zum Tee. Dieser wurde im Speisezimmer eingenommen, und Irma bekam ein Ei, um das Kind bei Laune zu halten. Das Haus schien seltsam still nach dem Hochbetrieb der letzten vierzehn Tage und ihre Unterhaltung wirkte gezwungen und gedrückt. Sie waren neugierig, ob die Reisenden schon in Folkestone angekommen wären, ob es wohl rauhe See gäbe und, wenn ja, wie es wohl der armen Miss Abbott erginge. »Ach, Oma, wann kommt der Kahn in Italien an?« fragte Irma. »›Großmutter‹, liebes Kind; nicht ›Oma‹«, sagte Mrs. Herriton und gab ihr einen Kuß. »Und man sagt ›ein Schiff‹ oder ›ein Dampfer‹, nicht ›ein Kahn‹. Ein Kahn ist nur ein kleines Boot. Außerdem macht Mutter nicht die ganze Reise zur See. Sieh dir die Landkarte von Europa an, dann weißt du, warum. Harriet, nimm sie mit. Sei ein liebes Kind, geh mit Tante Harriet, sie wird dir die Landkarte zeigen.«

»Los, komm!« sagte das kleine Mädchen und zerrte die widerstrebende Harriet mit sich in die Bibliothek. Mrs. Herriton und ihr Sohn waren allein. Sofort war eine Atmosphäre des Vertrauens zwischen ihnen hergestellt.

»Dies ist der Anfang eines neuen Lebens«, sagte Philip.

»Das arme Kind, wie vulgär!« murmelte Mrs. Herriton. »Es ist erstaunlich, daß sie nicht noch schlimmer ist. Aber sie hat etwas von dem armen Charles an sich.«

»Und – leider, leider! – auch etwas von der alten Mrs. Theobald. Was war das für ein beängstigender Aufzug? Ich dachte, die alte Dame wäre auch bettlägerig und nicht nur schwach im Kopf. Warum sie nur gekommen ist?«

»Mr. Kingcroft hat sie überredet. Bestimmt. Er wollte Lilia wiedersehen, und dies war der einzige Weg.«

»Ich hoffe, er ist zufrieden. Ich finde nicht gerade, daß meine Schwägerin sich bei der Abschiedsszene sehr vornehm benommen hat.«

Mrs. Herriton schauderte. »Mir ist es gleich, Hauptsache sie ist fort – und zwar mit Miss Abbott. Es ist schlimm, wenn man bedenkt, daß eine Witwe von dreiunddreißig ein zehn Jahre jüngeres Mädchen nötig hat, um auf sie aufzupassen.«

»Mir tut nur Miss Abbott leid. Glücklicherweise sitzt ein Verehrer in England fest. Mr. Kingcroft kann die Ernte oder das Wetter, oder was weiß ich noch, nicht im Stich lassen. Ich glaube auch nicht, daß er seine Chancen heute verbessert hat. Er hat ebenso wie Lilia den Dreh heraus, sich in der Öffentlichkeit unmöglich zu benehmen.«

Mrs. Herriton antwortete: »Wenn ein Mann weder wohlerzogen ist noch gute Beziehungen hat und auch weder gut aussieht noch klug, noch reich ist, wird selbst Lilia ihm zur rechten Zeit den Laufpaß geben.«

»Nein. Ich glaube, sie würde jeden Beliebigen nehmen. Bis zu allerletzt, als ihre Koffer schon gepackt waren, ›spielte‹ sie mit dem Vikar ohne Kinn. Die Vikare haben alle beide kein Kinn, aber ihrer hat obendrein feuchte Hände. Ich traf sie im Park. Sie sprachen vom Pentateuch.«

»Mein lieber Junge! Sie ist immer schlimmer geworden, soweit das überhaupt noch möglich war. Nur deine Idee mit der Italienreise hat uns gerettet.«

Philips Gesicht hellte sich bei dem kleinen Kompliment auf. »Das Komische ist, daß sie alles furchtbar ernst zu nehmen schien – fortwährend wollte sie etwas wissen; und ich war natürlich froh, es ihr sagen zu können. Ich gebe zu, sie ist spießig und beängstigend ungebildet und hat, was Kunst anbetrifft, einen schlechten Geschmack. Immerhin ist es schon etwas wert, wenn man überhaupt Geschmack an diesen Dingen findet. Und ich glaube, Italien reinigt und adelt alle Menschen, die es besuchen. Es ist die Schule und der Spielplatz der Welt. Es gereicht Lilia wirklich zur Ehre, daß sie nach Italien reisen will.«

»Sie würde überallhin reisen«, erwiderte seine Mutter, die von den Lobpreisungen Italiens genug hatte. »Ich und

Caroline Abbott hatten die größte Mühe, ihr die Riviera auszureden.«

»Nein, Mutter; nein. Es war ihr wirklich ernst mit Italien. Diese Reise bedeutet wirklich einen Wendepunkt in ihrem Leben.« Er fand die Situation voll wunderlicher Romantik: Es lag etwas halb Anziehendes, halb Abstoßendes in der Vorstellung, daß diese ungebildete Frau an Orte reiste, die er liebte und verehrte. Warum sollte sie nicht verwandelt werden? Dasselbe war mit den Goten geschehen.

Mrs. Herriton hielt weder etwas von Romantik noch von Verwandlung, von historischen Parallelen oder von irgend etwas anderem, was das häusliche Leben stören kann. Sie wechselte geschickt das Thema, bevor Philip sich ereiferte. Bald darauf kam Harriet zurück, nachdem sie ihre Geographielektion erteilt hatte. Irma ging früh zu Bett und wurde von ihrer Großmutter zugedeckt. Dann machten die beiden Damen Handarbeiten und spielten Karten. Philip las ein Buch. Und so richteten sie sich alle wieder in ihrem ruhigen und nützlichen Leben ein und setzten es ohne Unterbrechung den ganzen Winter hindurch fort.

Es war jetzt beinahe zehn Jahre her, seit Charles sich in Lilia Theobald verliebt hatte, in erster Linie wohl weil sie ein hübsches Ding war, und während dieser Zeit war Mrs. Herriton kaum einen Augenblick zur Ruhe gekommen. Sechs Monate lang schmiedete sie Pläne, um die Partie zu verhindern, und als sie dann doch zustande gekommen war, machte sie sich an eine neue Aufgabe – die Beaufsichtigung ihrer Schwiegertochter. Lilia mußte durchs Leben geschoben werden, ohne über die Familie, in die sie hineingeheiratet hatte, Schande zu bringen. Sie wurde unterstützt von Charles, von ihrer Tochter Harriet und, sobald er alt genug war, von Philip, dem intelligentesten der Familie. Die Geburt Irmas machte die Dinge noch schwieriger. Aber glücklicherweise zog sich Mrs. Theobald, die sich anfangs einzumischen versucht hatte, allmählich zurück. Es bedeutete eine Anstrengung für sie, Whitby zu verlassen, und Mrs. Herriton tat alles, um ihr diese Anstrengung zu ersparen. Der merkwürdige Zweikampf, der um jedes neugeborene Kind entsteht, wurde frühzeitig ausgefochten und entschieden. Irma gehörte zur Familie ihres Vaters, nicht zu der ihrer Mutter.

Charles starb, und der Kampf begann von neuem. Lilia versuchte ihren Standpunkt durchzusetzen und erklärte, sie wolle zu Mrs. Theobald ziehen, um für sie zu sorgen. Es bedurfte Mrs. Herritons ganzer Liebenswürdigkeit, um sie davon abzubringen. Schließlich mietete man ein Haus in Sawston für sie, und dort wohnte sie seit drei Jahren mit Irma, ununterbrochen den verfeinernden Einflüssen der Familie ihres verstorbenen Gatten ausgesetzt.

Während eines ihrer seltenen Besuche in Yorkshire ging der Ärger von neuem los. Lilia vertraute einer Freundin an, sie habe einen gewissen Mr. Kingcroft äußerst gern, sei aber nicht direkt mit ihm verlobt. Die Neuigkeit drang bis zu Mrs. Herriton durch, die sofort schrieb und mit dem Hinweis um Aufklärung bat, daß Lilia entweder verlobt sein müsse oder nicht, da es einen Zwischenzustand nicht gebe. Es war ein eindrucksvoller Brief, der Lilia sehr aufregte. Sie gab Mr. Kingcroft sogar ohne den Druck einer Rettungsaktion auf. Sie weinte heftig bei ihrer Rückkehr nach Sawston und sagte, es tue ihr sehr leid. Mrs. Herriton nahm die Gelegenheit wahr, um ernster denn je über die Pflichten der Witwen- und Mutterschaft auf sie einzureden. Aber irgendwie wollte es hinterher nie mehr wirklich glatt gehen. Lilia konnte sich in ihre Rolle unter den Matronen von Sawston nicht hineinfinden. Sie war eine schlechte Hausfrau und lag ständig in den Wehen einer häuslichen Krisis, welche Mrs. Herriton, die ihre Dienstboten jahrelang behielt, bereinigen und schlichten mußte. Sie ließ Irma aus unzureichenden Gründen die Schule versäumen und erlaubte ihr, Ringe zu tragen. Sie lernte Radfahren, einzig zu dem Zweck, den Ort aus seiner Ruhe aufzuscheuchen, und sie fuhr eines Sonntagabends die Hauptstraße hinunter und kehrte erst bei der Biegung an der Kirche wieder um. Das wäre unterhaltsam gewesen, wenn sie nicht zur Verwandtschaft gehört hätte. Aber selbst Philip, der es in der Theorie gern sah, wenn man die englische Förmlichkeit vor den Kopf stieß, war höchst empört und hielt ihr einen Vortrag, den sie bis an ihr Lebensende nicht mehr vergaß. Um diese Zeit entdeckten sie auch, daß sie Mr. Kingcroft nach wie vor erlaubte, ihr als »Herrenbekanntschaft« zu schreiben und Irma Geschenke zu schikken.

Philip hatte den Einfall mit Italien, und die Situation war gerettet. Caroline, die reizende, verständige Caroline Abbott, die zwei Straßen weiter wohnte, suchte eine Begleiterin für eine Reise, die ein Jahr dauern sollte. Lilia gab ihr Haus auf, verkaufte die halbe Einrichtung, ließ die andere Hälfte und ihre Tochter Irma bei Mrs. Herriton zurück und war jetzt zur allseitigen Zufriedenheit zu einem Schauplatzwechsel abgereist.

Sie schrieb ihnen häufig während des Winters – häufiger als ihrer eigenen Mutter. Ihre Briefe klangen immer sehr frohgemut. Florenz fand sie ganz entzückend, Neapel sei ein Traum, aber unangenehm riechend. In Rom müsse man einfach nur stillsitzen und empfinden. Philip erklärte, sie sei im Begriff, Fortschritte zu machen. Es gereichte ihm zur besonderen Zufriedenheit, als sie zu Beginn des Frühlings anfing, die kleinen Städte zu besuchen, die er ihr empfohlen hatte. »An einem Ort wie diesem«, schrieb sie, »fühlt man sich wirklich im Herzen der Dinge und weitab vom Lärm der breiten Straße. Wenn man jeden Morgen aus einem gotischen Fenster schaut, kann man sich unmöglich vorstellen, daß das Mittelalter vorüber sein soll.« Der Brief kam aus Monteriano und schloß mit einer nicht ungeschickten Schilderung der wundervollen kleinen Stadt.

»Es ist schon viel wert, daß sie zufrieden ist«, sagte Mrs. Herriton. »Aber es kann auch niemand drei Monate mit Miss Abbott zusammensein, ohne ein besserer Mensch zu werden.«

Gerade in diesem Augenblick kam Irma aus der Schule, und sie las ihr den Brief ihrer Mutter vor; irgendwelche grammatischen Schnitzer korrigierte sie sorgfältig, denn sie war eine gewissenhafte Stütze der elterlichen Autorität. Irma hörte höflich zu, ging aber bald zu dem Thema Hockey über, von dem ihr ganzes Denken erfüllt war. Sie sollten am Nachmittag für Farben abstimmen – gelb und weiß oder gelb und grün. Was Großmutter dazu meinte?

Natürlich hatte Mrs. Herriton eine Meinung, die sie ihrer Enkelin gelassen auseinandersetzte, trotz Harriets gegenteiliger Ansicht, daß Farben für Kinder überflüssig seien, und der Philips, welcher sie häßlich fand. Sie begann auf Irma stolz zu sein, die Fortschritte gemacht hatte und nicht mehr – das Entsetzlichste von allem – ein vulgäres

Kind genannt werden konnte. Sie war ängstlich darauf bedacht, sie zu bilden, bevor ihre Mutter zurückkäme. Daher hatte sie auch nichts dagegen, daß sich die Reisenden soviel Zeit ließen, und sie schlug sogar vor, sie sollten noch länger als ein Jahr bleiben, falls es ihnen lieber sei.

Lilias nächster Brief kam wieder aus Monteriano, und Philip war ganz begeistert.

»Sie sind schon über eine Woche dort!« rief er aus. »Was! Das hätte ja nicht einmal ich fertiggebracht. Sie müssen wirklich großes Interesse haben, denn das Hotel ist durchaus nicht allzu komfortabel.«

»Ich kann die Leute nicht verstehen«, sagte Harriet. »Was machen sie da nur den ganzen Tag? Außerdem gibt es dort wahrscheinlich nicht einmal eine Kirche.«

»Es gibt dort Santa Deodata, eine der schönsten Kirchen Italiens.«

»Ich meine natürlich eine englische Kirche«, sagte Harriet pikiert. »Lilia hat mir versprochen, jeden Sonntag in einer größeren Stadt sein zu wollen.«

»Wenn sie einen Gottesdienst in Santa Deodata besucht, erlebt sie mehr Schönheit und Aufrichtigkeit als in allen Hinterküchen Europas.«

Die »Hinterküche« war sein Spitzname für Sankt Jakobi, ein kleines finsteres Gebäude, welches seine Schwester besonders begünstigte. Sie wurde jedesmal böse, wenn man geringschätzig davon sprach, und Mrs. Herriton mußte sich ins Mittel legen.

»Nicht doch, meine Lieben. Hört lieber Lilias Brief an! ›Wir lieben diesen Ort, und ich weiß nicht, wie ich Philip jemals danken soll, daß er mir davon erzählt hat. Er ist nicht nur so altertümlich, sondern man lernt hier auch die

Italiener in ihrer ganzen unverdorbenen Einfalt und all ihrem Zauber kennen. Die Fresken sind wundervoll. Caroline wird mit jedem Tag reizender und macht sich eifrig Skizzen.‹ «

»Jeder nach seinem Geschmack!« sagte Harriet, die eine Banalität jedesmal so von sich gab, als handele es sich um ein Epigramm. Sie war merkwürdig giftig in bezug auf Italien, obwohl sie noch nie dort gewesen war. Ihre einzige Erfahrung auf dem Kontinent war ein gelegentlicher Ausflug von sechs Wochen in die protestantischen Teile der Schweiz gewesen.

»Oh, Harriet ist fürchterlich!« sagte Philip, sobald sie hinausgegangen war. Seine Mutter lachte und meinte, er solle nicht ungezogen sein; und das Auftauchen Irmas, die gerade wieder zur Schule wollte, vereitelte jede weitere Diskussion. Nicht nur in religiösen Traktaten tritt oft ein Kind als Friedensstifter auf.

»Einen Augenblick, Irma«, sagte ihr Onkel. »Ich gehe zum Bahnhof und will dir das Vergnügen machen, dich zu begleiten.«

Sie gingen zusammen fort. Irma freute sich; aber die Unterhaltung kam nicht recht in Gang, denn Philip verstand nichts von der Kunst, mit Kindern zu reden. Mrs. Herriton blieb ein wenig länger am Frühstückstisch sitzen, ordnete das Mittagessen an und ließ das Hausmädchen den Salon ausräumen, weil Dienstag der Tag dafür war. Das Wetter war schön, und ihr fiel ein, daß sie ein bißchen im Garten arbeiten wolle, weil es noch so früh war. Sie rief Harriet, die sich von der Beleidigung Sankt Jakobis wieder erholt hatte, und zusammen gingen sie in den Küchengarten und begannen, einige Frühgemüse zu säen.

»Wir wollen die Erbsen bis zuletzt aufsparen; sie machen am meisten Spaß«, sagte Mrs. Herriton, welche die Gabe besaß, aus der Arbeit ein Vergnügen zu machen. Sie und ihre ältliche Tochter vertrugen sich immer sehr gut, obwohl sie nicht viel Gemeinsames hatten. Harriets Erziehung war fast allzu erfolgreich gewesen. Wie Philip einmal sagte, hatte sie »alle Kardinaltugenden auf einmal verschluckt und konnte sie nicht verdauen«. Obwohl sie fromm, patriotisch und eine große moralische Stütze der Familie war, entbehrte sie völlig der Anpassungsfähigkeit und des Takts, von denen ihre Mutter so sehr eingenommen war und gehofft hatte, daß sie sie mit der Zeit von selbst annehmen würde. Harriet würde Lilia, wenn man es ihr erlaubt hätte, zu einem offenen Bruch getrieben haben, und was noch viel schlimmer war, sie hätte es mit Philip ebenso gemacht, damals vor zwei Jahren, als er voll leidenschaftlicher Begeisterung aus Italien zurückgekehrt war und Sawston und seine Sitten lächerlich gemacht hatte.

»Es ist eine Schande, Mutter!« hatte sie ausgerufen. »Philip macht sich über alles lustig – über das Lesekränzchen, den Debattier-Klub, den Fortschritts-Whist und die Bazare. Die Leute werden Anstoß daran nehmen. Wir haben unseren Ruf zu verteidigen. Eine Familie, die in sich selbst gespalten ist, kann keinen Bestand haben.«

Da hatte Mrs. Herriton einen denkwürdigen Ausspruch getan. »Laß Philip sagen, was er will, dann wird er uns tun lassen, was wir wollen.« Und damit hatte sich Harriet zufrieden gegeben.

Sie säten zuerst die langsameren Gemüse, und ein angenehmes Gefühl rechtschaffener Müdigkeit beschlich sie, als sie sich an die Erbsen machten. Harriet zog eine Schnur, damit die Reihe gerade würde, und Mrs. Herriton kratzte mit spitzem Stock eine Furche. Als sie am Ende angelangt war, sah sie auf ihre Uhr.

»Schon zwölf! Die zweite Post ist dagewesen. Sieh nach, ob irgendwelche Briefe gekommen sind.«

Harriet wollte nicht. »Laß uns erst die Erbsen fertigmachen. Es werden schon keine Briefe gekommen sein.«

»Nein, Kind, bitte geh. Ich werde die Erbsen säen, und du kannst sie dann häufeln – und paß auf, daß die Vögel sie nicht sehen.«

Mrs. Herriton gab sich große Mühe, die Erbsen gleichmäßig aus der Hand rollen zu lassen, und am Ende der Reihe kam ihr zu Bewußtsein, daß sie noch nie zuvor so gut gesät hatte. Sie kosteten ja auch viel Geld.

Harriet kam zurück und sagte: »Tatsächlich, ein Brief von der alten Mrs. Theobald!«

»Lies ihn mir vor. Ich habe schmutzige Hände. Wie unmöglich, dieses Papier mit Wappenaufdruck!«

Harriet öffnete den Umschlag.

»Ich verstehe nicht«, sagte sie, »es ergibt keinen Sinn.«

»Den haben ihre Briefe noch nie ergeben.«

»Aber dieser scheint sinnloser zu sein als sonst«, sagte Harriet, und ihre Stimme begann zu zittern. »Sieh hier und lies selbst, Mutter, ich kann in diesen Zeilen weder Hand noch Fuß finden.«

Mrs. Herriton nahm den Brief mit nachsichtiger Miene. »Was ist denn so schwierig daran?« sagte sie nach einer langen Pause. »Ich verstehe dich nicht. Was beunruhigt dich denn so an diesem Brief?«

»Was er zu bedeuten hat –«, stammelte Harriet. Die Spatzen hüpften näher und liebäugelten mit den Erbsen.

»Was er zu bedeuten hat, ist ganz klar. – Lilia hat sich verlobt und will heiraten. Weine nicht, liebes Kind; tu mir den einzigen Gefallen und weine nicht – sag überhaupt nichts. Es ist mehr, als ich ertragen kann. Sie will jemanden heiraten, den sie in einem Hotel kennengelernt hat. Nimm den Brief und lies selbst.« Plötzlich brach sie zusammen, offenbar wegen einer Kleinigkeit. »Wie kann sie es wagen, mir das nicht selbst mitzuteilen! Wie kann sie es wagen, erst nach Yorkshire zu schreiben! Ich bitte dich, muß ich mir erst dieses ganze Gewäsch von Mrs. Theobald anhören, einen derartig herablassenden und unverschämten Brief? Habe ich denn gar kein Recht mehr? Du bist Zeuge, mein Kind« – sie erstickte fast vor Zorn –, »du bist Zeuge, daß ich ihr diese Sache niemals verzeihen werde.«

»Oh, was sollen wir jetzt bloß machen?« jammerte Harriet. »Was sollen wir machen?«

»Zuerst einmal dies!« Sie riß den Brief in kleine Fetzen und verstreute sie über das Beet. »Als nächstes ein Telegramm an Lilia! Nein! Ein Telegramm an Miss Caroline Abbott. Auch sie ist uns eine Erklärung schuldig.«

»Oh, was sollen wir bloß machen?« wiederholte Harriet, während sie ihrer Mutter ins Haus folgte. Angesichts solcher Unverfrorenheit war sie hilflos. Wie entsetzlich – was für ein entsetzlicher Mensch hatte sich an Lilia herangemacht? »Jemand im Hotel.« Weiter sagte der Brief nichts. Was für ein Mensch? Ein Gentleman? Ein Engländer? Der Brief gab keine Auskunft darüber.

»Drahtet Grund für Aufenthalt in Monteriano. Seltsame Gerüchte«, las Mrs. Herriton vor und adressierte das Telegramm an Abbott, Stella d'Italia, Monteriano, Italien. »Wenn es dort ein Postamt gibt«, fügte sie hinzu, »könnten wir noch heute abend Antwort haben. Da Philip um sieben zurückkommt und der Acht-Uhr-fünfzehn-Zug in Dover Anschluß an das Schiff hat – Harriet, wenn du das Telegramm auf den Weg bringst, hole bitte hundert Pfund in Fünf-Pfund-Noten von der Bank.«

»Aber warum – wozu –«

»Geh gleich, Kind, und rede nicht. Ich sehe, Irma kommt gerade nach Hause; geh schnell... Nun, liebe Irma, in wessen Mannschaft spielst du heute nachmittag – in Miss Ediths oder Miss Mays?«

Aber sobald sie ihre Enkelin in gewohnter Weise begrüßt hatte, ging sie in die Bibliothek und holte den großen Atlas hervor, denn sie wollte sich über Monteriano informieren. Der Name stand in kleinstem Druck inmitten eines wollig-braunen Gewirrs von Hügeln, den ›Sub-Apenninen‹. Es lag nicht sehr weit von Siena, das hatte sie in der Schule gelernt. Ringsherum lief eine dünne schwarze Linie, die in regelmäßigen Abständen wie eine Säge eingekerbt war, und sie wußte, das war eine Eisenbahnlinie. Aber der Atlas überließ das meiste der Phantasie, und Phantasie hatte sie nicht. Sie schlug den Ort im »Childe Harold« nach, aber Byron war nicht dort gewesen. Auch Mark Twain hatte ihn im »Tramp Abroad« nicht erwähnt. Die literarischen Quellen waren erschöpft: Sie mußte warten, bis Philip nach Hause kam. Und bei dem Gedanken an Philip versuchte sie es in Philips Zimmer, und dort fand sie den Baedeker von »Mittelitalien«. Sie öffnete den Band zum ersten Male in ihrem Leben und las wie folgt:

*Monteriano* (Bevölk. 4800), Hotels: Stella d'Italia, mittelmäßig; Globo, unsauber, * Caffè Garibaldi, Post und

Telegraphenamt am Corso Vittorio Emmanuele, neben dem Theater. Photographien bei Seghena (billiger in Florenz). Postkutsche (1 lira) mit Anschluß an die wichtigsten Züge.

Hauptsehenswürdigkeiten (2–3 Stunden): Santa Deodata, Palazzo Pubblico, Sant' Agostino, Santa Caterina, Sant' Ambrogio, Palazzo Capocchi.

Führer (2 lire) nicht nötig. Ein Spaziergang auf dem Wall sollte auf keinen Fall versäumt werden. Die Aussicht von der *rocca* (kleines Trinkgeld) ist am schönsten bei Sonnenuntergang.

Geschichte: Monteriano, der Mons Rianus des Altertums, dessen ghibellinische Tendenzen Dante (Purg. XX) erwähnt, emanzipierte sich 1261 endgültig von Poggibonsi. Daher das Distichon: *›Poggibonizzi: fatti in là, che Monteriano si fà città!‹*, das noch bis vor kurzem über dem Siena-Tor stand. Blieb unabhängig bis 1530, als es von päpstlichen Truppen geplündert und dem Großherzogtum Toskana einverleibt wurde. Heute von geringer Bedeutung. Sitz des Kreisgefängnisses. Die Bewohner sind noch heute wegen ihrer angenehmen Manieren bekannt.

Der Reisende wird sich unmittelbar vom Siena-Tor zur Kollegiatenkirche von Santa Deodata begeben und die bezaubernden Fresken (* 5te Kapelle rechts) besichtigen...

Mrs. Herriton las nicht weiter. Es war nicht ihre Sache, die verborgenen Reize des Baedeker ausfindig zu machen. Ein Teil der Angaben schien ihr überflüssig, das Ganze war langweilig. Philip dagegen konnte niemals lesen »die Aussicht von der *rocca* (kleines Trinkgeld) ist am schönsten bei Sonnenuntergang«, ohne daß es ihm ans Herz griff. Sie stellte das Buch an seinen Platz zurück und ging hinunter, um auf den Asphaltwegen nach ihrer Tochter Ausschau zu halten. Sie entdeckte sie endlich, zwei Straßen weiter längs, wie sie vergeblich versuchte, Mr. Abbott, Miss Abbotts Vater, abzuwimmeln. Harriet hatte immer Pech. Endlich kam sie nach Hause, erhitzt, aufgeregt und von Geldscheinen knisternd. Irma sprang auf sie zu, um ihr guten Tag zu sagen, und trat dabei heftig auf ihr Hühnerauge.

»Deine Füße werden auch mit jedem Tag größer«, sagte die geplagte Harriet und gab ihrer Nichte einen heftigen Schubs. Irma fing an zu weinen, und Mrs. Herriton war ärgerlich, daß Harriet ihre Aufregung nicht besser verbarg. Das Mittagsmahl war abscheulich, und während der Nachspeise kam die Meldung, die Köchin habe einen besonders wichtigen Knopf des Küchenherdes abgebrochen. »Es ist zu furchtbar«, sagte Mrs. Herriton. Irma sagte »zu blöde« und erhielt einen Verweis, keine so groben Ausdrücke zu benutzen. Nach dem Essen holte Harriet den Baedeker und las mit gekränkter Miene über Monteriano, den Mons Rianus des Altertums, vor, bis ihre Mutter sie endlich zum Schweigen brachte.

»Es ist lächerlich, das zu lesen, mein Kind. Sie will schließlich nicht jemanden aus dem Ort heiraten. Irgendeinen Touristen offenbar, der in dem Hotel abgestiegen ist. Der Ort hat nicht das geringste damit zu tun.«

»Aber wie kann man überhaupt in einem solchen Ort Station machen! Und was für nette Menschen lernt man denn schon in einem Hotel kennen?«

»Nett oder unangenehm, darauf kommt es durchaus

nicht an, wie ich dir schon mehrmals gesagt habe. Lilia hat unsere Familie beleidigt, und dafür muß sie büßen. Und wenn du etwas gegen Hotels sagst, so vergißt du offenbar, daß ich deinen Vater in Chamonix kennengelernt habe. Du kannst im Augenblick nichts tun, mein Kind, und ich meine, du solltest lieber deinen Mund halten. Ich gehe jetzt in die Küche, um wegen des Herdes Bescheid zu sagen.«

Sie sagte ein bißchen zuviel, und die Köchin erklärte, wenn sie ihr keine Genugtuung geben könne, wolle sie lieber gehen. Eine kleine Sache in der Nähe ist größer als eine große in der Ferne, und Lilia, die sich auf einem Berg in Mittelitalien vorbeibenahm, war für den Augenblick in den Hintergrund gedrängt. Mrs. Herriton stürzte in ein Stellenvermittlungsbüro und erreichte nichts; stürzte in ein zweites und erreichte auch nichts; kam nach Hause, wo sie von ihrem Hausmädchen erfuhr, alles ginge so drunter und drüber, daß sie lieber ebenfalls gehen wolle; trank Tee, schrieb sechs Briefe und wurde von Köchin und Hausmädchen unterbrochen, die beide weinten, um Verzeihung baten und flehten, doch bleiben zu dürfen. In der Hitze des Gefechts läutete die Türglocke, und es kam ein Telegramm: »Lilia mit italienischem Adel verlobt, Brief folgt. Abbott.«

»Keine Antwort«, sagte Mrs. Herriton. »Hole Mr. Philips Gladstone aus der Bodenkammer herunter.«

Sie wollte sich durch das Unbekannte nicht schrecken lassen. Immerhin wußte sie jetzt schon etwas mehr. Ein italienischer Adliger war der Mann nicht, sonst hätte es das Telegramm so ausgedrückt. Lilia mußte es abgefaßt haben. Kein anderer als sie würde sich eine so ordinäre Aufspielerei wie »italienischer Adel« zuschulden kommen lassen.

Sie rief sich einzelne Sätze aus dem Brief von heute morgen ins Gedächtnis zurück: »Wir lieben diesen Ort – Caroline wird mit jedem Tag reizender und macht eifrig Skizzen. Die Italiener in ihrer ganzen unverdorbenen Einfalt und all ihrem Zauber.« Und die Bemerkung im Baedeker: »Die Bewohner sind noch heute wegen ihrer angenehmen Manieren bekannt« nahm auf einmal eine unheilvolle Bedeutung an. Wenn Mrs. Herriton auch keine Phantasie hatte, so besaß sie doch Intuition, eine weit nützlichere Eigenschaft, und das Bild, welches sie sich von Lilias Verlobtem machte, sollte sich als nicht völlig unzutreffend erweisen.

So wurde Philip mit der Nachricht empfangen, daß er in einer halben Stunde nach Monteriano abreisen müsse. Er befand sich in einer peinlichen Situation. Seit drei Jahren hatte er das Lob der Italiener gesungen, aber er hatte niemals in Erwägung gezogen, einen von ihnen zum Verwandten bekommen zu können. Er versuchte, seiner Mutter die Sache in einem milderen Licht darzustellen, aber in seinem Inneren mußte er ihr recht geben, als sie sagte: »Der Mann mag ein Herzog oder ein Leierkastenspieler sein, darauf kommt es nicht an. Wenn Lilia ihn heiratet, beleidigt sie das Gedächtnis Charles', sie beleidigt Irma, und sie beleidigt uns. Daher verbiete ich es ihr, und wenn sie nicht gehorcht, haben wir nie mehr etwas mit ihr zu tun.«

»Ich werde tun, was ich kann«, sagte Philip leise. Es war das erste Mal, daß er überhaupt etwas zu tun hatte. Er gab seiner Mutter und Schwester einen Kuß und setzte Irma in Verlegenheit. Die Diele war warm und anziehend, als er aus der kalten Märznacht in sie zurückblickte, und er begab sich widerstrebend nach Italien.

Bevor Mrs. Herriton zu Bett ging, schrieb sie an Mrs. Theobald, wobei sie mit Bezug auf Lilias Benehmen eine offene Sprache gebrauchte und andeutete, daß dies eine Frage sei, in der jedermann eindeutig Partei ergreifen müsse. Als käme es ihr erst jetzt in den Sinn, fügte sie hinzu, daß sie Mrs. Theobalds Brief diesen Morgen erhalten habe.

Gerade als sie nach oben ging, fiel ihr ein, daß sie die Erbsen noch nicht gehäufelt hatte. Das regte sie mehr als alles übrige auf, und wiederholt trommelte sie ärgerlich auf das Treppengeländer. Obwohl es schon spät war, holte sie sich aus dem Geräteschuppen eine Laterne und ging in den Garten hinunter, um Erde über das Beet zu harken. Die Spatzen hatten alle Erbsen weggeholt. Aber zahllose Fetzen von dem Brief lagen noch da und verunzierten den sauberen Erdboden.

# II

Wenn der überraschte Reisende auf dem Bahnhof von Monteriano aussteigt, befindet er sich mitten auf dem Lande. Ein paar weiße Häuser umstehen die Schienen, und viele andere sind über die Ebene und die Berghänge verstreut, aber von einer mittelalterlichen oder sonstigen Stadt ist nicht das geringste zu sehen. Man muß sich einen Wagen mieten, der treffenderweise ein *legno* – ein Stück Holz – genannt wird, und zwölf Kilometer auf einer ausgezeichneten Chaussee ins Mittelalter fahren. Denn es ist unmöglich und wäre auch frevelhaft, wenn man ebenso schnell wie der Baedeker vorgehen wollte.

Es war drei Uhr nachmittags, als Philip die Bereiche des gesunden Menschenverstandes verließ. Er war so müde von der Reise, daß er im Zuge eingeschlafen war. Seine Mitreisenden besaßen das den Italienern eigene Ahnungsvermögen, und als Monteriano kam, wußten sie, daß er dort aussteigen wollte, und setzten ihn an die Luft. Seine Füße sanken in den heißen Asphalt des Bahnsteigs ein, und wie im Traum sah er den Zug abfahren, während der Gepäckträger, der seine Koffer hätte schleppen sollen, an den Schienen entlanglief und mit dem Schaffner »Kriegen« spielte. Ach! Er war in keiner guten Stimmung für Italien. Wegen eines *legno* zu verhandeln, war ihm unaussprechlich lästig. Der Mann verlangte sechs Lire, und obwohl Philip wußte, daß es für zwölf Kilometer kaum mehr als vier kosten konnte, war er dennoch bereit, ihm zu geben, was er verlangte, und den Mann so für den Rest des Tages unzufrieden und unglücklich zu machen. Er wurde vor diesem sozialen Mißgriff durch laute Zurufe bewahrt, und als er die Chaussee hinaufblickte, sah er jemanden mit der Peitsche knallen, die Zügel schwenken und wütend zwei Pferde antreiben; dahinter wurde die schwankende Gestalt einer Frau sichtbar, die sich wie ein Seestern an allem festklammerte, was sie erwischen konnte. Es war Miss Abbott, die gerade eben seinen Brief aus Mailand mit der Ankündigung seiner Ankunft erhalten hatte und heruntergeeilt war, um ihn von der Bahn abzuholen.

Er kannte Miss Abbott seit Jahren und hatte nie viel von ihr gehalten, weder in dieser noch in anderer Hinsicht. Sie war ein guter Mensch, ruhig, langweilig, liebenswürdig und nur deshalb jung, weil sie dreiundzwanzig war; es war nichts von jugendlichem Feuer an ihrer Erscheinung oder ihrem Benehmen. Sie hatte ihr ganzes Leben mit einem langweiligen und liebenswürdigen Vater in Sawston zugebracht, und ihr angenehmes blasses Gesicht, das immer über irgendein ehrbares Werk der Nächstenliebe gebeugt war, gehörte zu den vertrauten Bildern in den Straßen der kleinen Stadt. Es war ein Wunder, daß sie diese je zu verlassen wünschte, aber wie sie richtig bemerkte, »ich bin zwar bis in die Fingerspitzen John Bull, aber ich möchte doch einmal Italien sehen, nur ein einziges Mal. Alle sagen, es sei wundervoll und nach Büchern könne man sich überhaupt keine Vorstellung machen.« Der Vikar meinte, ein Jahr sei eine lange Zeit, und Miss Abbott antwortete mit wohlanständiger Ausgelassenheit: »Oh, aber ich muß mich doch einmal austoben, ich verspreche, es nur einmal, ein einziges Mal zu tun. Ich werde Eindrücke sammeln, über die ich den ganzen Rest meines Lebens nachdenken und sprechen kann.« Und nun war sie hier in einem *legno*, einsam, staubbedeckt und erschrocken, und hatte soviel zu beantworten und zu verantworten, wie es sich die tollkühnste Abenteuerin nur wünschen kann.

Sie gaben sich wortlos die Hand. Sie machte für Philip und sein Gepäck Platz unter den lauten Entrüstungsrufen des erfolglosen Kutschers, den erst das vereinte Zureden des Bahnhofsvorstehers und des Bahnhofsbettlers beruhigen konnte. Ihr Schweigen dauerte an, bis sie abfuhren. Drei Tage lang hatte er sich überlegt, was er tun, und mehr noch, was er sagen sollte. Er hatte sich ein Dutzend imaginärer Unterredungen ausgedacht, und in jeder derselben hatten ihm seine Logik und seine Beredsamkeit einen sicheren Sieg eingetragen. Aber wie sollte er anfangen? Er war im Lande des Feindes, und alles – die heiße Sonne, die Kälte, die hinter der Hitze lauerte, die endlosen Reihen regelmäßig gesetzter und doch geheimnisvoller Olivenbäume – schien der friedlichen Atmosphäre von Sawston, von wo seine Gedanken ihren Ausgang nahmen, feindlich gesinnt. Von vornherein machte er ein großes Zugeständnis: Wenn die Partie wirklich passend war und Lilia darauf bestand, so wollte er nachgeben und seinem Einfluß auf seine Mutter vertrauen, um die Sache ins reine zu bringen. In England würde er dies Zugeständnis nicht gemacht haben; hier in Italien aber wurde Lilia, wie eigensinnig und töricht sie auch sein mochte, zu einem menschlichen Wesen.

»Wollen wir es jetzt besprechen?« fragte er.

»Gewiß, bitte«, sagte Miss Abbott in großer Erregung. »Wenn Sie bitte so freundlich sein wollen.«

»Also, wie lange sind die beiden schon verlobt?«

Sie machte ein grenzenlos dummes und erschrockenes Gesicht.

»Erst kurze Zeit – erst ganz kurze Zeit«, stammelte sie, als ob die Kürze der Zeit ihn beruhigen könnte.

»Ich möchte gerne wissen, wie lange, wenn Sie sich besinnen können.«

Sie begann umständlich an den Fingern nachzurechnen. »Genau elf Tage«, sagte sie endlich.

»Und wie lange sind Sie schon hier?«

Weiteres Nachrechnen, während er ungeduldig mit dem Fuß aufklopfte. »Fast drei Wochen.«

»Kannten Sie ihn, bevor Sie hier ankamen?«

»Nein.«

»Oh! Und wer ist es?«

»Er ist von hier gebürtig.«

Das zweite Schweigen begann. Sie hatten die Ebene jetzt verlassen und fuhren die Vorposten der Hügel hinan, nach wie vor von Olivenbäumen begleitet. Der Kutscher, ein dicker vergnügter Mann, war abgestiegen, um die Pferde zu entlasten, und ging neben dem Wagen her.

»Wenn ich recht verstanden habe, haben die beiden sich im Hotel kennengelernt?«

»Das war ein Irrtum von Mrs. Theobald.«

»Ich hörte auch, daß er ein Mitglied des italienischen Adels sei.«

Sie antwortete nicht.

»Darf ich seinen Namen wissen?«

Miss Abbott flüsterte: »Carella.« Aber der Kutscher hörte es trotzdem, und ein Grinsen ging über sein Gesicht. Die Verlobung hatte sich anscheinend schon herumgesprochen.

»Carella? Conte oder Marchese oder was sonst?«

»Signor«, sagte Miss Abbott und blickte hilflos zur Seite.

»Vielleicht langweile ich Sie mit meinen Fragen. Wenn dem so ist, will ich lieber aufhören.«

»O nein, bitte; nicht im geringsten. Ich bin gekommen – es war meine eigene Idee –, Ihnen alle Auskunft zu geben, die Sie ganz selbstverständlich... und zu sehen, ob ich irgendwie... bitte, fragen Sie alles, was Sie mögen.«

»Also, wie alt ist er?«

»Oh, ganz jung, einundzwanzig, glaube ich.«

Da entfuhr es Philip: »Du lieber Himmel!«

»Man sollte es nicht für möglich halten«, sagte Miss Abbott und errötete. »Er sieht viel älter aus.«

»Und sieht er gut aus?« fragte er mit zunehmendem Sarkasmus.

Sie wurde entschiedener. »Sehr gut. Er hat sehr gut geschnittene Züge, und er hat eine gute Figur – obgleich, nach englischem Maßstab, ein bißchen zu klein, würde ich sagen.«

Philip, dessen einziger physischer Vorzug in seiner Größe bestand, ärgerte sich, daß ihr diese Tatsache anscheinend so gleichgültig war.

»Darf ich daraus schließen, daß Sie ihn gern mögen?« Sie antwortete wieder mit Entschiedenheit. »Soweit ich ihn kenne, ja.«

In diesem Augenblick fuhr der Wagen in einen kleinen

Wald hinein, der sich braun und düster den beackerten Hügel hinaufzog. Die Bäume des Waldes waren niedrig und unbelaubt, aber dadurch bemerkenswert, daß ihre Stämme aus lauter Veilchen auftauchten wie Felsen aus dem sommerlichen Meer. Es gibt solche Veilchen auch in England, aber nicht so viele. Und auch in der Kunst gibt es nicht so viele, denn kein Maler brächte den Mut dazu auf. Die Wagenspuren bildeten Kanäle und die Schlaglöcher Lagunen; sogar der trockene weiße Wegrand war überspült wie ein Damm, der bald von der anrückenden Frühlingsflut überschwemmt wird. Philip achtete jetzt nicht darauf, er dachte nur daran, was er im nächsten Augenblick sagen sollte. Aber seine Augen hatten die Schönheit aufgenommen, und im nächsten März vergaß er nicht, daß die Chaussee nach Monteriano durch unzählige Blumen führt.

»Soweit ich ihn kenne, mag ich ihn gern«, wiederholte sich Miss Abbott nach einer Pause.

Er fand ihren Ton ein wenig herausfordernd und versetzte ihr sofort einen Dämpfer.

»Was ist er bitte? Das haben Sie mir noch nicht gesagt. Was hat er für eine Stellung?«

Sie öffnete den Mund, um etwas zu sagen, brachte aber keinen Laut hervor. Philip wartete geduldig. Sie bemühte sich, einen kecken Ton anzuschlagen, aber es mißlang ihr jämmerlich.

»Gar keine Stellung. Er läuft sich die Hacken ab, wie mein Vater sagen würde. Sehen Sie, er hat eben erst seinen Militärdienst beendet.«

»Als Gemeiner?«

»Das nehme ich an. Hier herrscht allgemeine Wehrpflicht. Er war bei den Bersaglieri, glaube ich. Ist das nicht das Elite-Regiment?«

»Die Männer, die ihm angehören, müssen klein und breitgebaut sein. Sie müssen auch neun Kilometer die Stunde marschieren können.«

Sie blickte ihn wild an. Sie verstand nicht alles, was er sagte, aber sie fühlte, daß er sehr klug sein müsse. Dann fuhr sie mit ihrer Verteidigung von Signor Carella fort.

»Und jetzt sieht er sich, wie die meisten jungen Leute, nach einer Beschäftigung um.«

»Und bis dahin?«

»Und bis dahin lebt er, wie die meisten jungen Leute, bei seiner Familie – Vater, Mutter, zwei Schwestern und einem Knirps von kleinem Bruder.«

Sie war von einer sprühenden Munterkeit, die ihn fast rasend machte. Er beschloß, sie endlich zum Schweigen zu bringen.

»Noch eine Frage, die letzte. Was ist sein Vater?«

»Sein Vater«, sagte Miss Abbott. »Nun, ich nehme nicht an, daß Sie es für eine gute Partie halten werden. Aber darauf kommt es auch nicht an. Ich meine, es kommt nicht darauf an, daß... ich meine, daß soziale Unterschiede... die Liebe letzten Endes... aber nicht darauf, was...«

Philip biß sich auf die Lippen und sagte nichts.

»Ein Gentleman urteilt manchmal hart. Aber ich bin sicher, daß Sie und auf alle Fälle Ihre Mutter – die in jeder Hinsicht so wahrhaft gütig, so wahrhaft idealistisch ist – schließlich wird die Liebe – werden Ehen im Himmel geschlossen.«

»Ja, Miss Abbott, ich weiß. Aber ich möchte gerne erfahren, auf wen die Wahl des Himmels gefallen ist. Sie erwecken meine Neugier. Wird meine Schwägerin einen Engel heiraten?«

»Mr. Herriton, bitte nicht, Mr. Herriton – er ist Zahnarzt. Sein Vater ist Zahnarzt.«

Philip stieß einen Schrei persönlichen Widerwillens und Schmerzes aus. Er schauderte durch und durch und rückte ein Stück von seiner Begleiterin ab. Ein Zahnarzt! Ein Zahnarzt in Monteriano. Ein Zahnarzt im Märchenland! Falsche Zähne und Lachgas und verstellbarer Stuhl an einem Ort, der die etruskische Liga, die Pax Romana und sogar Alarich gekannt hatte, und die Gräfin Mathilde und das Mittelalter, ganz Kampf und Heiligkeit, und die Renaissance, ganz Kampf und Schönheit! Er dachte nicht mehr an Lilia. Er war für sich selbst besorgt: Er fürchtete, die Romantik könne aussterben.

Doch die Romantik stirbt nur mit dem Leben aus. Keine Kneifzange kann sie uns entwinden. Aber es gibt ein untergeschobenes Gefühl, das dem Unerwarteten, Unschicklichen und Grotesken nicht standhalten kann. Beim geringsten Anstoß gerät es ins Wanken, und je eher es uns verläßt, desto besser. Es verließ Philip in diesem Augenblick.

»Ich kann mir nicht denken, was eigentlich dahintersteckt«, begann er erneut. »Wenn Lilia sich durchaus vorgenommen hatte, uns Schande zu bereiten, so hätte sie doch gewiß ein weniger abstoßendes Mittel ersinnen können. Ein junger Mann von mittlerer Größe mit einem hübschen Gesicht und Sohn eines Zahnarztes von Monteriano. Habe ich mich richtig ausgedrückt? Darf ich obendrein vermuten, daß er keinen Pfennig Geld hat? Darf ich außerdem annehmen, daß seine soziale Stellung gleich Null ist? Weiterhin –«

»Halt! Ich werde Ihnen nichts mehr sagen.«

»Ach, wirklich, Miss Abbott, jetzt ist es ein bißchen zu spät, um verschwiegen zu sein. Sie haben mich hervorragend informiert.«

»Ich werde Ihnen kein Wort mehr sagen«, rief sie in einem Anfall von Schrecken. Dann zog sie ihr Taschentuch hervor, und es schien, als wolle sie Tränen vergießen. Nach einem kurzen Schweigen, durch das er ihr das Senken eines Vorhangs vor der Bühne symbolisieren wollte, begann er von anderen Dingen zu reden.

Sie fuhren wieder zwischen Olivenbäumen dahin, und der Wald mit seiner Schönheit und Wildnis hatte aufgehört. Aber als sie höher hinauf kamen, öffnete sich die Landschaft, und hoch oben auf einem Hügel zur Rechten wurde Monteriano sichtbar. Das dunkle Grün der Olivenbäume stieg bis zu seinen Mauern empor; der Ort schien losgelöst zwischen Bäumen und Himmel zu schweben wie eine phantastische Stadt von Segelschiffen in einem Traum. Seine Farbe war braun, und es ließ kein einziges Haus sehen, nichts als den engen Zirkel seiner Mauern und dahinter siebzehn Türme – alles, was von den zweiundfünfzig übriggeblieben war, welche die Stadt in ihrer Blütezeit aufzuweisen gehabt hatte. Einige waren nur noch Stümpfe, einige neigten sich steil ihrem Einsturz zu, einige standen noch aufrecht und streckten ihre Spitzen wie Masten ins Blaue. Es war unmöglich, den Anblick als schön zu preisen, aber es war auch unmöglich, ihn als wunderlich zu verdammen.

Inzwischen redete Philip ununterbrochen, in dem Glauben, dies sei ein Zeichen von Takt und Lebensart. Es sollte Miss Abbott zeigen, daß er sie bis auf den Grund durchschaut habe, aber auch fähig sei, seinen Abscheu zu überwinden und durch die reine Kraft seines Geistes weiterhin so liebenswürdig und unterhaltend zu sein wie eh und je. Er merkte nicht, was für eine Menge Unsinn er redete und wie die reine Kraft seines Geistes durch den Anblick von Monteriano und die Vorstellung, daß es in seinen Mauern so etwas wie Zahnheilkunde gab, erheblich geschwächt war.

Die Stadt über ihnen schwenkte nach links, dann nach rechts und wieder nach links hinüber, während die Landstraße sich zwischen den Bäumen hinaufwand und die Türme in der untergehenden Sonne zu glänzen begannen. Als sie näher kamen, sah Philip, wie sich Menschenköpfe dunkel über den Mauern ansammelten, und er wußte sehr wohl, was jetzt vor sich ging – wie sich die Neuigkeit verbreitete, daß ein Fremder in Sicht sei, wie die Bettler aus ihrer Ruhe aufgescheucht und aufgefordert wurden, ihre Mißbildungen zur Schau zu stellen; wie der Alabastermann nach seinen Waren und der amtlich zugelassene Führer nach seinen beiden Empfehlungsschreiben, dem einen von Miss M'Gee, Maida Vale, und dem anderen, weniger wertvollen, von einem Stallmeister der Königin von Peru, lief; wie jemand anderes zur Wirtin des »Stella d'Italia« lief, damit sie ihr Perlenhalsband und ihre braunen Stiefel anlege und die Toiletteneimer im Gästezimmer entleere; und wie die Wirtin zu Lilia und ihrem Jungen lief, um ihnen zu sagen, daß ihr Schicksal vor der Tür stehe.

Vielleicht war es ein Fehler, daß Philip soviel geredet hatte. Er hatte zwar Miss Abbott halb wahnsinnig gemacht, sich selbst aber nicht die nötige Zeit gegönnt, um sich einen Plan zurechtzulegen. Das Ende der Fahrt kam so plötzlich. Sie kamen aus den Bäumen hervor auf die Terrasse vor der Promenade, während halb Toskana wie eine Traumvision hinter ihnen in der Sonne erstrahlte. Dann fuhren sie durch das Siena-Tor in die Stadt, und ihre Reise war beendet. Die Dogana-Beamten ließen sie mit einem freundlichen Willkommensgruß durch, und sie rumpelten die enge Straße hinauf, mit jenem Gemisch von Neugier und Liebenswürdigkeit begrüßt, das jede Ankunft in Italien so bezaubernd macht.

Philip war verdutzt und wußte nicht, was er tun sollte. Im Hotel erwartete ihn ein ungewöhnlicher Empfang. Die Wirtin renkte ihm fast das Handgelenk aus, eine Person griff nach seinem Regenschirm und eine andere nach seinem Handkoffer; die Leute schubsten sich gegenseitig, um ihm Platz zu machen. Der Eingang schien von einer Menschenmenge belagert. Hunde bellten, Pfiffe ertönten, Frauen schwenkten ihre Taschentücher, aufgeregte Kinder schrien auf den Stufen, und oben an der Treppe stand Lilia selbst, strahlend und in ihrer besten Bluse.

»Willkommen!« rief sie. »Willkommen in Monteriano!«

Er begrüßte sie, denn er wußte nicht, was er sonst hätte tun sollen, und ein beifälliges Gemurmel erhob sich unten aus der Menge.

»Du hast mir geraten, hierher zu kommen«, fuhr sie fort. »Und ich habe es nicht vergessen. Laß mich dir Signor Carella vorstellen.«

Philip erkannte hinter ihr in der Ecke einen jungen Mann, der vielleicht als hübsch und wohlgebaut gelten konnte, aber sicherlich in diesem Augenblick nicht so wirkte. Er wurde halb verdeckt von der Draperie eines alten, schmutzigen Vorhangs und streckte nervös eine Hand aus, die Philip ergriff und dick und feucht fand. Neues Beifallsgemurmel erhob sich an der Treppe.

»Nun, das Essen ist gleich fertig«, sagte Lilia. »Dein Zimmer ist hinten auf dem Gang, Philip, du brauchst dich nicht erst umzuziehen.«

Er taumelte in sein Zimmer, um sich die Hände zu waschen, völlig erschlagen von ihrer Unverfrorenheit.

»Liebste Caroline!« flüsterte Lilia, sobald er verschwunden war. »Was bist du doch für ein Engel, daß du es ihm gesagt hast! Er nimmt es so gefaßt auf. Aber du mußt ein *mauvais quart d'heure* durchgemacht haben.«

Miss Abbotts lange Qual verwandelte sich plötzlich in Bosheit. »Gar nichts habe ich gesagt«, fuhr sie auf. »Du hast alles noch vor dir – und wenn du mit einer Viertelstunde davonkommst, kannst du von Glück sagen!«

Die Mahlzeit war ein Alptraum. Sie hatten das von Gerüchen erfüllte Speisezimmer für sich allein. Lilia, sehr schick und geräuschvoll, saß an der Stirnseite der Tafel; Miss Abbott, ebenfalls in ihrer besten Aufmachung, saß neben Philip und glich für seine gereizten Nerven immer mehr der Vertrauten in einer Tragödie. Der Sprößling des italienischen Adels, Signor Carella, saß gegenüber. Hinter ihm schimmerte ein Bassin mit Goldfischen, die immerfort rundherum schwammen und die Gäste anglotzten.

Das Gesicht Signor Carellas war zu sehr in zuckender Bewegung, als daß Philip es eingehend studieren konnte. Aber er konnte seine Hände sehen, und die waren nicht besonders sauber und wurden auch dadurch nicht sauberer, daß er mit ihnen fortwährend in den glänzenden Strähnen seiner schwarzen Haare herumfummelte. Seine gestärkten Manschetten waren auch nicht sauber, und was den Anzug betrifft, so war dieser offenbar eigens für diese Gelegenheit als etwas echt Englisches gekauft worden – ein riesiges Würfelmuster – und paßte nicht einmal. Sein Taschentuch hatte er vergessen, aber er vermißte es keinen Augenblick. Im ganzen war er nicht sehr repräsentabel und konnte von Glück sagen, daß er einen Zahnarzt von Monteriano zum Vater hatte. Und warum in aller Welt Lilia... Aber sobald die Mahlzeit begonnen hatte, fand Philip eine Erklärung.

Denn der junge Mann hatte Hunger, und seine Dame füllte ihm seinen Teller mit Spaghetti, und als ihm die köstlichen, schlüpfrigen Würmer die Kehle hinabglitten, entspannten sich seine Züge, und sein Gesicht wirkte für einen Augenblick abwesend und ruhig. Philip hatte dies Gesicht schon hundertmal vorher in Italien gesehen und bewundert, denn es war nicht nur schön, sondern besaß auch den besonderen Charme, der das rechtmäßige Erbe all derer ist, die auf diesem Boden geboren sind. Aber er wünschte es nicht sich gegenüber bei Tisch zu sehen. Es war nicht das Gesicht eines Gentlemans.

Die Unterhaltung, wenn man es so nennen kann, wurde in einem Gemisch aus Englisch und Italienisch geführt. Lilia hatte kaum ein paar Brocken der letzteren Sprache aufgeschnappt und Signor Carella noch nicht ein einziges Wort der ersteren erlernt. Gelegentlich mußte Miss Abbott als Dolmetscherin zwischen den Liebenden einspringen, und die Situation wurde im höchsten Maße sonderbar und peinlich. Aber Philip war zu feige, um von der Verlobung anzufangen. Er dachte, daß er energischer mit Lilia umspringen würde, wenn er sie erst allein vor sich hätte, und er redete sich ein, daß er erst ihre Verteidigung anhören müsse, bevor er sich ein Urteil bilden könne.

Signor Carella, durch die Spaghetti und den kehlglättenden Wein ermutigt, bemühte sich zu sprechen und sagte, indem er höflich zu Philip hinüberblickte: »England ist ein großes Land. Die Italiener lieben England und die Engländer.«

Philip war nicht in Stimmung für internationale Schmeicheleien und verbeugte sich schweigend.

»Auch Italien«, fuhr der andere ein wenig gekränkt fort, »ist ein großes Land. Es hat viele berühmte Männer hervorgebracht, zum Beispiel Garibaldi und Dante. Dante hat das ›Inferno‹, das ›Purgatorio‹ und das ›Paradiso‹ geschrieben. Das ›Inferno‹ ist das Schönste.« Und mit dem selbstgefälligen Ton eines Menschen, der eine gediegene Bildung genossen hat, zitierte er die Eingangsverse:

»Nel mezzo del cammin di'nostra vita
Mi ritrovai per una selva oscura,
Chè la diritta via era smarrita« –

ein Zitat, welches weitaus besser am Platze war, als er ahnen mochte.

Lilia blickte zu Philip hinüber, um zu sehen, ob er auch merkte, daß sie keinen Ignoranten heiratete. Besorgt, alle guten Eigenschaften ihres Verlobten ins rechte Licht zu setzen, schnitt sie unvermittelt das Thema Pallone an, ein Spiel, in dem er offenbar besonders tüchtig war. Er wurde plötzlich schüchtern, und ein selbstgefälliges Grinsen breitete sich auf seinem Gesicht aus – das Grinsen eines Bauerntölpels, dessen Punktzahl im Cricket in Gegenwart eines Fremden erwähnt wird. Philip selbst hatte dem Pallone, dieser bezaubernden Kombination von Lawn-Tennis und Fangball, gern zugesehen. Aber er dachte bei sich, daß er es künftig nicht mehr so gern sehen würde.

»Oh, seht doch!« rief Lilia, »die armen kleinen Fische!« Eine ausgehungerte Katze hatte sie wegen des halbrohen, roten Beefsteaks belästigt, das sie mit Mühe hinunterschlangen. Signor Carella hatte sie mit der den Italienern eigenen Brutalität bei den Pfoten gepackt und weggeschleudert. Nun war sie an dem Bassin hinaufgeklettert und versuchte, die Fische herauszuangeln. Er stand auf, stieß sie weg und verschloß die Öffnung mit einem großen Glasstöpsel, der neben dem Bassin lag.

»Aber können die Fische davon nicht sterben?« fragte Miss Abbott. »Sie bekommen ja keine Luft mehr.«

»Fische leben von Wasser und nicht von Luft«, antwortete er mit Kennermiene und setzte sich wieder. Offenbar fühlte er sich jetzt wieder wohl, denn er begann auf den Fußboden zu spucken. Philip sah zu Lilia hinüber, konnte aber nicht feststellen, ob sie zusammenzuckte. Sie redete tapfer bis zum Ende der abscheulichen Mahlzeit; dann stand sie auf und sagte: »Nun, Philip, du möchtest jetzt gewiß gerne gute Nacht sagen. Wir sehen uns morgen um zwölf beim Mittagessen, wenn wir uns vorher nicht mehr treffen sollten. *Caffè latte* bekommen wir auf unserem Zimmer.«

Das war ein bißchen zu unverschämt. Philip gab ihr zur Antwort: »Ich möchte dich bitte jetzt gleich auf meinem Zimmer sprechen, da ich die ganze Reise aus einem ganz bestimmten Grunde unternommen habe.« Er hörte, wie Miss Abbott seufzte. Signor Carella, der sich gerade eine stinkende Zigarre anzündete, hatte offenbar nichts verstanden.

Es war, wie er erwartet hatte. Sobald er mit Lilia allein war, fiel seine ganze Nervosität von ihm ab. Das Bewußtsein seiner langjährigen geistigen Überlegenheit stärkte ihn, und er begann mit beredter Zunge:

»Meine liebe Lilia, wir wollen keine Szene machen. Bevor ich hier ankam, glaubte ich, ich müßte dir ein paar Fragen stellen. Aber das ist nicht mehr nötig. Ich weiß alles. Miss Abbott hat mir einen gewissen Teil erzählt, und das übrige sehe ich selbst.«

»Siehst du selbst?« rief sie aus, und er erinnerte sich hinterher, daß sie purpurrot geworden war.

»Daß er höchstwahrscheinlich ein Grobian und bestimmt ein Schuft ist.«

»In Italien gibt es keine Schufte«, sagte sie schnell.

Er war verblüfft. Es war eine seiner eigenen Bemerkungen. Und sie brachte ihn noch mehr aus der Fassung, als sie fortfuhr: »Er ist der Sohn eines Zahnarztes, warum auch nicht?«

»Danke für die Auskunft. Ich weiß alles, wie ich dir schon sagte. Ich kenne auch die soziale Stellung eines Italieners, der in einer kleinen Provinzstadt Zähne zieht.«

Er kannte sie nicht, erlaubte sich aber zu vermuten, daß sie recht niedrig sein müsse. Und Lilia widersprach nicht. Aber sie war gewitzt genug, um zu sagen: »Wirklich, Philip, du überraschst mich. Wenn ich dich recht verstanden hatte, setzt du dich doch immer für Gleichheit usw. ein.«

»Und wenn ich recht verstanden hatte, war Signor Carella ein Mitglied des italienischen Adels.«

»Nun, wir haben es in dem Telegramm so ausgedrückt, um die gute Mrs. Herriton nicht vor den Kopf zu stoßen. Aber es stimmt sogar. Er gehört zu einer jüngeren Linie. Natürlich verzweigen sich die Familien – gerade wie es in eurer den Vetter Joseph gibt.« Sie hatte geschickt das einzige allen peinliche Mitglied der Herriton-Sippe herausgegriffen. »Ginos Vater ist die Höflichkeit selbst, und er kommt in seinem Beruf schnell vorwärts. Noch diesen Monat verläßt er Monteriano, um sich in Poggibonsi niederzulassen. Und was meine Wenigkeit anbetrifft, so meine ich, daß es nicht darauf ankommt, was die Menschen *sind;* ich nehme freilich nicht an, daß du derselben Ansicht bist. Aber ich möchte, daß du weißt, daß Ginos Onkel ein Priester ist – dasselbe wie ein Geistlicher bei uns.«

Philip kannte die Stellung eines italienischen Priesters und sagte so viel darüber, daß Lilia ihn mit den Worten unterbrach: »Gut, aber sein Vetter ist Jurist in Rom.«

»Was für eine Art ›Jurist‹?«

»Wieso, ein Jurist, gerade wie du – außer daß er viel zu tun hat und niemals abkömmlich ist.«

Diese Bemerkung traf ihn tiefer, als er zu zeigen wünschte. Er änderte seine Methode und hielt ihr in sanftem, versöhnlichem Ton die folgende Rede:

»Das Ganze ist wie ein böser Traum – so böse, daß er nicht weitergehen kann. Wenn nur irgendein einnehmender Zug an dem Manne wäre, so würde ich mir vielleicht Sorgen machen. Aber so wie die Dinge liegen, kann ich der Zeit vertrauen. Im Augenblick, Lilia, hat er dich für sich eingenommen, aber du wirst ihn bald durchschauen. Es ist nicht möglich, daß eine Dame wie du, die an den Umgang mit wirklichen Damen und Herren gewöhnt ist, einen Mann erträgt, dessen Stellung – nun, nicht einmal der des Sohnes von einem Dienstbotenzahnarzt am Coronation-Platz gleichkommt. Ich mache dir jetzt keine Vorwürfe.

Aber ich mache dem Zauber Italiens Vorwürfe – ich habe ihn selber empfunden, wie du weißt –, und ich mache Miss Abbott heftige Vorwürfe.«

»Caroline? Warum ihr Vorwürfe machen? Was hat das alles mit Caroline zu tun?«

»Weil wir erwartet haben, daß sie –« Er sah ein, daß ihm die Antwort Schwierigkeiten bereiten würde; er machte eine vage Handbewegung und fuhr fort: »So bin ich zuversichtlich, und du wirst mir in deinem Herzen recht geben müssen, daß diese Verlobung nicht von Dauer sein kann. Denke an dein Leben daheim – denke an Irma! Und ich sage auch, denke an uns, denn du weißt, Lilia, daß wir dich mehr als eine angeheiratete Verwandte schätzen. Mir wäre es, als sollte ich meine eigene Schwester verlieren, wenn du das tätest, und meine Mutter würde eine Tochter verlieren.«

Sie schien endlich bewegt, denn sie wandte ihr Gesicht ab und sagte: »Ich kann die Sache jetzt nicht mehr rückgängig machen.«

»Arme Lilia«, sagte er, aufrichtig gerührt. »Ich weiß, daß es schmerzlich sein mag. Aber ich bin gekommen, um dich zu retten, und wenn ich auch nur ein Bücherwurm bin, so habe ich doch keine Angst, es mit einem Grobian aufzunehmen. Er ist nichts als ein unverschämter Bengel. Er meint, er kann dich durch Drohungen bei deinem Wort halten. Er wird sich anders benehmen, wenn er sieht, daß er es mit einem Manne zu tun hat.«

Um das Folgende zu beschreiben, wäre eigentlich ein Gleichnis vonnöten – das Gleichnis einer Pulvermine, eines Donnerkeils oder eines Erdbebens, denn es schleuderte Philip in die Luft, warf ihn flach auf den Boden und zog ihn in die Tiefe hinab. Lilia wandte sich ihrem ritterlichen Beschützer zu und sagte:

»Dies einzige Mal in meinem Leben werde ich dir dankbar sein, wenn du mich in Ruhe läßt. Auch deiner Mutter werde ich dankbar sein. Zwölf Jahre lang habt ihr mich dressiert und gemartert, und ich habe keine Lust mehr, es länger zu ertragen. Glaubt ihr denn, ich sei so dumm? Glaubt ihr, daß ich niemals darunter gelitten habe? Oh! Als ich als arme junge Braut in euer Haus kam, was habt ihr mich alle über die Schulter angesehen – niemals ein freundliches Wort – und ihr habt über mich geredet und gemeint, ich sei gerade eben noch tragbar; und deine Mutter hat dauernd etwas an mir auszusetzen gehabt, deine Schwester hat mich angefahren, und du hast witzige Reden über mich geführt, um zu zeigen, wie klug du bist! Und als Charles starb, mußte ich nach wie vor gegängelt werden, um der Ehre eurer gräßlichen Familie willen, und ich wurde in Sawston eingesperrt und mußte den Haushalt erlernen, und alle meine Chancen, mich wieder zu verheiraten, wurden mir verdorben. Nein, besten Dank! Nein, besten Dank! ›Grobian‹? ›Unverschämter Bengel‹? Wer anders ist das, bitte sehr, als du selbst? Aber Gott sei Dank kann ich es jetzt mit der ganzen Welt aufnehmen, denn ich habe Gino gefunden, und diesmal heirate ich aus Liebe!«

Die Grobheit und Aufrichtigkeit ihres Ausfalls überwältigten ihn gleichermaßen. Aber ihre hemmungslose Unverschämtheit ließ auch ihn harte Worte finden, und auch er entlud seinen Zorn.

»Jawohl! Und ich verbiete es dir! Du verachtest mich vielleicht und denkst, ich sei schwach. Aber du irrst dich. Du bist undankbar, unverschämt und verachtenswert, aber ich will dich retten, um Irma und unseren Namen zu retten. Es wird einen solchen Skandal in dieser Stadt geben, daß ihr es beide bereuen werdet, daß du hergekommen bist. Ich werde vor nichts zurückschrecken, denn ich bin allmählich wirklich wütend. Es ist unklug von dir, zu lachen. Ich verbiete dir, Carella zu heiraten, und jetzt will ich es ihm selber sagen.«

»Tu das«, rief sie. »Sag es ihm jetzt gleich. Setz dich mit ihm auseinander! Gino! Gino! Komm herein! Avanti! Fra Filippo verbietet unser Aufgebot!«

Gino erschien so plötzlich, daß er hinter der Tür gelauscht haben mußte.

»Fra Filippo wird allmählich wütend. Er schreckt vor nichts zurück. Oh, paß auf, daß er dir nichts tut!« Sie schwankte hin und her und ahmte auf ordinäre Weise Philips Gang nach. Dann rauschte sie mit einem stolzen Blick auf die breiten Schultern ihres Verlobten aus dem Zimmer.

Wollte sie, daß sie miteinander ringen sollten? Philip hatte nicht die Absicht; und anscheinend auch Gino nicht, der nervös, mit zuckenden Lippen und Lidern, in der Mitte des Zimmers stand.

»Bitte, setzen Sie sich, Signor Carella«, sagte Philip auf italienisch. »Mrs. Herriton ist sehr aufgeregt, aber das ist kein Grund, daß wir nicht ruhig bleiben sollten. Dürfte ich Ihnen eine Zigarette anbieten? Bitte, setzen Sie sich.«

Gino lehnte die Zigarette und den Stuhl ab und blieb im vollen Licht der Lampe stehen. Philip war ein solches Hilfsmittel nicht unangenehm; es brachte sein eigenes Gesicht in den Schatten.

Lange Zeit verharrte er schweigend. Es mochte Eindruck auf Gino machen, außerdem ermöglichte es ihm, seine Gedanken zu sammeln. Er wollte diesmal nicht in den Fehler verfallen sich aufzuspielen, den er unverantwortlicherweise von Lilia übernommen hatte. Er wollte seine Stärke durch Selbstbeherrschung demonstrieren.

Warum zuckte Gino, als er aufblickte, um anzufangen, von lautlosem Lachen? Es hörte zwar augenblicklich auf, aber Philip wurde nervös und drückte sich noch bombastischer aus, als er beabsichtigte.

»Signor Carella, ich will offen zu Ihnen sprechen. Ich bin gekommen, um Ihre Heirat mit Mrs. Herriton zu verhindern, weil ich weiß, daß sie beide unglücklich miteinander werden würden. Mrs. Herriton ist Engländerin, und Sie sind Italiener; Mrs. Herriton ist an das eine gewöhnt und Sie an das andere. Und – verzeihen Sie, daß ich es ausspreche – Mrs. Herriton ist reich, und Sie sind arm.«

»Ich heirate sie nicht, weil sie reich ist«, lautete die mürrische Antwort.

»Das habe ich auch keinen Augenblick sagen wollen«, erwiderte Philip höflich. »Sie sind ein Ehrenmann, daran zweifle ich nicht; aber sind Sie auch klug? Und bedenken Sie, daß wir Lilia bei uns zu Hause nicht entbehren können; ihre kleine Tochter würde mutterlos sein und unser Heim auseinanderfallen. Wenn Sie meiner Bitte nachkommen, werden Sie sich unseren Dank verdienen – und Sie sollen auch nicht ohne Entschädigung für Ihre Enttäuschung bleiben.«

»Entschädigung – was für eine Entschädigung?«

Er lehnte sich über einen Stuhlrücken und sah Philip voll ins Gesicht. Sie kamen sehr schnell zur Sache. Arme Lilia!

Philip sagte langsam: »Wie wäre es mit tausend Lire?«

Seine ganze Seele machte sich in einem einzigen Ausruf

Luft, dann stand er schweigend, mit weitgeöffnetem Mund da. Philip würde das Doppelte gegeben haben; er hatte erwartet, daß der andere feilschen würde.

»Sie können sie heute abend noch haben.«

Gino fand endlich die Sprache wieder und sagte: »Es ist zu spät.«

»Aber warum denn?«

»Weil...« Seine Stimme kippte. Philip beobachtete sein Gesicht – ein Gesicht ohne Feinheit vielleicht, aber nicht ohne Ausdruck –, beobachtete, wie es zuckte, sich glättete und wieder verkrampfte, von Empfindung zu Empfindung. In einem einzigen Augenblick spiegelte es Habgier, Unverschämtheit, Höflichkeit, Dummheit und Schlauheit – und wir wollen hoffen, daß es manchmal auch Liebe war. Doch allmählich gewann eine Empfindung die Oberhand, die unerwartetste von allen: Seine Brust begann sich zu heben, seine Augenlider zu flattern und sein Mund zu zukken, und plötzlich richtete er sich auf und brüllte sein ganzes Sein in einem einzigen, dröhnenden Gelächter hinaus.

Philip sprang auf, und Gino, der seine Arme weit geöffnet hatte, um das glorreiche Geschöpf zu entlassen, ergriff ihn bei den Schultern, schüttelte ihn heftig und sagte: »Weil wir schon verheiratet sind – verheiratet – verheiratet, sobald wir erfuhren, daß Sie kommen würden. Wir hatten keine Zeit, es Ihnen mitzuteilen. Oh, oh! Sie haben die ganze Reise umsonst gemacht, oh!, und oh! Ihre Großzügigkeit!« Plötzlich wurde er ernst und sagte: »Entschuldigen Sie bitte, ich bin wirklich grob. Ich benehme mich nicht besser als ein Bauernlümmel, und ich...« In diesem Augenblick sah er Philips Gesicht, und das war zuviel für ihn. Er keuchte, platzte los, stopfte sich die Finger in den

Mund und spie sie bei einem neuen Ausbruch wieder aus. Dann gab er Philip einen ungezielten Stoß, so daß dieser aufs Bett flog. Er stieß ein entsetztes »Oh!« aus, dann gab er es auf und lief, kreischend wie ein kleines Kind, den Gang hinunter, um seiner Frau diese herrliche Geschichte zu erzählen.

Eine Zeitlang blieb Philip auf dem Bett liegen und redete sich ein, er sei ernstlich verletzt. Er konnte vor Erregung kaum etwas sehen und lief auf dem Gang Miss Abbott buchstäblich über den Haufen, die sofort in Tränen ausbrach.

»Ich übernachte im Globo«, sagte er zu ihr, »und fahre morgen mit dem Frühzug nach Sawston zurück. Er hat mich überfallen. Ich könnte ihn gerichtlich belangen. Aber ich werde es nicht tun.«

»Ich kann auch nicht hierbleiben«, schluchzte sie. »Ich wage es nicht. Sie müssen mich mitnehmen!«

# III

Gegenüber dem Volterra-Tor von Monteriano, draußen vor der Stadt, steht eine sehr ansehnliche, weißgetünchte Lehmmauer mit einem Dach aus roten gewellten Ziegeln, um sie vor dem Verfall zu schützen. Man möchte an einen Herrenhauspark denken, wenn sie nicht in der Mitte ein großes Loch hätte, das mit jedem Gewittersturm größer wird. Durch das Loch sieht man: Erstens das eiserne Tor, welches sie schließen soll, zweitens ein quadratisches Stück Erdboden, das nicht eigentlich Lehm, aber auch nicht eigentlich Rasen ist; und schließlich noch eine Mauer, diesmal aus Stein, mit einer Holztür in der Mitte und zwei Fenstern mit hölzernen Läden auf jeder Seite, welche offenbar die Fassade eines einstöckigen Hauses bildet.

Dieses Haus ist größer, als es den Anschein hat, denn es schiebt sich auf der rückwärtigen Seite noch zwei Stockwerke den Hügel hinab, und die Holztür, welche immer verriegelt bleibt, führt in Wirklichkeit auf den Dachboden. Der Eingeweihte bevorzugt den abschüssigen Maultierpfad um die Lehmmauer herum, bis er das Gebäude von der Rückseite vor sich hat. Dann – er steht jetzt auf gleicher Höhe mit den Kellerräumen – hebt er den Kopf und ruft. Wenn sein Ruf nach etwas Leichtem klingt – etwa nach einem Brief oder nach etwas Gemüse oder einem Blumenstrauß –, dann wird aus dem Fenster im ersten Stock mittels eines Taus ein Korb herabgelassen, in den er seine Bürde legt und sich wieder auf den Weg macht. Wenn sein Ruf jedoch nach etwas Schwerem klingt, etwa einem Holzklotz, einem Stück Fleisch oder einem Besucher, dann wird er einem Verhör unterzogen und anschließend heraufgebeten oder abgewiesen. Das Erdgeschoß und das Obergeschoß des verfallenen Hauses sind gleichermaßen verlassen, die Bewohner halten sich in dem zentralen Teil auf, genau wie in einem absterbenden Körper alles Leben sich zum Herzen zurückzieht. Oben an der ersten Treppenflucht befindet sich eine Tür, und wenn der Besucher Zutritt erhält, so wird ihm ein Empfang zuteil, der nicht unbedingt kühl zu sein braucht. Es sind verschiedene Zimmer in dem Hause, einige sind dunkel und die meisten muffig – ein mit Roßhaarstühlen, mit bestickten Kissen ausstaffierten Hockern und einem niemals geheizten Ofen überladener Empfangsraum, über dem der deutsche schlechte Geschmack ohne die deutsche Gemütlichkeit lastet; ferner ein Wohnzimmer, das unmerklich in ein Gästezimmer übergeht, worin jedoch der verfeinernde Einfluß der Gastlichkeit fehlt, sowie richtige Schlafzimmer; und zu allerletzt die Loggia, wo man sich, wenn man Lust hat, Tag und Nacht aufhalten, Wermut trinken und Zigaretten rauchen kann, während einem kilometerweit Olivenbäume, Weinberge und blaugrüne Hügel zusehen.

In diesem Hause fand die kurze und ausweichliche Tragödie von Lilias Ehe statt. Sie ließ es Gino für sie kaufen, weil sie ihn dort zum erstenmal auf der Lehmmauer gegenüber dem Volterra-Tor sitzen gesehen hatte. Sie erinnerte sich, wie die Abendsonne auf sein Haar geschienen und wie er zu ihr herabgelächelt hatte und wie sie, sentimental und ungebildet zugleich, sich entschlossen hatte, den Mann und die Örtlichkeit zusammen zu besitzen. In Italien sind die Dinge billig für einen Italiener, und obwohl er ein Haus an der Piazza oder, besser noch, ein Haus in Siena oder, als höchste Wonne, ein Haus in Leghorn vorgezogen hätte, tat er dennoch, worum sie ihn bat, in dem Glauben, es sei vielleicht ein Zeichen ihres guten Geschmacks, einen so abgelegenen Wohnsitz zu bevorzugen.

Das Haus war viel zu groß für sie, und all seine Verwandten strömten zusammen, um es zu füllen. Sein Vater wünschte es in einen patriarchalischen Sitz zu verwandeln; alle Familienmitglieder sollten ihr eigenes Zimmer haben und sich zu den Mahlzeiten versammeln, und er war ohne weiteres bereit, seine neue Praxis in Poggibonsi aufzugeben, um das Präsidium zu führen. Auch Gino war es recht, denn er war ein liebevoller Sohn, der gern einen großen Familienkreis um sich sah, und er teilte seinen Entschluß als angenehme Neuigkeit Lilia mit, die sich keine Mühe gab, ihr Entsetzen zu verbergen.

Sogleich war auch er entsetzt, sah ein, daß die Idee ungeheuerlich sei, beschimpfte sich selbst in ihrer Gegenwart, weil er sie vorgeschlagen hatte, und eilte davon, um seinem Vater zu sagen, daß sie unmöglich zu verwirklichen sei. Sein Vater beschwerte sich, daß das Glück ihn bereits verdorben und hart und gefühllos gemacht habe; seine Mutter weinte, und seine Schwestern beschuldigten ihn, ihren sozialen Aufstieg zu vereiteln. Er war ganz kleinlaut und unterwürfig, wenigstens so lange, bis sie gegen Lilia aufmuckten. Da muckte er gegen sie auf und sagte, sie könnten die englische Dame, die seine Frau sei, nicht verstehen und noch viel weniger mit ihr verkehren; es werde nur *einen* Herrn in diesem Hause geben, und zwar ihn.

Lilia lobte und liebkoste ihn, als er zurückkam, nannte ihn tapfer und einen Helden und gab ihm andere zärtliche Beinamen. Aber er wurde ziemlich trübsinnig, als seine Sippe Monteriano mit viel Würde verließ – einer Würde, die durch die Annahme eines Schecks nicht im geringsten beeinträchtigt wurde. Sie nahmen den Scheck zu guter Letzt nicht mit nach Poggibonsi, sondern nach Empoli – einer belebten, staubigen, etwa dreißig Kilometer entfernten Stadt. Dort ließen sie sich in aller Behaglichkeit nieder, und die Schwestern sagten, Gino habe sie dazu getrieben.

Der Scheck kam natürlich von Lilia, die äußerst großzügig und gern bereit war, alle Leute kennenzulernen, sofern sie nur nicht mit ihnen zusammenzuleben brauchte, denn angeheiratete Verwandte fielen ihr auf die Nerven. Sie mochte nichts lieber als irgendwelche obskure und entfernte Beziehungen aufzustöbern – es gab deren mehrere – und die verschwenderische Fee zu spielen, wobei sie Verblüffung und oft auch Unzufriedenheit hervorrief. Gino wunderte sich, wie es kam, daß all seine Angehörigen, die früher so nett schienen, auf einmal querulant und unleidlich geworden waren. Er führte es auf die Großzügigkeit seiner vornehmen Gemahlin zurück, im Vergleich zu der er alle übrigen Menschen gewöhnlich fand. Ihr Geld floß reichlich, obwohl das Leben so billig war, und er schämte sich, wenn er sich daran erinnerte, daß er es einmal bedauert hatte, die tausend Lire nicht annehmen zu können, die Philip Herriton ihm im Austausch für sie angeboten hatte. Was wäre das für ein kurzsichtiger Handel gewesen!

Lilia machte es Spaß, sich in dem neuen Hause einzurichten und nichts weiter zu tun, als lächelnden Dienstboten und einem ergebenen Ehemann als Dolmetscher Befehle zu geben. Sie schrieb einen vergnügten Bericht über ihr Glück an Mrs. Herriton, den Harriet damit beantwortete, daß I. alle künftigen Mitteilungen an die Rechtsanwälte zu richten seien und 2. Lilia doch einen eingelegten Kasten, den Harriet ihr zur Aufbewahrung von Taschentüchern und Kragen geliehen habe, zurückschicken möchte.

»Sieh nur, was ich deinetwegen alles aufgebe!« sagte Lilia zu Gino; sie unterließ es niemals, ihre Herablassung ausdrücklich zu betonen. Er glaubte, sie spreche von dem eingelegten Kasten, und sagte, den brauche sie keineswegs herauszugeben.

»Dummer Junge, nein! Ich meine doch das ganze Leben. Diese Herritons haben ausgezeichnete Beziehungen. Sie nehmen eine führende Rolle in der Gesellschaft von Sawston ein. Aber was macht mir das alles aus, wenn ich nur meinen dummen Jungen habe!« Sie behandelte ihn immer wie einen Jungen, der er auch war, und auch wie einen dummen Jungen, der er nicht war; denn sie glaubte sich ihm so unvergleichlich überlegen, daß sie eine um die andere Gelegenheit versäumte, um ihre Herrschaft sicherzustellen. Er sah gut aus und war träge; folglich mußte er dumm sein. Er war arm; folglich würde er nie wagen, seine Wohltäterin zu kritisieren. Er war leidenschaftlich in sie verliebt; folglich könnte sie alles tun, was ihr beliebte.

»Wenn es auch nicht der Himmel auf Erden ist«, dachte sie, »so ist es doch immerhin besser als mit Charles.«

Und die ganze Zeit über beobachtete der »Junge« sie und wuchs heran.

An Charles wurde sie durch einen unangenehmen Brief der Rechtsanwälte erinnert, durch den sie aufgefordert wurde, gemäß dem Letzten Willen ihres verstorbenen Gatten eine größere Summe Geldes für Irma herauszurücken. Es sah Charles' mißtrauischer Natur ähnlich, daß er gegen ihre Wiederverheiratung Vorsorge getroffen hatte. Gino war ebenfalls entrüstet, und sie setzten zusammen eine bissige Antwort auf, die ohne jede Wirkung blieb. Dann meinte er, Irma solle lieber herüberkommen und bei ihnen leben. »Die Luft ist gut und die Ernährung ebenfalls; sie wird hier glücklich sein, und wir brauchen uns nicht von dem Geld zu trennen.« Aber Lilia hatte nicht einmal den Mut, dies den Herritons auch nur vorzuschlagen, und ein unerklärlicher Schrecken überkam sie bei dem Gedanken, daß Irma oder irgendein anderes englisches Kind in Monteriano erzogen werden sollte.

Gino war über den Brief der Rechtsanwälte sehr niedergeschlagen, niedergeschlagener, als sie für nötig hielt. Im Hause gab es nichts mehr zu tun, und er brachte ganze Tage auf der Loggia zu, lehnte sich über das Geländer oder setzte sich mit trübsinniger Miene rittlings darauf.

»Oh, du fauler Junge!« rief sie und kniff ihn in die Muskeln. »Geh und spiel Pallone.«

»Ich bin ein verheirateter Mann«, antwortete er, ohne den Kopf zu heben. »Ich spiele nicht mehr.«

»Dann geh und besuche deine Freunde.«

»Ich habe keine Freunde mehr.«

»Wie kann man nur so dumm sein! Du kannst doch nicht den ganzen Tag zu Hause sitzen!«

»Ich will niemand anders sehen als dich.« Er spuckte in Richtung auf einen Olivenbaum.

»Komm, Gino, sei nicht albern. Geh und besuch deine Freunde, und veranlasse sie, mich zu besuchen. Wir mögen doch beide gern Gesellschaft haben.« Er machte ein verblüfftes Gesicht, ließ sich aber überreden, ging aus, stellte fest, daß er doch nicht so ohne Freunde sei, wie er vermutet hatte, und kehrte nach ein paar Stunden in gänzlich veränderter Stimmung zurück. Lilia beglückwünschte sich zu ihrer guten Idee.

»Ich bin jetzt auch auf Besuche vorbereitet«, sagte sie, »ich werde euch alle aufrütteln, so wie ich Sawston aufgerüttelt habe. Laß uns viele Leute einladen – und sie sollen auch ihre Frauen mitbringen. Ich will richtige englische Teegesellschaften geben.«

»Da wäre meine Tante mit ihrem Mann; aber ich dachte, du wolltest meine Verwandten hier nicht sehen.«

»Das habe ich niemals...«

»Aber wahrscheinlich hättest du recht«, sagte er ernst.

»Sie sind nichts für dich. Viele von ihnen sind Handwerker, und wir sind auch kaum etwas Besseres; du müßtest vornehme Leute und Adlige zu Freunden haben.«

»Der arme Junge«, dachte Lilia, »es ist eine traurige Entdeckung für ihn, daß seine Angehörigen vulgär sind.« Und sie erzählte ihm, daß sie ihren dummen Jungen nur um seiner selbst willen liebe. Er wurde rot und begann an seinem Schnurrbart zu zupfen.

»Aber außer deinen Verwandten muß ich auch noch andere Leute um mich haben. Deine Freunde haben doch auch Frauen und Schwestern, nicht wahr?«

»O ja, aber die kenne ich natürlich kaum.«

»Du kennst nicht die Angehörigen deiner Freunde?«

»Wieso? Nein! Wenn sie arm sind und für ihren Lebensunterhalt arbeiten, kenne ich sie vielleicht – sonst nicht. Außer...« Er stockte. Die wichtigste Ausnahme war eine junge Dame, der er einmal wegen einer möglichen Ehe vorgestellt worden war. Aber die Mitgift hatte sich als unzureichend erwiesen, und damit hatte die Bekanntschaft ein Ende gehabt.

»Wie komisch! Aber das soll jetzt alles anders werden. Fordere deine Freunde auf, mich zu besuchen, dann sorge ich schon dafür, daß sie ihre Angehörigen mitbringen.«

Er sah sie mit ziemlich hoffnungsloser Miene an.

»Also, wer sind hier die Hauptpersonen? Wer gibt den Ton an in der Gesellschaft?«

Der Gefängnisgouverneur, meinte er, und die Offiziere, die mit ihm arbeiteten.

»Gut. Sind sie verheiratet?«

»Ja.«

»Da haben wir's. Kennst du sie?«

»Ja... das heißt...«

»Ich sehe schon«, rief sie ärgerlich. »Sie wollen nichts mit dir zu tun haben, nicht wahr, mein armer Junge? Warte!« Er nickte. »Warte! Das soll bald anders werden. Nun, und wen gibt es sonst noch?«

»Den Marchese, vielleicht, und die Domherren von der Kollegiatenkirche.«

»Verheiratet?«

»Die Domherren –« Er begann zu zwinkern.

»Ach, ich habe nicht an euer blödsinniges Zölibat gedacht. In England würden sie den Mittelpunkt von allem bilden. Aber warum sollte ich sie nicht kennenlernen? Geht es leichter, wenn ich überall Antrittsbesuche mache? Ist das bei euch nicht so Sitte, wenn man fremd ist?«

Er glaubte nicht, daß es dadurch leichter gehen würde.

»Aber ich muß doch irgend jemand kennenlernen! Wer waren denn die Leute, mit denen du heute nachmittag zusammengewesen bist?«

Leute niederen Standes. Er konnte sich kaum an ihre Namen erinnern.

»Aber Gino, Bester, wenn sie niederen Standes waren, warum bist du dann mit ihnen zusammengewesen? Denkst du denn gar nicht an deine Stellung?«

Das einzige, woran Gino jetzt dachte, waren Müßiggang und Taschengeld, und das brachte er durch den Ausruf zum Ausdruck: »Uff-puff! Wie ist es hier drinnen bloß heiß! Ich kriege keine Luft. Ich bin völlig durchgeschwitzt, ich ersticke. Ich muß mich erst abkühlen, sonst kann ich unmöglich einschlafen.« In seiner drolligen abrupten Art lief er auf die Loggia hinaus, legte sich seiner ganzen Länge nach aufs Geländer und begann unter dem schweigenden Sternenhimmel zu rauchen und zu spucken.

Lilia schloß aus diesem Gespräch, daß die Gesellschaft auf dem Kontinent doch nicht jeden so einfach nach seiner Façon leben lasse, wie sie dies erwartet hatte. Es ist so angenehm, in Italien zu leben – falls du zufällig das Glück hast, ein Mann zu sein. Dort kann man jenen erlesenen Luxus des Sozialismus genießen – jenes echten Sozialismus, der sich nicht auf die Gleichheit des Einkommens oder der Gesinnung, sondern auf die Gleichheit der Umgangsformen gründet. In der Demokratie des *caffè* oder der Straße hat das große Problem unseres Lebens seine Lösung gefunden, und die Verbrüderung der Männer ist Wirklichkeit geworden. Aber sie wird auf Kosten der Verschwisterung der Frauen erreicht. Warum sollst du dich nicht mit deinem Nachbarn im Theater oder in der Eisenbahn anfreunden, wenn du ebensogut weißt wie er, daß weibliche Kritik, weibliche Einsicht und weibliches Vorurteil eurer Beziehung niemals in die Quere kommen werden? Obwohl ihr euch schon bald mit David und Jonathan anredet, brauchst du doch niemals sein Haus zu betreten, noch er das deine. Euer ganzes Leben lang trefft ihr euch unter freiem Himmel, dem riesigen Schutzdach des Südens, und er kann darunter spucken und fluchen, und du kannst deine Endsilben verschlucken, ohne daß sich irgend jemand etwas dabei denkt.

Indes die Frauen – natürlich, sie haben ihr Haus und ihre Kinder mit den wundervollen zahlreichen Gottesdiensten, die sie in Begleitung ihres Dienstmädchens besuchen. Sonst gehen sie nicht viel aus, denn es ist nicht vornehm, zu Fuß zu gehen, und um euch einen Wagen zu halten, seid ihr zu arm. Gelegentlich nimmst du sie mit ins *caffè* und Theater, aber sofort lassen dich all deine alten Bekannten, außer den wenigen, die erwarten und von denen du erwartest, daß sie in deine Familie hineinheiraten werden, im Stich. Das ist alles sehr traurig. Aber ein Trost bleibt – das Leben ist sehr angenehm in Italien – falls du ein Mann bist.

Bisher hatte Gino sich noch nicht in Lilias Angelegenheiten eingemischt. Sie war so viel älter als er und so viel wohlhabender, daß er sie als ein höheres Wesen betrachtete, das anderen Gesetzen gehorchte. Er war nicht über die Maßen überrascht, denn über die Alpen wehten immer wieder Gerüchte von Ländern, in denen Männer und Frauen dieselben Vergnügungen und Interessen teilten, und er war schon öfters einer jener privilegierten Verrückten, einer Touristendame, auf ihren einsamen Spaziergängen begegnet. Auch Lilia machte einsame Spaziergänge, und erst diese Woche hatte ein Landstreicher sich ihrer Uhr bemächtigt – ein Zwischenfall, den man als typisch für Italien zu betrachten pflegt, obwohl er dort viel seltener vorkommt als in der Bond Street. Jetzt, da er Lilia besser kannte, verlor sich seine Ehrfurcht von selbst; niemand konnte mit ihr zusammenleben und es dabei belassen, zumal wenn sie so töricht war, sich eine goldene Uhr mit Kette stehlen zu lassen. Wie er so in Gedanken versunken auf dem Geländer lag, ging ihm zum erstenmal die Verantwortung des Ehelebens auf. Er mußte sie vor körperlichen und sozialen Gefahren beschützen, denn schließlich war sie seine Frau. »Und ich«, überlegte er, »bin, wenn ich auch noch jung bin, auf alle Fälle ein Mann und weiß, was sich gehört.«

Er fand sie noch im Wohnzimmer, wo sie ihr Haar kämmte, denn sie war nun einmal von Natur aus etwas schlampig und hielt es nicht für nötig, den äußeren Schein zu wahren.

»Du darfst nicht allein ausgehen«, sagte er freundlich, »es ist zu gefährlich. Wenn du spazierengehen möchtest, soll Perfetta dich begleiten.« Perfetta war eine verwitwete Cousine, die zu bescheiden war, um sozialen Ehrgeiz zu entwickeln, und die als Faktotum bei ihnen lebte.

»Schon gut, schon gut«, sagte Lilia lächelnd, so wie man mit einem besorgten kleinen Kind spricht. Trotzdem ging sie, außer einem einzigen Mal, bis zu ihrem Todestag nie wieder allein spazieren. Die Tage vergingen, und außer armen Verwandten kam niemand zu Besuch. Sie begann sich zu langweilen. Kannte er denn nicht den *sindaco* oder den Bankdirektor? Selbst die Wirtin des »Stella d'Italia« würde besser sein als überhaupt niemand. Sie selbst wurde, wenn sie in die Stadt ging, freundlich gegrüßt, aber die Leute fanden es natürlich schwierig, sich mit einer Dame zu unterhalten, die nicht imstande war, ihre Sprache zu erlernen. Und die Teegesellschaft rückte, unter Ginos sehr geschickter Regie, in immer weitere Ferne.

Er war sehr besorgt um Lilia, denn sie wurde in dem Hause überhaupt nicht heimisch. Aber er tröstete sich bald mit einem höchst willkommenen, unerwarteten Besucher. Als er eines Nachmittags die Briefe holen wollte – sie wurden ins Haus geliefert, aber es dauerte länger, als wenn man sie selbst von der Post abholte –, warf ihm jemand aus Scherz einen Mantel über den Kopf, und als er sich losgemacht hatte, erkannte er seinen sehr lieben Freund Spiridione Tesi vom Zollhaus in Chiasso, den er schon seit zwei Jahren nicht mehr gesehen hatte. War das eine Freude! Und was für eine herzliche Begrüßung! Alle Vorübergehenden lächelten beifällig zu der liebenswürdigen Szene. Spiridiones Bruder war jetzt Stationsvorsteher in Bologna, und so konnte er seine Ferien damit verbringen, auf öffentliche Kosten ganz Italien zu bereisen. Da er von Ginos Heirat gehört hatte, wollte er ihn auf dem Wege nach Siena besuchen, wo sein Onkel wohnte, der kürzlich ebenfalls geheiratet hatte.

»Sie tun es alle«, rief er aus, »nur ich nicht.« Er war noch nicht ganz dreiundzwanzig. »Aber erzähl mir mehr. Sie ist Engländerin? Das ist gut, sehr gut. Eine englische Frau ist wirklich ausgezeichnet. Und sie ist reich?«

»Unheimlich reich.«

»Blond oder dunkel?«

»Blond.«

»Ist das die Möglichkeit?«

»Es gefällt mir sehr«, sagte Gino einfach. »Du weißt ja, ich habe mir immer eine Blonde gewünscht.« Drei oder vier Männer hatten sich um sie versammelt und hörten zu.

»Das tun wir alle«, sagte Spiridione. »Aber du, Gino, hast dein Glück wirklich verdient, denn du bist ein guter Sohn, ein tapferer Mann und ein treuer Freund. Vom ersten Augenblick an, als ich dich sah, hab' ich dir immer nur Gutes gewünscht.«

»Keine Komplimente, bitte«, sagte Gino, der mit über der Brust gekreuzten Händen und einem zufriedenen Lächeln dastand.

Spiridione redete die anderen Männer an, von denen er keinen einzigen jemals vorher gesehen hatte. »Hat er diese reiche Blondine nicht verdient?«

»Er hat sie verdient«, sagten die Männer.

Es ist ein wunderbares Land, gleichviel ob man es liebt oder haßt.

Es waren keine Briefe gekommen, und natürlich setzten sie sich ins Caffè Garibaldi neben der Kollegiatenkirche – ein recht nettes *caffè* für eine so kleine Stadt. Es hatte Marmortischchen und vergoldete Terrakottapfeiler, und an der Decke war ein Fresko, das die Schlacht von Solferino darstellte. Man hätte sich keinen hübscheren Raum wünschen können. Sie bestellten sich Wermut und kleine mit Zucker bestreute Kuchen, die sie mit ernster Miene an der Tonbank aussuchten, indem sie erst mit dem Finger hineindrückten, um sich zu vergewissern, daß sie auch frisch waren. Und obwohl der Wermut kaum Alkohol enthält, verdünnte Spiridione den seinen mit Sodawasser, um sicherzugehen, daß er ihm nicht zu Kopf stieg.

Sie waren guter Dinge, und gewählte Komplimente wechselten auf drollige Weise mit wohlgemeinten, derben Scherzen ab. Aber bald legten sie ihre Beine auf ein paar Stühle und begannen zu rauchen.

»Erzähle«, sagte Spiridione – »ich habe vergessen zu fragen – ist sie jung?«

»Dreiunddreißig.«

»Na ja, wir können nicht alles auf einmal haben.«

»Aber du würdest dich wundern. Hätte sie mir gesagt, sie wäre achtundzwanzig, ich würde es ihr auch geglaubt haben.«

»Ist sie *simpatica?*« (Man kann dieses Wort nicht übersetzen.)

Gino tupfte auf dem Zucker herum und sagte nach einer Pause: »Es genügt.«

»Das ist das Wichtigste.«

»Sie ist reich, sie ist großzügig, sie ist freundlich, und sie ist nicht hochmütig gegen niedriger Gestellte.«

Wieder eine Pause. »Das genügt nicht«, sagte der andere. »So kann man es nicht ausdrücken.« Er senkte seine Stimme zum Flüsterton. »Letzten Monat wollte ein Deutscher Zigarren schmuggeln. Im Zollhaus war es dunkel. Trotzdem habe ich abgelehnt, weil ich den Mann nicht mochte. Geschenke von solchen Menschen bringen kein Glück. *Non era simpatico.* Er hat sie alle einzeln bezahlen müssen und eine Geldstrafe für Bestechung obendrein.«

»Verdienst du noch viel neben deinem Gehalt?« fragte Gino, für einen Augenblick abgelenkt.

»Ich nehme jetzt keine kleinen Beträge mehr an. Das Risiko ist zu groß. Aber mit dem Deutschen war es etwas anderes. Doch hör zu, mein lieber Gino, denn ich bin älter als du und habe mehr Erfahrung. Der Mensch, der uns auf den ersten Blick versteht, der uns niemals ärgert und niemals langweilt, dem wir jeden Gedanken und jeden Wunsch anvertrauen können, nicht nur mit Worten, sondern auch durch Schweigen – das verstehe ich unter *simpatico.*«

»Es gibt solche Menschen, ich weiß«, sagte Gino, »und ich habe es über Kinder sagen hören. Aber wo willst du so eine Frau finden?«

»Das stimmt. Da bist du wieder klüger als ich. *Sono poco simpatiche le donne.* Und wir verschwenden soviel Zeit mit ihnen.« Er seufzte trübselig, als empfinde er den Edelmut seines Geschlechts als Last.

»Eine habe ich gesehen, die vielleicht so ist. Sie sprach nur wenig, aber sie war eine junge Dame – anders als die meisten. Sie war auch eine Engländerin, sie begleitete meine Frau hierher. Aber Fra Filippo, der Schwager, hat sie wieder mitgenommen. Ich habe die beiden abfahren sehen. Er war sehr zornig.«

Dann sprach er von seiner aufregenden heimlichen Heirat, und sie machten sich zusammen über den unglücklichen Philip lustig, der durch ganz Europa gereist war und versucht hatte, sie zu verhindern.

»Trotzdem tut es mir leid«, sagte Gino, als sie sich wieder beruhigt hatten, »daß ich ihn aufs Bett geworfen habe. Ein großer und feiner Herr! Und wenn ich richtig vergnügt bin, werde ich leicht unhöflich.«

»Du wirst ihn nie wiedersehen«, sagte Spiridione, der viel von einem Philosophen an sich hatte. »Und er wird die Szene inzwischen längst vergessen haben.«

»Es kommt manchmal vor, daß man gerade solche Dinge am längsten behält. Natürlich werde ich ihn nie wiedersehen; aber es wäre schade, wenn er mir Böses wünscht. Und selbst wenn er es vergessen hat, tut es mir trotzdem leid, ihn aufs Bett geworfen zu haben.«

So setzten sie ihr Gespräch fort, einen Augenblick kindlich und voll zärtlicher Weisheit, im nächsten voll anstößiger Grobheit. Die Schatten der Terrakottapfeiler wurden länger, und die Touristen, die durch den Palazzo Pubblico auf der gegenüberliegenden Straßenseite eilten, hatten Gelegenheit zu beobachten, wie die Italiener ihre Zeit vertrödeln.

Der Anblick der Touristen erinnerte Gino an etwas, was er auch noch sagen wollte. »Ich möchte dich um Rat fragen, da du so nett bist, dich für meine Angelegenheiten zu interessieren. Meine Frau wünscht, allein spazierenzugehen.«

Spiridione war entsetzt.

»Aber ich habe es ihr verboten.«

»Natürlich.«

»Sie sieht es noch nicht ein. Sie hat mich gebeten, sie manchmal zu begleiten – spazierenzugehen ohne jedes Ziel! Weißt du, sie möchte, daß ich den ganzen Tag bei ihr bin.«

»Verstehe, verstehe.« Spiridione zog die Augenbrauen zusammen und versuchte darüber nachzudenken, wie er seinem Freunde helfen könne. »Sie braucht eine Beschäftigung. Ist sie katholisch?«

»Nein.«

»Schade. Sie muß bekehrt werden. Es wird ein großer Trost für sie sein, wenn sie allein ist.«

»Ich bin katholisch, aber ich gehe niemals zur Kirche.«

»Natürlich nicht. Trotzdem könntest du am Anfang

einmal mit ihr hingehen. Das hat mein Bruder mit seiner Frau in Bologna auch so gemacht, und dabei ist er doch unter die Freidenker gegangen. Er hat sie ein- oder zweimal begleitet, und inzwischen hat sie sich daran gewöhnt und geht weiter hin, auch ohne ihn.«

»Ein ausgezeichneter Rat; ich danke dir. Aber sie wünscht auch Teegesellschaften zu geben – Männer und Frauen zusammen, die sie noch nie gesehen hat.«

»Oh, diese Engländer! Sie denken immer nur an Tee. Sie führen ihn kiloweise in ihren Koffern mit sich und sind so ungeschickt, ihn immer zuoberst einzupacken. Aber das ist ja völlig unmöglich!«

»Aber was soll ich machen?«

»Gar nichts. Oder lad mich ein!«

»Komm mit!« rief Gino und sprang auf. »Sie wird entzückt sein.«

Der kecke junge Bursche wurde feuerrot. »Ich habe natürlich nur Spaß gemacht.«

»Ich weiß. Aber sie will, daß ich meine Freunde mitbringe. Komm jetzt! Ober!«

»Wenn ich mitkomme«, rief der andere, »und Tee bei euch trinke, dann übernehme ich aber die Rechnung hier.«

»Aber nein, du bist doch mein Gast!«

Ein langes Argumentieren folgte. Der Kellner beteiligte sich und schlug verschiedene Lösungen vor. Zuletzt triumphierte Gino. Die Rechnung belief sich auf siebzig Lire und fünf Lire für den Kellner, also zusammen fünfundsiebzig Lire. Dann folgte eine Flut von Danksagungen auf der einen und Abwehrgesten auf der anderen Seite, und als die Höflichkeitsbezeigungen ihren Höhepunkt erreicht hatten, hakten sie sich plötzlich unter und schaukelten die

Straße hinab, wobei sie sich gegenseitig mit einem Limonadenstrohhalm kitzelten.

Lilia war entzückt, als sie auftauchten, und wurde angeregter, als Gino sie seit langer Zeit gekannt hatte. Der Tee schmeckte nach gehacktem Heu, sie baten ihn, aus einem Weinglas trinken zu dürfen und lehnten die Milch ab. Aber, wie Lilia wiederholt bemerkte, dies war doch mal etwas anderes.

Man konnte nicht leugnen, daß Spiridione sehr angenehme Manieren hatte. Er küßte ihr die Hand, als er ihr vorgestellt wurde, und da er durch seinen Beruf etwas Englisch gelernt hatte, geriet die Unterhaltung keinen Augenblick ins Stocken.

»Lieben Sie Musik?« fragte sie.

»Leidenschaftlich«, antwortete er. »Ich habe Musik zwar nicht richtig studiert, aber die Musik des Herzens beherrsche ich, o ja.«

So spielte sie, sehr schlecht, auf dem verstimmten Klavier, und er sang, nicht ganz so schlecht. Gino holte seine Gitarre und sang ebenfalls, wobei er sich draußen auf die Loggia setzte. Es war ein sehr angenehmer Besuch.

Gino sagte, er wolle seinen Freund nur eben bis zu seiner Unterkunft begleiten. Unterwegs sagte er ohne die leiseste Spur von Bosheit oder Spott in der Stimme: »Ich glaube, du hast recht. Ich werde keine Menschen mehr ins Haus bringen. Ich weiß nicht, warum eine englische Frau anders behandelt werden sollte. Wir sind hier schließlich in Italien.«

»Du bist sehr klug«, rief der andere aus, »wirklich sehr klug. Je kostbarer ein Besitz ist, desto sorgfältiger sollte man ihn bewachen.«

Sie waren bei Spiridiones Unterkunft angelangt, aber sie gingen noch weiter bis zum Caffè Garibaldi, wo sie einen langen, höchst vergnügten Abend verbrachten.

# IV

Der Kummer kann sich so langsam entwickeln, daß man unmöglich sagen kann: »Gestern war ich noch glücklich, heute bin ich es nicht mehr.« Lilia begriff keinen Augenblick, daß ihre Ehe ein Fehlschlag war, aber während des Sommers und Herbstes wurde sie so unglücklich, wie es bei ihrer Natur nur möglich war. Sie wurde nicht unfreundlich behandelt und hörte wenige unfreundliche Worte von ihrem Gatten. Er ließ sie lediglich alleine. Morgens ging er »in Geschäften« aus, was, soweit sie es herausfinden konnte, bedeutete, in der *farmacia* zu sitzen. Zum Mittagessen kam er gewöhnlich nach Hause. Danach zog er sich in sein Zimmer zurück und schlief. Des Abends wurde er wieder lebendig und ging, um frische Luft zu schöpfen, auf die Wälle hinaus. Das Abendessen nahm er oft außerhalb ein, und selten kam er vor Mitternacht, wenn nicht gar später, zurück. Und dann gab es natürlich die Zeiten, wo er ganz fort war – in Empoli, Siena, Florenz oder Bologna –, denn er mochte schrecklich gern auf Reisen gehen und schien im ganzen Lande Freunde zu sammeln. Lilia hörte oft, wie beliebt er sei.

Sie begann einzusehen, daß sie sich durchsetzen müsse, aber sie wußte nicht, wie. Ihr Selbstvertrauen, wodurch sie Philip überwältigt hatte, war allmählich dahingeschmolzen. Wenn sie das seltsame Haus verließ, war da die seltsame kleine Stadt. Wenn sie ihrem Gatten ungehorsam würde und auf dem Lande spazierenginge, würde es noch seltsamer sein – weite Weinberg- und Olivenhänge mit weißgekalkten Bauernhöfen und in der Ferne weitere Hänge mit noch mehr Olivenbäumen, Bauernhöfen und weiteren kleinen Städten, die sich gegen den wolkenlosen Himmel abhoben. »Das kann man doch nicht auf dem Lande nennen«, pflegte sie zu sagen, »es ist ja nicht einmal so wild wie der Park von Sawston!« Und in der Tat war kaum ein Hauch von Wildnis daran – manche dieser Abhänge wurden seit zweitausend Jahren bebaut. Aber trotzdem hatte es etwas Schreckliches und Geheimnisvolles an sich, dessen dauernde Gegenwart Lilia solches Unbehagen einflößte, daß sie ihrer Natur ganz untreu wurde und nachzudenken begann.

Sie dachte hauptsächlich über ihre Heirat nach. Die Zeremonie war überstürzt und kostspielig gewesen, und der Ritus, was man auch immer davon halten mochte, war nicht derselbe wie in der englischen Kirche. Lilia war nicht religiös veranlagt; aber in gewissen Stunden überkam sie eine abergläubische Furcht, daß sie vielleicht nicht »richtig verheiratet« sei und daß ihre soziale Stellung im nächsten Leben vielleicht ebenso obskur wie in diesem sein möchte. Vielleicht wäre es doch besser, die Sache gründlich zu machen, und eines Tages befolgte sie den Rat Spiridiones und trat zur katholischen Kirche oder, wie sie es nannte, »Santa Deodatas Kirche« über. Gino war einverstanden, auch er hielt es für sicherer, und außerdem machte es Spaß zu beichten; außerdem bedeutete das Ganze einen Schlag ins Gesicht für die Angehörigen zu Hause.

Aber die Angehörigen zu Hause nahmen den Schlag sehr nüchtern auf; im Grunde genommen hatte sie auch nur noch wenige, denen sie einen Schlag versetzen konnte. Die Herritons standen nicht mehr zur Debatte; sie duldeten nicht einmal, daß sie Irma schrieb, obwohl Irma gelegentlich an sie schreiben durfte. Mrs. Theobald wurde von Tag zu Tag kindischer und war, soweit sie überhaupt noch zu einer Entscheidung fähig war, entschieden auf die Seite der Herritons übergetreten. Und Miss Abbott hatte es ebenso gemacht. Nacht für Nacht verfluchte Lilia diese falsche Freundin, die ihr beigepflichtet hatte, daß diese Heirat »angehe« und daß die Herritons sich damit abfinden würden, und die dann bei der ersten Andeutung eines Widerstandes heulend und fassungslos zurück nach England geflohen war. Miss Abbott stand an der Spitze der langen Liste derer, denen sie niemals wieder schreiben und niemals vergeben wollte. Beinahe die einzige Person, die nicht auf dieser Liste stand, war Mr. Kingcroft, der unvermutet einen herzlichen Brief voll besorgter Anfragen geschrieben hatte. Er würde bestimmt niemals den Kanal überqueren, und als sie ihm antwortete, machte Lilia ungeniert von ihrer Phantasie Gebrauch.

Zu Anfang war sie noch ein paarmal mit Engländern zusammengekommen, denn Monteriano liegt ja nicht am Ende der Welt. Eine oder zwei neugierige Damen, die daheim von ihrem Zerwürfnis mit den Herritons gehört hatten, machten ihr einen Besuch. Sie fanden sie sehr munter und gar nicht förmlich, und Gino machte auf sie den Eindruck eines reizenden Burschen, so daß alles zum besten zu stehen schien. Aber im Mai hatte die Saison nun einmal aufgehört, und bis zum nächsten Frühjahr gab es keine neue. Wie Mrs. Herriton schon oft bemerkt hatte, Lilia hatte keine Interessen. Sie liebte weder Musik noch Lektüre noch Handarbeit. Ihre einzige Begabung fürs Leben war eine ziemlich derbe gute Laune, die je nach den Umständen in Gejammer oder lärmende Ausgelassenheit umschlagen konnte. Sie war nicht unterwürfig, aber sie war feige, und Gino zwang sie auf die sanfteste Art von der Welt, um die ihn Mrs. Herriton beneidet hätte, alles zu tun, was er wollte. Zuerst war es ganz spaßig gewesen, ihn die Oberhand gewinnen zu lassen. Aber dann war es doch sehr ärgerlich, feststellen zu müssen, daß es nicht auch anders sein konnte. Er hatte einen guten und starken Willen, wenn es ihm beliebte, Gebrauch davon zu machen, und er zeigte nicht die geringsten Bedenken, ihn mittels Schloß und Riegel in die Tat umzusetzen. Auf dem Grunde seiner Seele lauerte eine Menge Brutalität, und eines Tages kam Lilia fast damit in Berührung.

Es war wieder die alte Streitfrage, sie wollte allein ausgehen.

»In England tue ich es immer.«

»Wir sind hier in Italien.«

»Ja, aber ich bin älter als du, und ich will das selbst entscheiden.«

»Ich bin dein Mann«, sagte er lächelnd. Sie waren mit dem Mittagessen fertig, und er wollte sich zurückziehen und schlafen. Nichts konnte ihn aus seiner Ruhe bringen, bis Lilia, die immer ärgerlicher wurde, schließlich sagte: »Und ich habe das Geld.«

Er machte ein erschrockenes Gesicht.

Jetzt war der Augenblick gekommen, um sich durchzusetzen. Sie wiederholte ihre Feststellung.

»Und du solltest dir lieber bessere Manieren angewöhnen«, fuhr sie fort, »denn du würdest es sicher bedauern, wenn ich dir keine Schecks mehr ausstelle.«

Sie besaß keine Menschenkenntnis, aber sie bekam es sofort mit der Angst. Wie sie hinterher zu Perfetta sagte: »Keines seiner Kleidungsstücke schien mehr zu passen – an einer Stelle waren sie zu weit, an der anderen zu eng.« Seine Gestalt viel mehr als sein Gesicht verwandelte sich, seine Schultern sanken vornüber, bis das Jackett auf dem Rücken Falten warf und die Handgelenke freigab. Er schien nur noch aus Armen zu bestehen. Er rückte seitlich um den Tisch herum, dorthin, wo sie saß, und sie sprang auf und hielt den Stuhl zwischen sich und ihn, zu erschrokken, um ein Wort hervorbringen oder sich rühren zu können. Er starrte sie mit runden, ausdruckslosen Augen an und streckte langsam die linke Hand vor.

In diesem Augenblick kam Perfetta aus der Küche herauf. Das schien ihn zu sich zu bringen; er wandte sich ab und ging, ohne ein Wort zu sagen, auf sein Zimmer.

»Was ist denn los?« rief Lilia, halb ohnmächtig.

»Er muß krank sein – sehr krank.«

Perfetta machte ein argwöhnisches Gesicht, als sie ihren Bericht hörte. »Was haben Sie zu ihm gesagt?«

»Eigentlich gar nichts«, sagte Lilia und bekreuzigte sich. Auf diese Weise brachten die beiden Frauen dem erzürnten männlichen Geschlecht ihre Huldigung dar.

Es wurde Lilia endlich klar, daß Gino sie nur ihres Geldes wegen geheiratet hatte. Aber er hatte sie zu sehr geängstigt, als daß sie ihn noch verachten konnte. Seine Heimkehr war schreckenerregend, denn auch er hatte es mit der Angst bekommen, flehte sie um Verzeihung an, warf sich ihr zu Füßen, umarmte sie und murmelte: »Ich war nicht bei Sinnen«, und bemühte sich, etwas zu erklären, was er selber nicht verstand. Er blieb drei Tage lang zu Hause, regelrecht krank von einem körperlichen Schock. Aber trotz all seines Leidens hatte er sie gezähmt, und sie drohte nie wieder, ihm die Mittel zu entziehen.

Vielleicht hielt er sie sogar strenger, als die Sitte es verlangte. Aber er war sehr jung, und er konnte es nicht ertragen, daß man von ihm sagte, er wisse nicht, wie man eine Dame behandeln – oder mit seiner Frau umspringen müsse. Und seine eigene soziale Rangordnung war ungewiß. Selbst in England hat ein Zahnarzt eine schwierige Stellung, die vorsichtige Menschen nur schwer einordnen können. Er bewegt sich zwischen den gehobenen Berufen und dem Handwerk; er rangiert vielleicht nur wenig hinter den Ärzten, ist aber längst nicht so angesehen wie ein Apotheker. Der Sohn des italienischen Zahnarztes empfand dies ebenfalls. Ihm selbst machte es nichts aus; er machte sich die Leute zu Freunden, die er gern hatte, denn er war jenes unwandelbar glorreiche Wesen: ein Mann. Aber seine Frau sollte lieber gar keine Besuche machen als die falschen. Ein zurückgezogenes Leben war ebenso schicklich wie unverfänglich. Die sozialen Vorstellungen des Nordens und Südens hatten einen kurzen Wettstreit ausgefochten, und diesmal hatte der Süden gesiegt.

Es wäre gut gewesen, wenn er ebenso streng über sein eigenes wie über ihr Benehmen gewacht hätte. Aber die offen zutage liegende Ungereimtheit kam ihm niemals in den Sinn. Er besaß die Moral des Durchschnittslateiners, und da er sich plötzlich in die Lage eines vornehmen Herrn versetzt sah, wußte er nicht, warum er sich nicht auch wie ein solcher benehmen sollte. Natürlich, wenn Lilia ein anderer Mensch gewesen wäre, wenn sie sich durchgesetzt und Einfluß auf seinen Charakter gewonnen hätte, würde er möglicherweise – wenn auch nicht wahrscheinlich – einen besseren Ehemann und auch einen wertvolleren Menschen abgegeben haben; auf alle Fälle hätte er die Haltung eines Engländers annehmen können, dessen Lebensnormen gehobener sind, selbst wenn er sich in der Praxis genauso schlecht benimmt. Aber wenn Lilia ein anderer Mensch gewesen wäre, so würde sie Gino kaum geheiratet haben.

Die Entdeckung seiner Untreue – die sie zufällig machte – zerstörte die letzten Reste an Sicherheit, die ihr Dasein noch aufweisen mochte. Sie brach völlig zusammen und schluchzte und weinte in Perfettas Armen. Perfetta war freundlich und zeigte sogar Mitgefühl; aber sie warnte sie, auf keinen Fall mit Gino darüber zu sprechen, der in Wut geraten werde, wenn man ihn verdächtige. Und Lilia gab ihr recht, teils weil sie Angst vor ihm hatte, teils weil es das Beste war, was sie unter Wahrung ihrer Würde tun konnte. Sie hatte ihm alles geopfert – ihre Tochter, ihre Verwandten, ihre Freunde und all die kleinen Bequemlichkeiten und luxuriösen Annehmlichkeiten eines zivilisierten Daseins –, und selbst wenn sie den Mut aufgebracht hätte, mit ihm zu brechen, würde sie inzwischen niemand mehr aufnehmen. Die Herritons hatten sich beinahe bösartig gegen sie aufgeführt, und alle Freunde waren nach und nach von ihr abgefallen. So war es besser, in Demut weiterzuleben und sich Mühe zu geben, nichts zu empfinden und durch ein fröhliches Wesen die Dinge wieder ins Lot zu bringen. »Vielleicht ändert er sich ja«, dachte sie, »wenn ich erst ein Kind bekomme. Ich weiß, er wünscht sich einen Sohn.«

Lilia war ganz gegen ihre Natur zu einem echten Pathos gelangt; denn es gibt Situationen, in denen es keine Rolle mehr spielt, ob man vulgär ist. Weder Cordelia noch Imogen verdienen länger unsere Tränen.

Sie selbst weinte oft, was sie alt und häßlich machte, und das bekümmerte ihren Mann. Er war besonders freundlich zu ihr, wenn sie ihn besonders wenig zu Gesicht bekam, und sie nahm seine Freundlichkeit, ohne gekränkt zu sein, hin; sie war ihm sogar dankbar, so gefügig war sie geworden. Sie haßte ihn nicht, ebenso wie sie ihn nie geliebt hatte; nur wenn sie erregt war, entstand der Anschein dieser Gefühle. Die Leute sagten, sie sei ein Hitzkopf, aber in Wirklichkeit machte ihr schwacher Verstand sie kalt.

Leiden jedoch ist nicht allzusehr vom Temperament abhängig, und die klügste Frau der Welt hätte kaum mehr leiden können.

Was Gino anbetrifft, so war er genauso jungenhaft wie immer und trug die Last seiner Sünden federleicht. Einer seiner Lieblingssprüche lautete: »Oh! Man sollte heiraten! Spiridione hat unrecht; ich muß ihn bekehren. Erst in der Ehe begreift man die Freuden und Möglichkeiten des Daseins.« Nach diesen Worten pflegte er seinen Filzhut vom Nagel zu nehmen, um ihn ebenso unfehlbar auf den richtigen Fleck zu stülpen, wie ein Deutscher den seinen auf den verkehrten setzt und sie alleine zu lassen.

Eines Abends, als er wieder einmal so fortgegangen war, hielt Lilia es nicht mehr aus. Es war September, und Sawston würde sich nach den Sommerferien gerade wieder füllen. Die Leute würden einander entlang der ganzen Chaussee in ihren Häusern besuchen. Es gab Radfahrturniere, und am 30. würde Mrs. Herriton in ihrem Garten den jährlichen Basar für die Christliche Missionsgesellschaft abhalten. Es schien ihr kaum vorstellbar, daß es ein solches freies und glückliches Leben überhaupt noch geben könne. Sie trat auf die Loggia hinaus. Mondschein und Sterne erglänzten an einem sanften, purpurnen Himmel. Auf den Mauern von Monteriano müßte es an einem solchen Abend herrlich sein. Aber das Haus lag nach der entgegengesetzten Seite.

Perfetta lärmte in der Küche, und die Treppe nach unten führte an der Küchentür vorbei; aber die Treppe zur Bodenkammer hinauf – die Treppe, die niemals benutzt wurde – ging vom Wohnzimmer aus, und wenn man die Tür oben öffnete, könnte man auf die quadratische Terrasse oberhalb des Hauses hinausschlüpfen und so für zehn Minuten in Frieden und Freiheit spazierengehen.

Der Schlüssel steckte in Ginos bestem Anzug – mit dem englischen Würfelmuster –, den er niemals trug. Die Stufen knarrten, und das Schloß quietschte; aber Perfetta war schwerhörig. Auf den Mauern war es schön, aber da sie nach Westen gingen, lagen sie im Schatten. Um sie im Licht zu sehen, mußte man ein kleines Stück um die Stadt herumgehen, bis sie von den Strahlen des aufgehenden Mondes getroffen wurden. Sie sah ängstlich auf das Haus und machte sich auf den Weg.

Es ging sich bequem, denn ein kleiner Pfad führte außen vor den Wällen um die ganze Stadt herum. Die wenigen Leute, die ihr begegneten, wünschten ihr höflich guten Abend; sie hielten sie für eine Bäuerin, da sie keinen Hut aufhatte. Die Mauern streckten sich dem Mond entgegen; jetzt trat sie in sein Licht hinaus und sah, wie sich all die rohen Türme in silberne und schwarze Pfeiler und die Wälle in Perlenklippen verwandelten. Sie hatte keinen großen Schönheitssinn, aber sie war sentimental und begann zu weinen; denn hier, wo eine große Zypresse den eintönigen Olivengürtel unterbrach, hatte sie eines Märznachmittags mit Gino gesessen und ihren Kopf an seine Schulter geschmiegt, während Caroline die Aussicht bewunderte und Skizzen machte. Gleich um die Ecke kam das Siena-Tor, hinter dem die Straße nach England begann, und sie konnte das Poltern der Postkutsche hören, die hinunterfuhr, um den Nachtzug nach Empoli zu erreichen. Im nächsten Augenblick fuhr sie an ihr vorbei, denn die Landstraße kam, kurz bevor sie sich in langen Zickzacklinien den Hügel hinunterschlängelte, auf sie zu.

Der Kutscher fuhr langsamer und forderte sie auf, einzusteigen. Er wußte nicht, wer sie war, und er hoffte, sie würde zum Bahnhof mitfahren.

»Non vengo!« rief sie.

Er wünschte ihr einen guten Abend, dann bog er mit seinen Pferden um die Ecke. Als die Kutsche von der Seite zu sehen war, sah sie, daß sie leer war.

»Vengo...«

Ihre Stimme zitterte und trug nicht. Die Pferde trabten davon.

»Vengo! Vengo!«

Er hatte zu singen begonnen und hörte nichts. Sie lief die Landstraße hinunter und rief ihm zu, er möge anhalten – sie komme doch mit; indessen wurde die Entfernung immer größer und der Lärm der Postkutsche immer lauter. Der Rücken des Mannes hob sich schwarz und breit gegen den Mond ab; wenn er sich nur für einen Augenblick umdrehen würde, wäre sie gerettet. Sie versuchte, die Zickzackkurven abzuschneiden, und stolperte über die großen Erdklumpen, die überall breit und hart wie Felsen zwischen den ewigen Olivenbäumen herumlagen. Sie kam zu spät; gerade bevor sie die Landstraße wieder erreicht hatte, fegte die Kutsche mit Donnergetöse an ihr vorbei und wirbelte erstickende Wolken mondbeglänzten Staubes auf.

Sie rief nicht mehr, denn sie fühlte sich auf einmal sehr elend und wurde ohnmächtig. Als sie wieder zu sich kam, lag sie auf der Landstraße mit Staub in den Augen, Staub im Mund und Staub in den Ohren. Staub hat zur Nachtzeit etwas Schreckliches an sich.

»Was soll ich nur tun?« stöhnte sie. »Er wird furchtbar böse sein.«

Und ohne sich besonders anzustrengen, kletterte sie langsam in die Gefangenschaft zurück und schüttelte im Gehen den Staub von ihren Kleidern.

Sie hatte bis zum letzten Augenblick Pech. Es war einer der Abende, wo Gino zufällig nach Hause gekommen war. Er war in der Küche, fluchte und warf Teller entzwei, während Perfetta die Schürze über den Kopf hielt und heftig weinte. Als er Lilias ansichtig wurde, drehte er sich nach ihr um und überschüttete sie mit einer Flut der verschiedenartigsten Schimpfwörter. Er war viel zorniger, aber viel weniger furchterregend als an jenem Tage, wo er hinter dem Tisch zu ihr herumgerückt war. Und Lilia schöpfte mehr Mut aus ihrem schlechten Gewissen, als ihr jemals ihr gutes gemacht hatte, denn als er sprach, wurde auch sie zornig und fürchtete ihn nicht mehr, sondern sah nur noch einen grausamen, wertlosen, heuchlerischen und liederlichen Emporkömmling in ihm und redete heftig gegen ihn an.

Perfetta fing an zu weinen, denn sie sagte ihm alles ins Gesicht – alles, was sie wußte, und alles, was sie sich dachte. Er stand mit offenem Munde vor ihr, sein ganzer Zorn war verraucht, und er fühlte sich beschämt wie ein alberner Tropf. Er war gründlich in die Enge getrieben und hatte es verdient. Hatte sich jemals ein Ehemann so gehenlassen? Sie verstummte; und auch er schwieg, denn sie hatte die Wahrheit gesagt. Dann wurde ihm auf einmal die Unmöglichkeit seiner eigenen Lage bewußt, und er lachte – lachte, wie er über dieselbe Situation im Theater gelacht haben würde.

»Du lachst?« stammelte Lilia.

»Oh!« rief er. »Wie sollte ich nicht? Wo ich mir doch eingebildet hatte, du ahntest und merktest nichts – ich bin überlistet – ich bin besiegt; ich gebe mich geschlagen. Wir wollen nicht mehr davon sprechen.«

Er klopfte ihr auf die Schulter wie ein guter Kamerad, halb belustigt, halb reumütig, und dann ging er, lächelnd und vor sich hinmurmelnd, ruhig aus dem Zimmer.

Perfetta brach in Glückwunschrufe aus. »Was für Mut Sie haben!« rief sie, »und was für ein Glück! Er ist nicht mehr wütend, er hat Ihnen vergeben!«

Weder Perfetta noch Gino noch Lilia ahnten den wahren Grund des ganzen folgenden Elends. Bis zuletzt wiegte er sich in dem Glauben, daß ein bißchen Freundlichkeit und Aufmerksamkeit genügen würden, um alles wiedergutzumachen. Seine Frau war ein sehr gewöhnliches Menschenkind; warum sollten sich ihre Vorstellungen so sehr von den seinen unterscheiden? Niemand begriff, daß es um mehr als Persönliches ging; daß es ein Ringen zwischen den Nationen war; daß Generationen von

Vorfahren, guten, bösen und mittelmäßigen, dem lateinischen Manne verboten, ritterlich zu der nordischen Frau zu sein, und der nordischen Frau, dem lateinischen Mann zu vergeben. Alles dies hätte man voraussehen können: Mrs. Herriton hatte es von Anfang an vorausgesehen.

Indessen war Lilia stolz auf ihre hohe persönliche Standfestigkeit und Gino ehrlich verwundert, warum sie nicht wieder gut sein wollte. Er haßte Ungemütlichkeit und sehnte sich nach Mitgefühl, schreckte aber davor zurück, in der Stadt von seinen häuslichen Schwierigkeiten zu sprechen, für den Fall, daß man sie seiner eigenen Unfähigkeit zur Last legen sollte. Nur Spiridione teilte er sie mit, und dieser antwortete ihm mit einem philosophischen, wenn auch nicht allzu hilfreichen Brief. Sein anderer intimer Freund, dem er mehr zutraute, diente noch in Eritrea oder auf einem anderen verlassenen Vorposten. Es hätte zu lange gedauert, ihm alles auseinanderzusetzen. Und außerdem, was konnten Briefe schon bewirken? Freunde können nicht durch die Post zueinander kommen.

Lilia, die ihrem Mann in vieler Hinsicht so ähnlich war, sehnte sich gleichfalls nach Gemütlichkeit und Mitgefühl. In der Nacht, als er sie ausgelacht hatte, griff sie wild nach Feder und Papier und schrieb Seite um Seite, analysierte seinen Charakter, zählte seine Schlechtigkeiten auf, wiederholte ganze Gespräche und setzte alle Gründe ihres wachsenden Elends auseinander. Sie war außer sich vor Zorn, und obwohl sie kaum nachdenken noch klarsehen konnte, erreichte sie plötzlich eine Pracht der Sprache und ein Pathos, um die ein geübter Stilist sie beneidet hätte. Es las sich wie ein Tagebuch, und erst ganz am Schluß wurde ihr klar, für wen es bestimmt war.

»Irma, Liebling, Irma, dieser Brief ist für dich. Ich hätte beinahe vergessen, daß ich eine Tochter habe. Es wird dich unglücklich machen, aber ich will, daß du alles weißt, und du kannst es nicht früh genug erfahren. Gott segne dich, mein Liebstes, und behüte dich. Gott segne deine unglückliche Mutter.«

Glücklicherweise war Mrs. Herriton gerade zu Hause, als der Brief eintraf. Sie nahm ihn an sich und öffnete ihn in ihrem Schlafzimmer. Einen Augenblick später, und Irmas friedliche Kindheit wäre für immer zerstört gewesen.

Lilia erhielt eine kurze Nachricht von Harriet, die ihr wiederum jede direkte Verbindung zwischen Mutter und Tochter streng untersagte und mit förmlichen Beileidsbezeigungen schloß. Es machte sie fast wahnsinnig.

»Sachte! Sachte!« sagte ihr Mann. Sie saßen zusammen auf der Loggia, als der Brief ankam. Er setzte sich jetzt oft zu ihr und beobachtete sie stundenlang, unruhig und besorgt, aber nicht zerknirscht.

»Es ist nichts.« Sie ging hinein und zerriß den Brief. Dann setzte sie sich hin und schrieb – einen ganz kurzen Brief, dessen Kernsatz lautete: »Komm und rette mich.«

Es ist nicht gut, wenn man seine Frau weinen sieht, während sie schreibt – besonders wenn man sich bewußt ist, sie im großen und ganzen recht vernünftig und freundlich behandelt zu haben. Es ist auch nicht gut, wenn man ihr zufällig über die Schulter blickt und sieht, daß sie an einen Mann schreibt. Noch sollte sie einem mit der Faust drohen, wenn sie das Zimmer verläßt, im Glauben, man sei damit beschäftigt, sich eine Zigarre anzuzünden, und könne sie nicht sehen.

Lilia ging selbst zur Post. Aber in Italien läßt sich so vieles machen. Der Postbeamte war einer von Ginos Freunden, und Mr. Kingcroft erhielt seinen Brief niemals.

So gab sie die Hoffnung auf, wurde krank und lag den ganzen Herbst im Bett. Gino war verstört. Sie wußte warum: Er wünschte sich einen Sohn. Er konnte von nichts anderem sprechen und an nichts anderes denken. Sein einziger Wunsch war, Vater eines Mannes zu werden, der ihm glich, und es hatte ihn mit einer Heftigkeit gepackt, die er selber nur teilweise begriff, denn es war der erste große Wunsch, die erste große Leidenschaft seines Lebens. Sich zu verlieben war nichts als eine körperliche Nebensächlichkeit, wie die warme Sonne oder das kühle Wasser, im Vergleich zu dieser göttlichen Hoffnung auf Unsterblichkeit: »Ich lebe weiter.« Er stiftete Kerzen für Santa Deodata, denn er wurde jedesmal fromm, wenn er sich in einer Krise befand, und manchmal ging er selbst zur Kirche und betete die rauhen, ungeschlachten Bitten der Einfältigen. Ungestüm beorderte er all seine Verwandten zurück, um ihm in dieser Notzeit Gesellschaft zu leisten, und Lilia sah in dem verdunkelten Zimmer seltsame Gesichter an sich vorbeihuschen.

»Mein Liebling!« sagte er oft, »meine liebste Lilia! Sei ruhig. Ich habe nie jemand anders geliebt als dich.«

Sie, die es besser wußte, lächelte nur sanft, zu leidgebrochen, um sarkastische Widerworte zu machen.

Kurz bevor das Kind geboren wurde, gab er ihr einen Kuß und sagte: »Ich habe die ganze Nacht um einen Jungen gebetet.«

Da wurde sie von einem seltsam zärtlichen Trieb ergriffen, und sie entgegnete schwach: »Du bist ja selber noch ein Junge, Gino.«

Und er antwortete: »Dann werden wir Brüder sein.«

Er lag draußen vor der Tür, mit dem Kopf gegen die Wand, wie ein Hund. Als sie kamen, um ihm die freudige Botschaft zu bringen, fanden sie ihn halb bewußtlos, und sein Gesicht war feucht von Tränen.

Zu Lilia sagte jemand: »Es ist ein schöner Junge!« Aber sie hörte nichts mehr; sie war gestorben, als sie ihm das Leben gab.

# V

Zur Zeit von Lilias Tod war Philip Herriton gerade vierundzwanzig Jahre alt – ja, die Nachricht erreichte ihn gerade an seinem Geburtstag in Sawston. Er war ein großer, schwächlich gebauter Mann, dessen Anzüge auf der Schulter sorgfältig gepolstert werden mußten, wenn er einer Musterung standhalten sollte. Sein Gesicht war eher gewöhnlich als ungewöhnlich und zeigte ein merkwürdiges Gemisch von Gutem und Schlechtem. Er hatte eine schöne Stirn, eine gutgeformte große Nase, und seine Augen zeigten sowohl Beobachtungsgabe als auch Einfühlungsvermögen. Aber unterhalb der Nase war alles unklar, und die Leute, welche glaubten, daß das Schicksal sich in Mund und Kinn ausprägt, schüttelten den Kopf, wenn sie ihn ansahen.

Philip selbst war sich als Junge dieser Schwäche deutlich bewußt gewesen. Manchmal, wenn er in der Schule gehänselt und herumgestoßen worden war, hatte er sich in seinen Schlafraum zurückgezogen und seine Gesichtszüge im Spiegel untersucht, und dann hatte er geseufzt und gesagt: »Es ist ein schwaches Gesicht, ich werde mir niemals aus eigener Kraft einen Platz in der Welt erobern.« Aber wie die Jahre vergingen, wurde er entweder weniger befangen oder selbstzufriedener. Er fand heraus, daß die Welt einen

Schlupfwinkel für ihn wie für jeden anderen hatte. Die Entschiedenheit des Charakters mochte später kommen – oder vielleicht besaß er sie auch schon, ohne es zu wissen. Auf jeden Fall hatte er einen Sinn für Schönheit und einen Sinn für Humor, zwei höchst schätzenswerte Gaben. Der Sinn für Schönheit entwickelte sich zuerst in ihm. Er veranlaßte ihn, im Alter von zwanzig bunte Krawatten und einen weichen Hut zu tragen, sich wegen eines Sonnenuntergangs beim Essen zu verspäten und die Kunst von Praxiteles bis Burne-Jones zu studieren. Mit zweiundzwanzig reiste er mit einigen Vettern nach Italien und nahm dort Olivenbäume, blauen Himmel, Fresken, Landschenken, Heilige, Bauern, Mosaiken, Statuen und Bettler als ein einziges ästhetisches Ganzes in sich auf. Er kam mit der Miene eines Propheten, der Sawston entweder reformieren oder verfluchen möchte, zurück. Alle Energie und alle Begeisterung eines sonst ziemlich einsamen Daseins waren in den Kampf für die Schönheit eingegangen.

Nach kurzer Zeit war es vorüber. Nichts war geschehen, weder mit Sawston noch mit ihm selbst. Er hatte ein halbes Dutzend Leute vor den Kopf gestoßen, sich mit seiner Schwester gezankt und mit seiner Mutter gestritten. Er schloß daraus, daß niemals etwas geschehen könne, denn er wußte nicht, daß die Liebe zu den Menschen und die Liebe zur Wahrheit manchmal den Sieg davontragen, wo die Liebe zur Schönheit versagt.

Ein wenig enttäuscht, ein wenig müde, doch in seinen Kunstanschauungen unversehrt, nahm er sein friedliches Leben wieder auf und verließ sich mehr und mehr auf seine zweite Gabe, die Gabe des Humors. Wenn er die Welt nicht reformieren konnte, so konnte er auf alle Fälle über sie lachen und sich so wenigstens eine geistige Überlegenheit sichern. Das Lachen, so las und meinte er, war das Zeichen einer intakten moralischen Gesundheit, und er lachte zufrieden weiter, bis Lilias Heirat seiner Zufriedenheit ein für allemal ein Ende machte. Italien, das Land der Schönheit, war für ihn zerstört. Es besaß nicht die Kraft, Menschen und Dinge zu verwandeln, die in ihm weilten. Auch Italien konnte Habgier, Brutalität, Dummheit und – was noch schlimmer war – Gewöhnlichkeit hervorbringen. Auf seinem Boden und unter seinem Einfluß hatte eine törichte Frau einen Schuft geheiratet. Er haßte Gino, den Verräter seines Lebensideals, und jetzt, da die schmutzige Tragödie hereingebrochen war, erfüllte sie ihn mit der Qual nicht des Mitleids, sondern der Enttäuschung.

Diese Enttäuschung kam Mrs. Herriton sehr zustatten, die eine kurze mißliche Zeit vor sich sah, sich jedoch freute, daß sich ihre Familie endlich einig war.

»Sollen wir Trauer anlegen, was meint ihr?« Sie fragte ihre Kinder immer um Rat, wenn es irgend angängig war.

Harriet meinte, ja. Sie war zwar abscheulich zu Lilia gewesen, solange sie lebte, aber sie fand immer, daß die Toten Aufmerksamkeit und Mitleid verdienen. »Schließlich hat sie gelitten. Jener Brief hat mich nächtelang wachgehalten. Das Ganze ist wie eines dieser gräßlichen modernen Stücke, in denen keiner im Recht ist. Aber wenn wir trauern, müssen wir es Irma auch sagen.«

»Natürlich müssen wir es Irma sagen«, meinte Philip.

»Natürlich«, meinte auch seine Mutter. »Aber ich finde, wir können ihr noch nichts von Lilias Heirat sagen.«

»Ich bin anderer Ansicht. Sie muß doch allmählich auch schon etwas gemerkt haben.«

»Das sollte man denken. Aber sie hat sich nie viel aus ihrer Mutter gemacht, und kleine Mädchen von neun Jahren stellen auch noch keine klaren Überlegungen an. Sie betrachtet ihre Abwesenheit als eine lange Reise. Und es ist wichtig, äußerst wichtig, daß sie keinen Schock bekommt. Das ganze Leben eines Kindes hängt von dem Idealbild ab, das es sich von seinen Eltern macht. Wenn man das zerstört, ist alles hin – Moral, Verhalten, alles. Das absolute Vertrauen in einen anderen Menschen bildet das Wesen der Erziehung. Darum bin ich auch so vorsichtig gewesen, wenn ich in ihrer Gegenwart von Lilia gesprochen habe.«

»Aber du vergißt dieses unselige Baby. Waters und Adamson schreiben, daß da ein Baby ist.«

»Wir müssen Mrs. Theobald benachrichtigen. Aber sie zählt ja nicht. Sie läßt beängstigend nach. Sie sieht jetzt nicht einmal mehr Mr. Kingcroft. Er hat sich Gott sei Dank endlich, wie ich gehört habe, mit einer anderen getröstet.«

»Das Kind muß es doch einmal erfahren«, sagte Philip, dem es ein wenig unbehaglich zumute war, obwohl er nicht zu sagen vermochte, warum.

»Je später, desto besser. Sie entwickelt sich ja noch von einem zum andern Augenblick.«

»Ich muß sagen, es ist ein ziemlicher Schlag, nicht wahr?«

»Für Irma? Wieso?«

»Vielleicht auch für uns. Auch wir haben Moral und Benehmen, und ich glaube nicht, daß sie durch die fortgesetzte Geheimnistuerei besser werden.«

»Aber so braucht man es doch nicht hinzustellen«, sagte Harriet, ziemlich verstört.

»Natürlich nicht«, sagte ihre Mutter. »Laßt uns bei der Hauptsache bleiben. Dies Baby hat gar nichts damit zu tun. Mrs. Theobald wird nichts unternehmen, und uns geht es überhaupt nichts an.«

»Was das Geld anbetrifft, macht es gewiß einen Unterschied«, sagte er.

»Nein, mein Lieber, kaum einen. Der arme Charles hat in seinem Testament für Zwischenfälle jeder Art vorgesorgt. Das Geld wird dir und Harriet als Irmas Vormündern zufallen.«

»Gut. Bekommt der Italiener irgend etwas?«

»Er wird alles bekommen, was ihr gehörte. Aber ihr wißt ja selbst, wieviel das ist.«

»Gut. Also ist das unsere Taktik – niemand etwas von dem Baby zu sagen, nicht einmal Miss Abbott.«

»Ganz sicher ist dies die richtige Methode«, sagte Mrs. Herriton, welche um Harriets willen das Wort »Methode« dem Ausdruck »Taktik« vorzog. »Warum sollten wir es Caroline auch sagen?«

»Sie war so sehr in die Angelegenheit verwickelt.«

»Das arme, törichte Ding! Je weniger sie davon erfährt, um so lieber wird es ihr sein. Es tut mir sehr leid um Caroline. Wenn irgend jemand, so hat sie gelitten und gebüßt. Sie brach in Tränen aus, als ich ihr nur ein wenig, ganz wenig von dem schrecklichen Brief erzählte. Ich habe noch nie eine so echte Reue gesehen. Wir müssen vergeben und vergessen. Laßt die Toten ihre Toten begraben. Wir wollen sie nicht damit beunruhigen.«

Philip sah, daß seine Mutter nicht sehr logisch war. Aber es hatte keinen Zweck, sie darauf aufmerksam zu machen. »Dies ist dann also der Anfang eines neuen Lebens. Erinnerst du dich, Mutter, daß wir das gesagt haben, als wir Lilia zum Zug brachten?«

»Ja, mein Lieber; aber diesmal ist es wirklich ein neues Leben, weil wir uns alle einig sind. Damals warst du noch in Italien vernarrt. Es mag voll schöner Bilder und Kirchen sein, aber wir dürfen ein Land nur nach seinen Menschen beurteilen.«

»Das ist richtig«, sagte er traurig. Und da die Taktik nun festgelegt war, ging er hinaus und unternahm einen ziellosen einsamen Spaziergang.

Als er zurückkam, waren zwei bedeutsame Dinge geschehen. Irma war der Tod ihrer Mutter mitgeteilt worden, und Miss Abbott, die gerade vorgesprochen hatte, hatte man ihn ebenfalls mitgeteilt.

Irma hatte laut geweint, ein paar vernünftige und eine Menge dummer Fragen gestellt und sich mit ausweichenden Antworten zufriedengegeben. Glücklicherweise stand gerade die Preisverteilung in der Schule dicht bevor, und diese Erwartung, zusammen mit der Aussicht auf neue schwarze Kleider, hielt sie davon ab, sich auszumalen, daß Lilia, die schon so lange abwesend gewesen war, nun für immer abwesend sein werde.

»Was Caroline betrifft«, sagte Mrs. Herriton, »so war ich beinahe erschrocken. Sie brach völlig zusammen. Sie weinte sogar noch, als sie das Haus verließ. Ich habe sie beruhigt, so gut ich konnte, und ihr einen Kuß gegeben. Es ist viel wert, daß der Bruch zwischen uns nun völlig geheilt ist.«

»Hat sie keine Fragen gestellt – ich meine in bezug auf die Art von Lilias Tod?«

»Doch. Aber sie hat ein so außerordentlich zartfühlendes Gemüt. Sie bemerkte meine Zurückhaltung und drängte mich nicht. Siehst du, Philip, dir kann ich ja sagen, was ich in Harriets Gegenwart nicht sagen konnte. Sie hat so unreife Vorstellungen. Wir wollen doch wirklich nicht, daß die Sache mit dem Baby in Sawston bekannt wird. Aller Friede und alle Ruhe wären dahin, wenn die Leute kämen und danach fragten.«

Seine Mutter wußte, wie sie ihn zu nehmen hatte. Er stimmte ihr begeistert zu, und ein paar Tage später, als er gerade mit Miss Abbott nach London fuhr, verspürte er die ganze Zeit den angenehmen Kitzel, besser unterrichtet zu sein. Ihre letzte Reise zusammen hatten sie von Monteriano durch ganz Europa zurück gemacht. Es war eine gräßliche Reise gewesen, und Philip war jetzt, unter so ähnlichen Umständen, auf etwas Gräßliches gefaßt.

Er war überrascht. Miss Abbott offenbarte zwischen Sawston und Charing Cross Eigenschaften, die er ihr niemals zugetraut hätte. Ohne ausgesprochen originell zu sein, legte sie beachtliches Verständnis an den Tag, und obgleich sie zuweilen ungeschickt und sogar unhöflich war, fühlte er, es mit einem Menschen zu tun zu haben, dessen Bekanntschaft zu pflegen sich lohnen könnte.

Anfangs freilich ärgerte er sich über sie. Sie sprachen natürlich von Lilia, als Miss Abbott plötzlich die Reihe der unbestimmten Klagen abbrach und sagte: »Es ist alles ebenso seltsam wie tragisch. Und was ich getan habe, war so seltsam wie nur irgend etwas.«

Es war die erste Anspielung auf ihr verächtliches Benehmen, die sie je gemacht hatte. »Lassen wir das«, sagte er. »Jetzt ist es ja vorüber. Lassen wir die Toten ihre Toten begraben. Mit unserem Leben hat es nichts mehr zu tun.«

»Aber gerade darum kann ich darüber sprechen und Ihnen alles sagen, was ich Ihnen schon immer sagen wollte. Sie haben mich für dumm und sentimental, für schlecht und verrückt gehalten, aber Sie haben niemals gewußt, wie sehr ich wirklich zu tadeln war.«

»Ich denke jetzt wirklich nie mehr daran«, sagte Philip sanft. Er wußte, daß ihre Natur vor allem großzügig und aufrecht war; es war nicht nötig, daß sie ihm ihre Gedanken enthüllte.

»Am ersten Abend, als wir in Monteriano ankamen«, fuhr sie hartnäckig fort, »ging Lilia allein spazieren, sah diesen Italiener in malerischer Haltung auf einer Mauer sitzen und verliebte sich in ihn. Er war schäbig gekleidet, und sie wußte nicht einmal, daß er der Sohn eines Zahnarztes war. Ich muß sagen, daß ich an so etwas gewöhnt war. Schon ein- oder zweimal vorher hatte ich Leute in ihre Schranken weisen müssen.«

»Ja, wir hatten auf Sie gerechnet«, sagte Philip mit plötzlicher Schärfe. Wenn sie ihm ihre Gedanken enthüllen wollte, mußte sie auch die Folgerungen ziehen.

»Ich weiß, daß Sie es taten«, gab sie mit gleicher Schärfe zurück. »Lilia sah ihn mehrmals wieder, und ich wußte, daß ich einschreiten mußte. Eines Abends rief ich sie in mein Zimmer. Sie war sehr erschrocken, denn sie wußte, um was es sich handelte und wie streng ich sein konnte. ›Liebst du diesen Mann?‹ fragte ich. ›Ja oder nein?‹ Sie sagte: ›Ja.‹ Und ich sagte: ›Warum heiratest du ihn nicht, wenn du glaubst, daß ihr glücklich miteinander sein werdet?‹«

»Also wirklich – also wirklich«, platzte Philip los, so entrüstet, wie wenn das Ganze erst gestern passiert wäre.

»Sie haben Lilia doch Ihr ganzes Leben lang gekannt. Abgesehen von allem andern – als ob sie überhaupt imstande gewesen wäre zu wählen, was sie hätte glücklich machen können!«

»Haben Sie sie jemals wählen lassen?« fuhr sie auf. »Ich fürchte, das war grob«, fügte sie hinzu und versuchte, sich zu beruhigen.

»Sagen wir lieber, unglücklich ausgedrückt«, sagte Philip, der jedesmal in einen trockenen und spöttischen Ton verfiel, wenn er verwirrt war.

»Ich möchte zum Schluß kommen. Am nächsten Morgen ging ich zu Signor Carella und sagte dasselbe zu ihm. Er – nun, er wollte. Das ist alles.«

»Und das Telegramm?« Er sah geringschätzig aus dem Fenster.

Bis hierher war ihre Stimme hart gewesen, sei es aus Selbstanklage, sei es aus Trotz. Jetzt wurde sie unverkennbar traurig. »Oh; das Telegramm! Das war ein Fehler. Lilia benahm sich dabei noch feiger als ich. Wir hätten die Wahrheit sagen sollen. Ich jedenfalls verlor die Nerven. Dann kam ich an den Bahnhof, um Ihnen alles zu sagen. Aber wir hatten mit einer Lüge begonnen, und ich bekam Angst. Und am Ende, als Sie wieder abfuhren, bekam ich wieder Angst und fuhr mit Ihnen.«

»Hatten Sie wirklich die Absicht, dazubleiben?«

»Jedenfalls eine Zeitlang.«

»Wäre das bei einem neuvermählten Paar angebracht gewesen?«

»Bei ihnen wäre es angebracht gewesen. Lilia brauchte mich. Und was ihn betrifft – ich hatte das Gefühl, als hätte ich Einfluß auf ihn gewinnen können.«

»Ich verstehe mich nicht auf diese Dinge«, sagte Philip, »aber ich dächte, daß das die Situation nur noch schwieriger gemacht haben würde.«

Die bittere Bemerkung berührte sie nicht. Sie sah hoffnungslos auf das ungepflegte, überbesiedelte Land hinaus und sagte: »Nun, ich habe es erklärt.«

»Aber, verzeihen Sie, Miss Abbott, Sie haben Ihr Benehmen eher beschrieben als erklärt.«

Er hatte sie gründlich in die Enge getrieben und erwartete, daß sie ihn anstarren und zusammenbrechen würde. Zu seiner Überraschung antwortete sie mit einem gewissen Mut: »Eine Erklärung würde Sie gewiß langweilen, Mr. Herriton; sie würde auch andere Themen berühren.«

»Oh, das macht nichts.«

»Ich haßte Sawston, müssen Sie wissen.«

Er war entzückt. »Das tat ich auch und tue es noch. Das ist großartig. Fahren Sie fort.«

»Ich haßte die Trägheit, die Dummheit, die Ehrbarkeit und die kleinliche Selbstlosigkeit.«

»Die kleinliche Selbstsucht«, korrigierte er. Die Psychologie von Sawston war lange seine Spezialität gewesen.

»Kleinliche Selbstlosigkeit«, wiederholte sie. »Ich hatte den Eindruck gewonnen, daß hier alle ihr Leben mit kleinen Opfern vergeudeten für Zwecke, aus denen sie sich nichts machten, und um Menschen zu gefallen, die sie nicht leiden konnten; daß sie niemals lernten, aufrichtig zu sein – und, was ebenso schlimm ist, niemals lernten, sich richtig zu freuen. So dachte ich damals in Monteriano.«

»Aber, Miss Abbott«, rief er, »das hätten Sie mir früher sagen sollen! Denken Sie es auch jetzt noch! Ich bin mit vielem davon einverstanden. Prachtvoll!«

»Nun hatte sich Lilia«, fuhr sie fort, »obwohl sie manches an sich hatte, was ich nicht mochte, irgendwie die Fähigkeit bewahrt, sich aufrichtig zu freuen. Und Gino, dachte ich, war prächtig, jung und stark, nicht nur körperlich, und aufrichtig wie der junge Tag. Wenn sie gern heiraten wollten, warum sollten sie es nicht tun? Warum sollte sie nicht Schluß machen mit dem ertötenden Dasein, in dem sie auf ein festes Geleise geraten war und bis an ihr Lebensende daraufbleiben und immer teilnahmsloser werden würde – und das ist schlimmer als unglücklich?! Natürlich täuschte ich mich. Sie vertauschte nur ein Geleise mit einem anderen – einem schlimmeren Geleise. Und was ihn betrifft – nun, Sie kennen ihn ja besser als ich. Ich kann mir nie wieder anmaßen, Charaktere zu beurteilen. Aber ich fühle auch jetzt noch, daß er nicht ganz schlecht gewesen sein kann, damals, als wir zuerst mit ihm zusammentrafen. Lilia – daß ich es auszusprechen wage! – muß feige gewesen sein. Er war noch ein Junge, gerade im Begriff, etwas Prächtiges zu werden, glaubte ich zumindest –, und sie muß ihn falsch behandelt haben. So, das ist das einzige Mal, daß ich gegen das, was sich gehört, angegangen bin, und Sie sehen, was dabei herausgekommen ist. Jetzt haben Sie eine Erklärung.«

»Und vieles daran hat mich interessiert, obwohl ich nicht alles verstehe. Haben Sie niemals an die Ungleichheit ihrer sozialen Stellung gedacht?«

»Wir waren verrückt – trunken vor Aufsässigkeit. Wir hatten keinen Funken gesunden Menschenverstand mehr. Sobald Sie kamen, haben Sie alles gesehen und alles vorausgesehen.«

»Oh, das glaube ich nicht.« Es war ihm irgendwie unangenehm, daß man ihm gesunden Menschenverstand zutraute. Für einen Augenblick war ihm Miss Abbott weniger konventionell erschienen als er selbst.

»Hoffentlich merken Sie«, schloß sie, »warum ich Sie mit dieser langen Geschichte gelangweilt habe. Frauen – hörte ich Sie neulich sagen – sind nie zufrieden, ehe sie ihre Fehler nicht laut ausposaunt haben. Nun ist Lilia tot, und ihr Mann ist ein schlechter Mensch geworden – alles durch meine Schuld. Sehen Sie, Mr. Herriton, das macht mich so besonders unglücklich: Es ist das einzige Mal, daß ich mich je in das eingemischt habe, was mein Vater ›das wirkliche Leben‹ nennt – und sehen Sie, was daraus geworden ist! Jenen Winter schien ich zu erwachen und mich für Schönheit und Glanz, und ich weiß nicht, was noch, zu erwärmen; und als der Frühling kam, wollte ich gegen die Dinge ankämpfen, die ich haßte – gegen Mittelmäßigkeit und Langeweile, gegen Gehässigkeit und gegen die Gesellschaft. Ich haßte die Gesellschaft wirklich für ein bis zwei Tage in Monteriano. Ich sah nicht, daß all diese Dinge unüberwindlich sind, und daß sie uns zerbrechen, wenn wir dagegen angehen. Ich danke Ihnen, daß Sie sich all diesen Unsinn angehört haben.«

»Oh, ich habe volles Verständnis für das, was Sie sagen«, erwiderte Philip und lächelte ihr ermutigend zu; »es ist kein Unsinn, und vor ein oder zwei Jahren hätte ich dasselbe gesagt. Aber ich empfinde es jetzt anders, und ich hoffe, daß auch Sie sich ändern werden. Die Gesellschaft ist – bis zu einem gewissen Grade – unüberwindlich. Aber Ihr wahres Leben gehört Ihnen selbst, und niemand kann es antasten. Keine Macht der Erde kann Sie hindern, die Mittelmäßigkeit zu kritisieren und zu verachten – nichts kann Sie abhalten, sich in Glanz und Schönheit zurückzuziehen – in die Gedanken und Überzeugungen, welche das wirkliche Leben – Ihr wirkliches Selbst ausmachen.«

»Ich habe diese Erfahrung noch nie gemacht. Sicherlich müssen ich und mein Leben in Übereinstimmung sein.«

Offenbar litt sie an der üblichen weiblichen Unfähigkeit, einen philosophischen Gedanken zu begreifen. Aber sie hatte sich wirklich zu einer Persönlichkeit entwickelt, und er mußte mehr von ihr erfahren. »Es gibt noch einen großen Trost gegen die unbesiegbare Mittelmäßigkeit«, sagte er – »nämlich, einen Gefährten zu finden, der ebenfalls ihr Opfer ist. Ich hoffe, daß dies nur das erste von vielen Gesprächen gewesen ist, die wir miteinander führen werden.«

Sie gab eine schickliche Antwort. Der Zug erreichte Charing Cross, und sie trennten sich – er, um eine Matinee zu besuchen, sie, um Unterröcke für korpulente Arme einzukaufen. Während sie sie kaufte, gingen ihre Gedanken auf Wanderschaft; die Kluft zwischen ihr und Mr. Herriton, die ihr immer als groß bewußt gewesen war, schien ihr jetzt unüberwindlich.

Diese Ereignisse und Gespräche fanden um die Weihnachtszeit statt. Das neue Leben, welches sie eingeleitet hatten, dauerte etwa sieben Monate. Dann machte ihm ein kleiner Zwischenfall ein Ende – nichts als ein ärgerlicher kleiner Zwischenfall.

Irma sammelte Ansichtspostkarten, und Mrs. Herriton und Harriet besahen sich erst alle, die eingingen, damit das Kind nichts Unanständiges in die Hände bekäme. In diesem Fall erschien der Gegenstand vollkommen harmlos – ein paar verfallene Fabrikschornsteine –, und Harriet war im Begriff, sie ihrer Nichte auszuhändigen, als ihr Blick auf die Worte am Rande fiel. Sie stieß einen Schrei aus und warf die Karte in den Kamin. Natürlich brannte im Juli kein Feuer darin, und Irma brauchte nur hinzulaufen und sie wieder herauszuholen.

»Wie kannst du es wagen!« schrie ihre Tante. »Du ungezogenes Kind! Gib sie her!«

Unglücklicherweise war Mrs. Herriton nicht im Zimmer. Irma, die vor Harriet keine Angst hatte, tanzte um den Tisch herum und las dabei: »Ansicht der herrlichen Stadt Monteriano – von deinem kleinen Bruder.«

Die törichte Harriet hielt ihre Nichte fest, gab ihr ein paar Ohrfeigen und riß die Karte in Stücke. Irma heulte vor Schmerz und begann entrüstet zu rufen: »Wer ist mein kleiner Bruder? Warum hab' ich noch niemals etwas von ihm gehört? Großmama! Großmama! Wer ist mein kleiner Bruder? Wer ist mein –«

Mrs. Herriton kam ins Zimmer gestürzt und sagte: »Komm mit mir, mein Kind, ich will es dir sagen. Jetzt ist es an der Zeit, daß du alles erfährst.«

Irma kehrte schluchzend von der Unterredung zurück, obwohl sie in Wirklichkeit nur sehr wenig erfahren hatte. Aber dies wenige ergriff von ihrer Einbildungskraft Besitz. Sie hatte Schweigen gelobt – sie wußte nicht, warum. Aber was konnte es schaden, wenn sie mit solchen Personen von ihrem kleinen Bruder sprach, die schon von ihm gehört hatten?

»Tante Harriet«, pflegte sie zu sagen, »Onkel Phil! Großmama! Was meint ihr, daß mein kleiner Bruder jetzt macht? Kann er schon spielen? Sprechen italienische Babys früher als wir, oder ist er vielleicht ein im Ausland geborenes englisches Baby? Oh, ich möchte ihn zu gern mal sehen und die erste sein, die ihm die zehn Gebote und den Katechismus beibringt.«

Bei der letzten Bemerkung machte Harriet jedesmal ein ernstes Gesicht.

»Wirklich«, rief Mrs. Herriton, »Irma wird zu lästig. Sie hat die arme Lilia doch schnell genug vergessen.«

»Ein lebendiger Bruder ist mehr für sie als eine tote Mutter«, sagte Philip nachdenklich. »Sie kann ihm Söckchen stricken.«

»Dem habe ich einen Riegel vorgeschoben. Sie erwähnt ihn dauernd. Neulich abend fragte sie, ob sie ihn mit unter die Menschen aufnehmen dürfe, die sie in ihrem Gebet besonders erwähnt.«

»Was hast du ihr geantwortet?«

»Natürlich habe ich es ihr erlaubt«, antwortete sie kühl. »Sie hat das Recht, jeden aufzuzählen, den sie will. Aber heute morgen habe ich mich über sie geärgert, und ich fürchte, sie hat es gemerkt.«

»Und was war heute morgen?«

»Sie fragte, ob sie auch für ihren ›neuen Vater‹ – für den Italiener – beten dürfe.«

»Und du hast es ihr erlaubt?«

»Ich bin aufgestanden, ohne etwas zu sagen.«

»Du mußt gerade so ein Gefühl gehabt haben wie damals, als ich für den Teufel beten wollte.«

»Er ist der Teufel!« schrie Harriet.

»Nein, Harriet, dazu ist er zu vulgär.«

»Ich wäre dir dankbar, wenn du die Religion nicht verspotten würdest«, war Harriets Entgegnung.

»Denke an das arme Baby. Irma hat recht, daß sie für es

beten will. Was für ein Eintritt ins Leben für ein englisches Kind!«

»Meine liebe Schwester, du kannst dich beruhigen. Erstens ist das gräßliche Baby italienisch. Zweitens wurde es sofort in Santa Deodata getauft, und eine mächtige Verbindung von Heiligen wacht über...«

»Laß das, mein Lieber. Und Harriet, sei nicht so entsetzlich ernsthaft. Ich meine, nicht so ernsthaft, wenn du mit Irma zusammen bist. Sie wird schlimmer als je sein, wenn sie merkt, daß wir etwas zu verbergen haben.«

Harriets Gewissenhaftigkeit konnte manchmal gerade so lästig werden wie Philips Mangel an Förmlichkeit. Mrs. Herriton wußte es bald so einzurichten, daß Harriet für sechs Wochen nach Tirol reisen konnte. Jetzt fingen sie und Philip an, sich allein mit Irma herumzuschlagen.

Gerade als sich die Lage wieder ein wenig beruhigt hatte, schickte das gräßliche Baby wieder eine Ansichtspostkarte – eine spaßige und nicht besonders passend. Irma nahm sie in Empfang, als sie gerade ausgegangen waren, und der ganze Ärger fing wieder von vorne an.

»Ich kann mir nicht denken«, sagte Mrs. Herriton, »in welcher Absicht er sie eigentlich schickt.«

Zwei Jahre früher hätte Philip gesagt, in der Absicht, ihnen eine Freude zu machen. Jetzt aber war er versucht, gleich seiner Mutter, an etwas Unheimliches und Heimtückisches zu denken.

»Meinst du, daß er die Situation errät – wie besorgt wir sind, einen Skandal zu vermeiden?«

»Das ist schon möglich. Er weiß, daß Irma uns wegen des Babys zusetzen wird. Vielleicht hofft er, daß wir es adoptieren, um sie zu beruhigen.«

»Sehr hoffnungsvoll in der Tat.«

»Zugleich ist es für ihn eine Gelegenheit, die Moral des Kindes zu verderben.« Sie schloß eine Schublade auf, nahm die Postkarte heraus und betrachtete sie mit ernster Miene. »Er bittet sie inständig, dem Baby auch eine zu schicken«, war ihre nächste Bemerkung.

»Das könnte sie ja auch tun!«

»Ich habe ihr gesagt, sie solle es nicht tun; aber wir müssen sie sorgfältig beobachten, natürlich ohne den Eindruck zu erwecken, als seien wir mißtrauisch.«

Philip freute sich über die Diplomatie seiner Mutter. Er dachte jetzt nicht mehr an seine eigene Moral und sein eigenes Benehmen.

»Aber wer soll sie in der Schule überwachen? Sie kann die Geschichte jeden Augenblick ausplappern.«

»Wir können nur auf unseren Einfluß vertrauen«, sagte Mrs. Herriton.

Und Irma plapperte es aus, gerade an diesem Tage. Gegen eine einzelne Postkarte war sie gefeit, aber nicht gegen zwei. Ein neuer kleiner Bruder ist eine wertvolle Bereicherung des Gefühls für ein Schulmädchen, und ihre Klasse befand sich gerade in einem akuten Stadium der Baby-Schwärmerei. Glücklich das Mädchen, das sich an einem Baby satt sehen konnte, das es küssen durfte, wenn es morgens aus dem Hause ging, das das Recht hatte, es in der Zwischenzeit aus einer Postkutsche herauszuzerren, und beim Tee mit ihm herumzuspielen, bevor man ins Bett mußte. Die Glückliche konnte das ungeschriebene Lied Miriams singen, die, vor allen Schulmädchen gesegnet, ihren Baby-Bruder an einem weichen Platz verstecken durfte, wo niemand ihn wiederfinden konnte als sie selbst.

Wie konnte Irma schweigen, wenn eingebildete Mädchen von Baby-Vettern und Baby-Besuchern sprachen – sie, die ein Baby zum Bruder hatte, das ihr durch seinen lieben Papa Postkarten schickte? Sie hatte versprochen, nicht von ihm zu erzählen – aber sie wußte nicht, warum – also redete sie. Und ein Mädchen sagte es dem andern, und ein Mädchen sagte es seiner Mutter, und damit war es heraus.

»Ja, es ist alles sehr traurig«, pflegte Mrs. Herriton zu sagen. »Meine Schwiegertochter ist eine sehr unglückliche Ehe eingegangen, wie ich Ihnen jetzt verraten darf. Ich nehme an, daß das Kind in Italien erzogen werden wird. Vielleicht unternimmt seine Großmutter ja etwas, aber ich habe noch nichts davon gehört. Ich nehme kaum an, daß sie es herüberholen wird. Sie will von dem Vater nichts wissen. Es ist natürlich eine sehr peinliche Angelegenheit für sie.«

Sie achtete sorgfältig darauf, Irma nur wegen Ungehorsams – jener achten Todsünde, die für Eltern und Erzieher so bequem ist – zu schelten. Harriet würde sich erst auf nutzlose Erklärungen und Schimpfereien eingelassen haben. Das Kind schämte sich und sprach nicht mehr so viel von dem Baby. Das Ende des Schuljahrs stand bevor, und sie hoffte, noch einen Preis zu erhalten. Aber auch sie hatte mitgewirkt, die Sache ins Rollen zu bringen.

Es dauerte mehrere Tage, bevor sie Miss Abbott zu sehen bekamen. Mrs. Herriton war seit dem Versöhnungskuß nicht oft mit ihr zusammengetroffen und Philip seit der Reise nach London ebenfalls nicht. Sie hatte ihn im Grunde genommen ziemlich enttäuscht. Ihr lobenswerter Ausbruch von Originalität hatte sich nicht wiederholt, und er fürchtete, daß sie ins Mittelmaß zurückglitt. Jetzt kam sie wegen des Landkrankenhauses – ihr ganzes Leben war langweiligen Wohltätigkeitshandlungen gewidmet –, und obwohl sie bereits Geld von ihm und seiner Mutter erhalten hatte, saß sie nach wie vor wie angewachsen auf ihrem Stuhl, ernster und hölzerner denn je.

»Ich darf wohl annehmen, daß Sie davon gehört haben«, sagte Mrs. Herriton, die wohl wußte, worauf das junge Mädchen hinauswollte.

»Ja, das habe ich. Und ich bin gekommen, um Sie zu fragen: Haben Sie schon Schritte unternommen?«

Philip war erstaunt. Die Frage war im höchsten Maße unverschämt. Er hatte Achtung vor Miss Abbott und bedauerte, daß sie sich so etwas zuschulden kommen ließ.

»Wegen des Babys?« fragte Mrs. Herriton freundlich.

»Ja.«

»Soweit mir bekannt ist, nein. Vielleicht hat Mrs. Theobald irgend etwas beschlossen. Aber ich habe noch nichts gehört.«

»Ich meinte, ob Sie irgend etwas beschlossen haben?«

»Das Kind ist nicht mit uns verwandt«, erwiderte Philip, »es ist daher kaum unsere Sache, uns da einzumischen.«

Seine Mutter blickte nervös zu ihm hinüber. »Die arme Lilia ist mir einmal fast eine Tochter gewesen. Ich weiß, was Miss Abbott sagen will. Aber jetzt hat sich die Lage geändert. Jede Initiative müßte natürlich von Mrs. Theobald ausgehen.«

»Aber übernimmt Mrs. Theobald nicht jede Initiative erst von Ihnen?« fragte Miss Abbott.

Mrs. Herriton konnte ein Erröten nicht verhindern. »Ich habe sie früher manchmal beraten. Ich würde es mir jetzt nie mehr herausnehmen.«

»Dann soll also überhaupt nichts für das Kind geschehen?«

»Es ist außerordentlich gütig von Ihnen, daß Sie ein so ungewöhnliches Interesse aufbringen«, sagte Philip.

»Das Kind ist durch meine Unachtsamkeit zur Welt gekommen«, antwortete Miss Abbott. »Daher ist es nur natürlich, daß ich Interesse an ihm nehme.«

»Meine liebe Caroline!« sagte Mrs. Herriton. »Sie müssen nicht so viel darüber nachgrübeln. Lassen Sie das Vergangene ruhen! Das Kind sollte Sie noch weniger beunruhigen als uns. Wir erwähnen es niemals. Es gehört einer anderen Welt an.«

Miss Abbott erhob sich, ohne etwas zu erwidern, und wandte sich zum Gehen. Ihr außerordentlicher Ernst beunruhigte Mrs. Herriton. »Natürlich«, fügte sie hinzu, »wenn Mrs. Theobald sich für einen Plan entscheidet, der überhaupt durchführbar erscheint – ich muß gestehen, ich sehe keine solche Möglichkeit –, so werde ich sie bitten, mich anschließen zu dürfen – Irma zuliebe –, und mich an allen Unkosten beteiligen.«

»Wollen Sie es mich bitte wissen lassen, wenn sie sich für irgend etwas entscheidet. Ich möchte mich auch gern anschließen.«

»Wie Sie mit Ihrem Geld umgehen, meine Liebe! Wir würden es niemals zulassen.«

»Und falls sie sich für nichts entscheidet, wollen Sie es mich bitte ebenfalls wissen lassen.«

Mrs. Herriton ließ es sich nicht nehmen, ihr einen Kuß zu geben.

»Ist die junge Dame verrückt geworden?« platzte Philip los, sobald sie gegangen war. »Noch nie in meinem Leben habe ich eine so ungeheuerliche Unverschämtheit erlebt. Sie verdient Prügel und sollte noch mal in die Sonntagsschule geschickt werden.«

Seine Mutter sagte nichts.

»Aber siehst du denn nicht, daß sie uns praktisch droht? Du kannst sie nicht an Mrs. Theobald abschieben. Sie weiß ebensogut wie wir, daß diese Frau eine Null ist. Wenn wir nichts unternehmen, beschwört sie einen Skandal herauf: Wir vernachlässigten unsere Verwandten usw., was natürlich gelogen ist. Aber sie wird es trotzdem behaupten. Ach, bei der lieben, süßen, verständigen Caroline Abbott ist eine Schraube los. Wir hatten es schon in Monteriano gemerkt, und letztes Jahr hatte ich so einen Verdacht, eines Tages im Zug; und hier haben wir es erneut. Das junge Mädchen ist verrückt.«

Sie sagte immer noch nichts.

»Soll ich sofort hingehen und ihr gründlich den Kopf waschen? Es würde mir wirklich Spaß machen.«

In leisem, ernstem Ton – einem Ton, wie sie ihn ihm gegenüber seit Monaten nicht mehr gebraucht hatte, sagte Mrs. Herriton: »Caroline ist außerordentlich unverschämt gewesen. Trotzdem mag letzten Endes etwas an dem sein, was sie sagt. Sollte das Kind an einem solchen Ort und bei einem solchen Vater aufwachsen?«

Philip fuhr auf und schauderte. Er sah, daß seine Mutter nicht aufrichtig war. Ihre Unaufrichtigkeit gegen andere hatte ihn belustigt, aber es war entmutigend, wenn sie sie ihm gegenüber einsetzte.

»Wir wollen offen zugeben«, fuhr sie fort, »daß uns letzten Endes vielleicht eine Verantwortung zukommen mag.«

»Ich verstehe dich nicht, Mutter. Du bist wie umgewandelt. Was hast du vor?«

In einem einzigen Augenblick hatte sich eine unüberwindliche Schranke zwischen ihnen aufgerichtet. Es herrschte nicht länger ein lächelndes Einverständnis zwischen ihnen. Mrs. Herriton gebrauchte ihre eigene Taktik – eine Taktik, die über sein Fassungsvermögen hinausging oder jenseits der Grenzen seiner Natur lag.

Seine Bemerkung beleidigte sie. »Was ich vorhabe? Ich überlege, ob ich das Kind nicht adoptieren sollte. Ist das deutlich genug?«

»Und das ist das Ergebnis von einem halben Dutzend Verrücktheiten von Miss Abbott?«

»Jawohl. Ich wiederhole, sie war äußerst unverschämt. Nichtsdestoweniger hat sie mich auf meine Pflichten aufmerksam gemacht. Wenn ich das Baby der armen Lilia vor diesem entsetzlichen Mann retten kann, der es entweder als Papisten oder als Ungläubigen, ganz bestimmt aber zu einem lasterhaften Menschen erziehen wird, so werde ich es tun.«

»Du sprichst wie Harriet.«

»Warum auch nicht?« sagte sie und errötete, denn sie wußte, daß dies eine Beleidigung war. »Sage meinetwegen, ich spreche wie Irma. Das Kind sieht die Dinge klarer als irgendeiner von uns. Sie hat Sehnsucht nach ihrem kleinen Bruder. Sie soll ihn haben. Es soll mir gleich sein, wenn ich zu impulsiv bin.«

Er war sicher, daß sie alles andere als impulsiv war, aber er wagte es ihr nicht zu sagen. Ihre Tüchtigkeit machte ihm Angst. Sein ganzes Leben lang war er ihre Marionette gewesen. Sie hatte ihn für Italien schwärmen und Sawston reformieren lassen – gerade wie sie Harriet protestantisch bleiben ließ. Sie hatte ihn soviel reden lassen, wie er mochte. Aber wenn sie etwas wollte, so setzte sie es immer durch.

Und obwohl sie ihm Angst machte, flößte sie ihm keine Ehrfurcht ein. Er sah, daß ihr Leben ohne Sinn war. Was nützten ihre Diplomatie, ihre Unaufrichtigkeit und ihre fortgesetzte Selbstbeherrschung? Machten diese Eigenschaften irgend jemand besser oder glücklicher? Machten sie wenigstens sie selbst glücklich? Harriet mit ihrem düsteren, grämlichen Glauben und Lilia mit ihrer Jagd nach Vergnügungen waren letzten Endes dem lieben Gott näher als diese wohlfunktionierende, geschäftige und nutzlose Maschine.

Jetzt, da seine Mutter seine Eitelkeit verletzt hatte, vermochte er sie so zu kritisieren, aber auflehnen konnte er sich nicht gegen sie. Bis ans Ende seiner Tage würde er wahrscheinlich fortfahren zu tun, was sie wollte. Mit kalter Neugier beobachtete er den Zweikampf zwischen ihr und Miss Abbott. Mrs. Herritons Politik wurde erst nach und nach deutlich. Sie bestand darin, Miss Abbott um jeden Preis daran zu hindern, sich des Kindes anzunehmen, wenn möglich jedoch, um einen geringen Preis. Stolz war das einzige zuverlässige Element ihrer Natur. Sie konnte den Gedanken nicht ertragen, weniger wohltätig als andere zu sein.

»Ich überlege mir, was getan werden kann«, pflegte sie den Leuten zu sagen, »und die liebenswürdige Caroline Abbott hilft mir dabei. Eigentlich geht es uns ja beide nichts an, aber wir empfinden, daß das Baby nicht gänzlich diesem schrecklichen Mann ausgeliefert bleiben darf. Es wäre unfair gegenüber der kleinen Irma; schließlich ist es ihr Halbbruder. Nein, wir sind noch nicht zu einem endgültigen Entschluß gekommen.«

Miss Abbott war gleichfalls höflich, aber nicht durch edle Absichten allein zu beruhigen. Für sie war des Kindes Wohlergehen eine heilige Pflicht und nicht eine Angelegenheit des Stolzes oder auch nur der Empfindsamkeit. Dadurch allein, fühlte sie, könnte sie ein wenig von dem Unheil, das sie in die Welt gebracht, wiedergutmachen. In ihrer Phantasie war Monteriano zu einer magischen Stätte des Lasters geworden, unter deren Türmen kein Mensch glücklich oder reinen Herzens aufwachsen konnte. Sawston mit seinen Einfamilienhäusern und vornehm tuenden Schulen, seinen Lesetees und Basaren war sicherlich spießig und langweilig; und zuzeiten fand sie es sogar der Verachtung wert. Aber es war kein Ort der Sünde, und in Sawston, entweder bei den Herritons oder bei ihr selbst, sollte das Baby aufwachsen.

Sobald es sich nicht mehr umgehen ließ, schrieb Mrs. Herriton einen Brief an Waters und Adamson zur Weiterleitung an Gino – den seltsamsten Brief der Welt; Philip bekam hinterher eine Abschrift zu sehen. Sein vorgeblicher Zweck war eine Beschwerde über die Ansichtspostkarten. Ganz am Schluß in ein paar beiläufigen Sätzen, erbot sie sich, das Kind zu adoptieren; vorausgesetzt, Gino versuche niemals wieder, sich ihm zu nähern, und gebe etwas von Lilias Geld für seine Erziehung heraus.

»Was meinst du dazu?« fragte sie ihren Sohn. »Er darf natürlich nicht merken, wie sehr uns daran liegt.«

»Auf den Gedanken wird er bestimmt nie kommen.«

»Aber was für eine Wirkung wird der Brief auf ihn haben?«

»Sobald er ihn erhält, wird er eine Berechnung anstellen. Wenn es auf die Dauer weniger kostspielig ist, sich von ein wenig Geld zu trennen und das Baby loszuwerden, so wird er sich von ihm trennen. Wenn er dabei aber verlieren würde, so wird er den Ton des liebevollen Vaters anschlagen.«

»Mein Lieber, du bist entsetzlich zynisch.« Nach einer Pause fuhr sie fort: »Und was wird bei der Rechnung herauskommen?«

»Das weiß ich wirklich nicht. Aber wenn du ganz sichergehen wolltest, daß das Baby postwendend ankommt, so hättest du *ihm* eine kleine Summe schicken sollen. Oh, ich bin nicht zynisch – wenigstens urteile ich nur nach dem, was ich von ihm weiß. Aber ich habe genug von dem ganzen Theater. Genug von Italien. Genug und übergenug. Sawston ist doch eine liebenswürdige und mitfühlende Stadt, nicht wahr? Ich will ein bißchen spazierengehen, um mich zu beruhigen.«

Er lächelte bei den letzten Worten, um sie ein wenig ins Lächerliche zu ziehen. Als sie allein war, begann sie ebenfalls zu lächeln.

Er ging zu den Abbotts. Mr. Abbott bot ihm Tee an, und Caroline, die im Nebenzimmer ihr Italienisch auffrischte, kam herein, um ihm einzugießen. Er erzählte ihnen, daß seine Mutter an Signor Carella geschrieben habe, und beide äußerten inbrünstige Wünsche für einen Erfolg.

»Das ist sehr schön von Mrs. Herriton, wirklich sehr schön«, sagte Mr. Abbott, der wie alle anderen nichts von dem aufreizenden Benehmen seiner Tochter ahnte. »Ich fürchte nur, es wird eine Menge Unkosten verursachen. Ohne Bezahlung wird sie aus Italien nichts herausbekommen.«

»Sicherlich wird es gelegentlich Unkosten geben«, sagte Philip vorsichtig. Dann wandte er sich an Miss Abbott und fragte: »Glauben Sie, daß der Mann uns Schwierigkeiten machen wird?«

»Es kommt darauf an«, antwortete sie ebenso vorsichtig. »Würden Sie nach dem, was Sie von ihm gesehen haben, schließen, daß er einen liebevollen Vater abgeben könnte?«

»Ich gehe nicht nach dem, was ich von ihm gesehen habe, sondern nach dem, was ich von ihm weiß.«

»Nun, und was schließen Sie daraus?«

»Daß er ein von Grund aus schlechter Mensch ist.«

»Trotzdem haben von Grund aus schlechte Menschen manchmal ihre Kinder geliebt. Denken Sie zum Beispiel an Rodrigo Borgia.«

»Ich habe selbst Beispiele davon in meinem Bezirk.«

Bei dieser Bemerkung erhob sich die bewundernswerte junge Frau und ging wieder daran, ihr Italienisch aufzufrischen. Sie versetzte Philip in äußerste Verwirrung. Er konnte es verstehen, wenn sich jemand aus Idealismus begeisterte, aber sie schien nicht im geringsten begeistert. Er konnte es auch verstehen, wenn jemand gehässig war, aber auch das schien nicht der Fall zu sein. Offenbar versprach sie sich von dem Kampf weder Vergnügen noch Vorteil für sich selbst. Warum hatte sie ihn dann nur auf sich genommen? Vielleicht war auch sie unaufrichtig. Vielleicht war das noch das Wahrscheinlichste. Sie gab wohl das eine vor und bezweckte das andere. Mit der Überlegung, was dies andere sein mochte, konnte er sich nicht aufhalten. Unaufrichtigkeit wurde seine pauschale Erklärung für alles, was ihm ungewohnt war, mochte es eine uneigennützige Handlung oder ein hohes Ideal sein.

»Sie macht geschickte Ausflüchte«, sagte er hinterher zu seiner Mutter.

»Was hattest du denn für Ausflüchte zu machen?« fragte sie sanft. Ihr Sohn mochte ihre Taktik durchschauen, aber sie wollte nicht zugeben, daß er sie durchschaute. Sie behauptete ihm gegenüber immer noch, daß das Baby das einzige sei, was sie wolle und immer gewollt habe, und daß Miss Abbott ihre geschätzte Verbündete sei.

Als in der nächsten Woche die Antwort aus Italien kam, setzte sie ihm gegenüber keine triumphierende Miene auf. »Lies die Briefe«, sagte sie, »wir haben kein Glück gehabt.«

Gino schrieb in seiner eigenen Sprache, aber die Rechtsanwälte hatten eine umständliche englische Übersetzung mitgeschickt, in der »Pregiatissima Signora« mit »Höchst preiswürdige gnädige Frau« wiedergegeben war und jedes feinfühlige Kompliment und jeder Superlativ – Superlative sind feinfühlig im Italienischen – einen Ochsen umgeworfen hätte. Für einen Augenblick vergaß Philip die Sache über der Form; dieses groteske Dokument aus dem Lande, das er geliebt hatte, rührte ihn fast zu Tränen. Er kannte die Originale dieser holprigen Sätze; auch er hatte »sincere auguries« geschickt; auch er hatte Briefe – wer schreibt in Italien schon zu Hause? – vom Caffè Garibaldi aus adressiert. »Ich wußte nicht, daß ich immer noch so ein Esel bin«, dachte er. »Warum sehe ich nicht ein, daß es nichts als rhetorische Phrasen sind? Ein Flegel ist ein Flegel, ob in Sawston oder in Monteriano.«

»Ist es nicht entmutigend?« sagte seine Mutter.

Und dann las er, daß Gino das großzügige Anerbieten leider nicht annehmen könne. Sein Vaterherz erlaube ihm nicht, dies Symbol seiner beklagenswerten Gattin herzugeben. Was die Ansichtspostkarten betreffe, so sei es ihm sehr unangenehm, daß sie Schaden angerichtet hätten. Er werde fortan keine mehr schicken. Ob Mrs. Herriton Irma dies mit ihrer bekannten Liebenswürdigkeit erklären und ihr für diejenigen danken möchte, welche Irma (das reizende Fräulein!) ihm geschickt habe?

»Die Rechnung geht zu unseren Ungunsten auf«, sagte Philip. »Oder vielleicht will er auch den Preis höher schrauben.«

»Nein«, meinte Mrs. Herriton entschieden. »Das ist es nicht. Aus irgendeinem verrückten Grunde will er sich nicht von dem Kind trennen. Ich muß zu der armen Caroline gehen und es ihr sagen. Sie wird ebenso bekümmert sein.«

Sie kehrte in der außergewöhnlichsten Verfassung von ihrem Besuch zurück. Ihr Gesicht war rot, sie rang nach Luft, und ihre Augen waren von dunklen Rändern umschattet.

»So eine Unverschämtheit!« rief sie. »So eine verdammte Unverschämtheit! Oh, ich fluche. Aber das ist mir gleich. Diese gräßliche Person – wie kann sie es wagen, sich einzumischen! ... Ich werde ... Philip, mein Lieber, es tut mir leid. Es hat keinen Zweck. Du mußt hin.«

»Wohin? Setz dich doch bitte. Was ist denn geschehen?« Dieser leidenschaftliche Ausbruch von seiten seiner eleganten, damenhaften Mutter war ihm im höchsten Maße peinlich. Er hatte nie geahnt, daß so etwas möglich war.

»Sie will den Brief – will den Brief nicht als endgültig anerkennen. Du mußt nach Monteriano!«

»Ich will aber nicht«, gab er zurück. »Ich bin dagewesen, und es hat nichts genützt. Ich will den Ort nie wiedersehen. Ich hasse Italien.«

»Wenn du nicht hinfährst, fährt sie hin.«

»Abbott?«

»Jawohl. Und allein. Sie wollte noch heute abend abreisen. Ich bot ihr an zu schreiben; sie sagte, es sei ›zu spät‹! Zu spät! Das Kind – ich bitte dich, Irmas Bruder – soll bei ihr wohnen, von ihr und ihrem Vater, Tür an Tür mit uns, erzogen werden, zur Schule gehen wie ein Gentleman, und sie will alles bezahlen. Oh, du bist ein Mann! Dir macht es nichts aus. Du kannst darüber lachen. Aber ich weiß, was die Leute reden; und diese Person fährt noch heute abend nach Italien.«

Er schien eine Eingebung zu haben. »Dann laß sie reisen! Laß sie sich allein mit Italien herumschlagen. Sie wird irgendwie zu Schaden kommen. Italien ist zu gefährlich, zu...«

»Hör mit dem Unsinn auf, Philip. Ich will nicht, daß sie Schande über mich bringt. Ich *will* das Kind haben. Will alles dafür bezahlen, was wir besitzen.«

»Laß sie nach Italien fahren!« rief er. »Laß sie sich mit Dingen befassen, von denen sie nichts versteht! Sieh dir diesen Brief an! Der Mann, der ihn geschrieben hat, wird sie heiraten oder ermorden oder sonst irgendwie zur Strecke bringen. Er ist ein Flegel, aber kein englischer Flegel. Er ist unheimlich und schrecklich. Er hat ein Land hinter sich, das die Menschen von Anbeginn der Welt in Aufruhr versetzt hat.«

»Harriet!« rief seine Mutter. »Harriet soll ebenfalls hinfahren. Jetzt wird Harriet unbezahlbar sein!« Und bevor Philip aufgehört hatte, Unsinn zu reden, hatte sie die ganze Sache schon geplant und suchte die Züge raus.

# VI

Italien, hatte Philip immer behauptet, zeigt sein wahres Gesicht nur im Hochsommer, wenn die Touristen abgezogen sind und seine Seele unter den senkrechten Strahlen der Sonne erwacht. Er hatte jetzt die schönste Gelegenheit, es in seiner besten Verfassung zu erleben, denn es war fast Mitte August, als er sich auf den Weg machte, um Harriet aus Tirol abzuholen.

Er fand seine Schwester in einer dichten Wolke, zweitausend Meter über dem Meeresspiegel, bis ins innerste Mark durchkältet, überfüttert, gelangweilt und durchaus nicht abgeneigt, sich von dort wegholen zu lassen.

»Es wirft einem zwar alle Pläne über den Haufen«, bemerkte sie, indem sie ihre Schwämme auswrang, »aber ohne Zweifel ist es meine Pflicht.«

»Hat Mutter dir alles erklärt?« fragte Philip.

»Ja, das hat sie! Mutter hat mir einen wirklich schönen Brief geschrieben. Sie beschreibt, wie allmählich das Gefühl in ihr erwacht sei, daß wir das arme Baby aus seiner schrecklichen Umgebung befreien müßten, wie sie es brieflich versucht habe, dies aber nichts genützt habe – nichts als unaufrichtige Komplimente und Heuchelei seien die Antwort gewesen. Dann schreibt sie: ›Nichts wirkt so stark wie der unmittelbare persönliche Einfluß; dir und

Philip wird es gelingen, was mir nicht gelungen ist.‹ Sie meint, auch Caroline Abbott habe sich wundervoll benommen.«

Philip bestätigte es.

»Carolines Empfindungen in dieser Angelegenheit sind fast ebenso stark wie die unseren. Das kommt daher, daß sie den Mann kennt. Ach, er muß widerwärtig sein! Du liebe Güte! Ich hab' ganz vergessen, das Ammoniak einzupacken...! Es war eine furchtbare Lehre für Caroline, aber ich nehme an, es wird ein Wendepunkt in ihrem Leben sein. Ich kann mir nicht helfen, aber ich könnte mir denken, daß aus all diesem Bösen doch noch etwas Gutes kommt.«

Philip erachtete die Sache als wenig aussichtsreich – er erhoffte sich weder Gutes noch Schönes davon. Aber die Expedition versprach hochgradig komisch zu werden. Er war nicht länger abgeneigt; er war lediglich gleichgültig gegen alles außer der humoristischen Seite der Angelegenheit. Und die würde wundervoll sein. Harriet von ihrer Mutter bearbeitet; Mrs. Herriton von Miss Abbott bearbeitet; Gino von einem Scheck bearbeitet – was für eine bessere Unterhaltung konnte er sich wünschen? Diesmal sollte ihn nichts mehr aus der Fassung bringen; seine Sentimentalität war tot, genau wie seine Sorge um die Familienehre. Wenn er auch nur die Marionette einer Marionette war, so kannte er doch genau die Anordnung der Drähte.

Sie reisten dreizehn Stunden bergab, während die Flüsse breiter wurden und die Berge zusammenschrumpften, die Vegetation sich wandelte und die Menschen aufhörten, häßlich zu sein und Bier zu trinken, und statt dessen anfingen, Wein zu trinken und schön zu sein. Und der Zug, der sie bei Sonnenaufgang aus einer Wüste von Gletschern und Hotels aufgelesen hatte, tanzte bei Sonnenuntergang um die Mauern von Verona Walzer.

»Heller Blödsinn, was sie von der Hitze erzählen«, sagte Philip, als sie vom Bahnhof abfuhren. »Stell dir vor, wir wären zum Vergnügen hier, was könnte vergnüglicher sein als dies?«

»Und hast du gehört, was sie über die Kälte erzählen?« fragte Harriet nervös. »Ich habe es niemals kalt gefunden.«

Doch am zweiten Tag überfiel sie die Hitze wie eine Hand, die sich einem auf den Mund legt, gerade als sie sich auf den Weg machten, um Julias Grab zu besichtigen. Von dem Augenblick an ging alles schief. Sie flohen aus Verona. Harriets Skizzenbuch wurde gestohlen, und der Inhalt der Ammoniakflasche ergoß sich über ihr Gebetbuch, so daß sich purpurne Flecken auf all ihren Kleidungsstücken bildeten. Als sie frühmorgens um vier Uhr durch Mantua kamen und Philip sie aus dem Fenster sehen ließ, weil es Vergils Geburtsort war, bekam sie Ruß ins Auge; Harriet war bekannt dafür, daß sie immer Ruß ins Auge bekam. In Bologna legten sie eine Ruhepause von vierundzwanzig Stunden ein. Es war gerade eine *festa,* und Tag und Nacht pfiffen die Kinder aus vollen Lungen. »Was für eine Religion!« sagte Harriet. Das Hotel stank, zwei junge Hunde schliefen auf ihrem Bett, und ihr Schlafzimmerfenster schaute auf einen Glockenturm, der ihre schlummernde Gestalt jede Viertelstunde begrüßte. Philip ließ seinen Spazierstock, seine Socken und seinen Baedeker in Bologna liegen; sie vergaß lediglich ihren Schwammbeutel. Am nächsten Tage fuhren sie über die Apenninen mit einem reisekranken Kind und einer unter fliegender Hitze leidenden

Dame, die ihnen erzählte, daß sie noch niemals, niemals in ihrem Leben so reichlich geschwitzt habe. »Was sind die Ausländer doch für ein unsauberes Volk!« sagte Harriet. »Mir ist es gleich, wenn jetzt wieder Tunnel kommen; mach die Fenster auf!« Er gehorchte, und sie bekam wieder Ruß ins Auge. In Florenz wurde es auch nicht besser. Essen, Spazierengehen, ja selbst ein unfreundliches Wort ließ sie sich fühlen, als habe man sie durch heißes Wasser gezogen. Philip, der leichter gebaut und weniger gewissenhaft war, litt nicht ganz so sehr. Aber Harriet war noch niemals in Florenz gewesen, und in den Stunden zwischen acht und elf kroch sie wie ein verwundetes Tier durch die Straßen und fiel vor mehr als einem Meisterwerk der Kunst in Ohnmacht. Es war ein höchst gereiztes Paar, das sich Fahrkarten nach Monteriano löste.

»Einzeln oder mit Rückfahrt?« fragte er.

»Einzeln für mich«, sagte Harriet mürrisch. »Ich komme niemals lebendig zurück.«

»Holdes Geschöpf!« sagte ihr Bruder, der es plötzlich nicht mehr aushielt. »Was wirst du mir für eine Hilfe sein, wenn wir zu Signor Carella kommen!«

»Glaubst du etwa«, sagte Harriet und blieb mitten zwischen einem Schwarm von Gepäckträgern stehen, »daß ich das Haus dieses Mannes betrete?«

»Und zu welchem Zweck bist du dann mitgekommen, wenn ich bitten darf, zur Zierde?«

»Um aufzupassen, daß du deine Pflicht tust.«

»Ach nein, herzlichen Dank!«

»Das hat Mutter mir aufgetragen. Um Himmels willen, hole die Fahrkarten; hier kommt wieder das verschwitzte Weibsbild. Sie besitzt die Unverschämtheit zu grüßen.«

»Mutter hat es dir aufgetragen, stimmt das?« fragte Philip zornerfüllt und ging hin, um die Karten an einem so schmalen Schlitz zu erkämpfen, daß sie ihm hochkant ausgehändigt werden mußten. Italien war abscheulich und Florenz der Mittelpunkt dieses abscheulichen Italien. Aber er hatte das seltsame Gefühl, daß er selbst an allem schuld sei und daß ihm ein geringer Zustrom von Kraft genügen würde, um das ganze Land nicht abscheulich, sondern höchst vergnüglich zu finden. Denn es besaß einen Zauber, das war gewiß; einen echten Zauber, der irgendwo hinter den Gepäckträgern, dem Geschrei und dem Staub verborgen lag. Er konnte es an dem beängstigend blauen Himmel sehen, unter dem sie reisten, an der bleichen Ebene, welche das Leben fester in der Gewalt hatte als der stärkste Frost, an dem ausgetrockneten Flußbett des Arno und an den Ruinen brauner Burgen, die flimmernd auf den Hügeln standen. Er konnte es sehen, obwohl sein Kopf schmerzte und seine Haut zuckte, obwohl er nur als Marionette hier war und seine Schwester wußte, als was er hier war. Es war nichts Erfreuliches an der Eisenbahnfahrt nach Monteriano. Doch nichts – nicht einmal die Unbequemlichkeit – war eigentlich banal.

»Bleiben die Leute denn in ihren Häusern?« fragte Harriet. Sie hatten den Eisenbahnwagen mit dem *legno* vertauscht, und der *legno* hatte die vertrockneten Bäume hinter sich gelassen und ihnen ihren Bestimmungsort enthüllt.

Philip, um sie zu ärgern, antwortete: »Nein.«

»Was tun sie dann hier?« fragte Harriet weiter und runzelte die Stirn.

»Es gibt ein *caffè*. Ein Gefängnis. Ein Theater. Eine Kirche. Die Stadtmauern. Ein Panorama.«

»Nicht für mich, danke bestens«, sagte Harriet nach einer gewichtigen Pause.

»Es hat dich ja auch niemand aufgefordert, nicht wahr, mein Fräulein? Aber Lilia wurde von einem so netten jungen Mann aufgefordert, mit dem ganzen Kopf voller Lokken und ebenso weißen Zähnen, wie Papa sie herstellt.« Dann änderte er seinen Ton. »Aber Harriet, siehst du denn gar nichts Wundervolles oder Anziehendes an diesem Ort, nicht das geringste?«

»Nicht das geringste. Er ist entsetzlich.«

»Ich weiß. Aber er ist alt – unheimlich alt.«

»Schönheit ist der einzige Maßstab«, sagte Harriet. »Wenigstens hast du das gesagt, als ich alte Gebäude zeichnete – wahrscheinlich in der Absicht, dich möglichst unbeliebt zu machen.«

»Oh, ich hatte recht. Aber zugleich – ich weiß nicht... Hier ist soviel passiert – die Menschen haben so schwer und so glanzvoll gelebt – ich kann es nicht erklären.«

»Das habe ich auch nicht angenommen. Es scheint mir jetzt auch nicht der geeignete Augenblick, um wieder mit deiner Italienschwärmerei anzufangen. Ich hatte geglaubt, du seist endlich davon kuriert. Statt dessen sage mir gütigst, was du zu tun gedenkst, wenn du ankommst. Ich bitte dich, diesmal wirst du dich ja wohl nicht wieder überrumpeln lassen.«

»Zuerst, Harriet, werde ich dich im ›Stella d'Italia‹ mit all dem Komfort unterbringen, der sich für dein Geschlecht und deine Verfassung ziemt. Dann werde ich mir Tee bereiten. Nach dem Tee werde ich mich mit einem Buch nach Santa Deodata begeben und dort ein wenig lesen. Da ist es immer frisch und kühl.«

Harriet rief verzweifelt aus: »Ich bin nicht klug, Philip, und wie du weißt, verstehe ich nichts von alldem. Aber ich weiß, was grob ist, ich weiß, was sich nicht gehört.«

»Du meinst...?«

»Dich!« rief sie und sprang von den Kissen des *legno* hoch, so daß alle Fliegen aufflogen. »Was nützt uns all unsere Klugheit, wenn es darum geht, daß ein Mann eine Frau ermordet hat?«

»Harriet, mir ist heiß. Von wem sprichst du?«

»Von ihm. Von ihr. Und wenn du nicht aufpaßt, wird er dich auch noch ermorden. Ich wollte, er täte es.«

»Ach, papperlapapp! Eine Leiche dürftest du wohl höchst peinlich finden.« Dann bemühte er sich, weniger aufreizend zu sprechen. »Der Bursche ist mir von Herzen verhaßt, aber wir wissen immerhin, daß er sie nicht ermordet hat. Obwohl sie in dem Brief allerhand gesagt hat, hat sie doch niemals behauptet, daß er grausam gewesen wäre.«

»Er hat sie ermordet. Was er getan hat... das sind Dinge, die man nicht einmal aussprechen kann...«

»Die man aussprechen muß, wenn man überhaupt davon reden will. Und die man im richtigen Licht darstellen muß. Daß er seiner Frau untreu war, daraus folgt noch nicht, daß er durch und durch gemein ist.« Er schwieg und blickte auf die Stadt; auch sie schien seine Bemerkung zu billigen.

»Es ist der absolute Maßstab. Ein Mann, der unritterlich zu einer Frau ist –«

»Oh, hör auf! Verkriech dich in irgendeine dunkle Ecke damit. Das ist sowenig ein absoluter Maßstab wie irgend etwas anderes. Die Italiener sind niemals von Anfang an ritterlich gewesen. Wenn du ihn deswegen verdammen willst, mußt du sie alle verdammen.«

»Ich verdamme sie alle.«

»So hübsch einfach sind die Dinge leider nicht«, sagte Philip mehr zu sich selbst als zu ihr.

Aber für Harriet waren die Dinge einfach, wenn auch nicht hübsch, und sie wandte sich wieder zu ihrem Bruder um. »Und was ist mit dem Baby, bitte schön? Du hast eine Menge geistreicher Dinge gesagt und Moral und Religion, und ich weiß nicht was noch, weggewitzelt; aber was ist mit dem Baby? Ich habe den ganzen Tag darauf geachtet, das Baby hast du nicht ein einziges Mal erwähnt. Du bist gleichgültig, Philip! Ich werde nicht mehr mit dir sprechen. Du bist unausstehlich.«

Sie hielt Wort und machte ihren Mund während der ganzen übrigen Fahrt nicht mehr auf. Aber ihre Augen funkelten vor Zorn und Entschlossenheit. Denn sie war eine ebenso aufrechte und tapfere wie verdrießliche Frau.

Philip gab zu, daß ihr Vorwurf berechtigt war. Ihn interessierte das Baby nicht für fünf Penny. Nichtsdestoweniger beabsichtigte er seine Pflicht zu tun, und er war sich seines Erfolges ziemlich gewiß. Wenn Gino seine Frau für tausend Lire verkauft haben würde, für wieviel weniger würde er nicht sein Kind verkaufen? Es war nichts weiter als ein geschäftlicher Vorgang. Und warum sollte man ihn mit anderen Dingen verquicken? Er heftete seinen Blick wieder auf die Türme gerade wie damals, als er mit Miss Abbott gefahren war. Aber diesmal waren seine Gedanken erfreulicher, denn er hatte kein so schwieriges Geschäft auf seiner Seele lasten. Jetzt näherte er sich seinem Bestimmungsort im Geiste des gebildeten Touristen.

Einer der Türme, ebenso ungeschlacht wie alle anderen, trug ein Kreuz auf seiner Spitze – der Turm der Kollegiatenkirche von Santa Deodata. Sie war eine heilige Jungfrau des dunklen Mittelalters und die Schutzheilige der Stadt, und Liebliches und Barbarisches mischten sich seltsam in ihrer Lebensgeschichte. Sie war so heilig, daß sie ihr ganzes Leben lang im Hause ihrer Mutter auf dem Rücken gelegen und sich geweigert hatte zu essen, sich geweigert hatte zu spielen und sich geweigert hatte zu arbeiten. Der Teufel, eifersüchtig auf so viel Heiligkeit, führte sie auf vielfältige Weise in Versuchung. Er ließ Weintrauben über ihr schaukeln, zeigte ihr bezaubernde Spielsachen und legte ihr weiche Kissen unter ihr schmerzendes Haupt. Als sich all dies als vergeblich erwies, stellte er ihrer Mutter ein Bein und warf sie vor ihren Augen die Treppe hinunter. Aber die Heilige war so heilig, daß sie ihre Mutter nicht wieder aufhob, sondern die ganze Zeit auf dem Rücken liegenblieb und sich so ihren Thron im Paradiese sicherte. Sie war erst fünfzehn, als sie starb, was beweist, was ein Schulmädchen alles erreichen kann. Diejenigen, welche meinen, ihr Leben sei sinnlos gewesen, brauchen nur an die Siege über Poggibonsi, San Gimigniano, Volterra, ja selbst über Siena zu denken, die alle durch die Anrufung ihres Namens erfochten wurden; sie brauchen sich auch nur die Kirche anzusehen, welche sich über ihrem Grabe erhebt. Die großen Pläne für eine Marmorfassade sind zwar niemals ausgeführt worden, und sie besteht bis auf den heutigen Tag aus unbehauenem braunem Stein. Aber für das Innere wurde Giotto beordert, der die Wände des Schiffes ausmalen sollte. Giotto kam – das heißt, er kam nicht, wie die deutsche Forschung eindeutig nachgewiesen hat – aber auf alle Fälle sind die Wände des Schiffes mit Fresken bedeckt und ebenso zwei Kapellen im linken Querschiff und der Bogen zum Chor, und auch im Chor selbst befinden sich Fragmente. Dort hörte die Ausmalung so lange auf, bis in der Hochblüte der Renaissance ein großer Maler für wenige Wochen zu seinem Freund, dem Herrn von Monteriano, zu Besuch kam. In den Pausen zwischen Gelagen und Diskussionen über lateinische Etymologie und den Tanz spazierte er zur Kirche hinüber, und dort hat er in der fünften Kapelle zur Rechten zwei Fresken von Tod und Begräbnis der Santa Deodata gemalt. Aus diesem Grunde versieht Baedeker diesen Ort mit einem Sternchen.

Santa Deodata war eine angenehmere Gesellschafterin als Harriet, und sie hielt Philip in einem lieblichen Traum gefangen, bis der *legno* am Hotel vorfuhr. Dort lag alles im Schlaf, denn es war noch die Stunde, da nur Verrückte sich von der Stelle rühren. Nicht einmal Bettler waren unterwegs. Der Kutscher stellte das Gepäck unten im Durchgang ab – das schwere Gepäck hatten sie auf dem Bahnhof gelassen – und suchte so lange, bis er das Zimmer der Wirtin fand, sie weckte und hinunterschickte.

Dann sprach Harriet das aus einer Silbe bestehende Wort: »Geh!«

»Gehen? Wohin?« fragte Philip, und begrüßte die Wirtin, die eben die Treppe herabschwebte.

»Zu dem Italiener. Geh!«

»Buona sera, signora padrona. Si ritorna volontieri a Monteriano!« (Sei keine Gans. Ich geh' jetzt nicht. Außerdem stehst du im Wege.) »Vorrei due camere –«

»Geh! Diesen Augenblick. Jetzt. Ich halte es nicht länger aus. Geh!«

»Ich will verflucht sein, wenn ich gehe. Ich will jetzt meinen Tee.«

»Fluche, soviel du willst!« rief sie. »Lästere! Beschimpfe mich! Aber damit du mich recht verstehst, es ist mir ernst.«

»Harriet, mach kein Theater. Oder mach es besser.« »Wir sind hergekommen, um das Baby zu holen und aus keinem anderen Grund. Ich dulde diesen Leichtsinn und diese Laxheit und dieses Gerede über Bilder und Kirchen nicht länger. Denk an Mutter. Hat sie dich *deswegen* hergeschickt?«

»Denk an Mutter und versperr nicht die Treppe. Laß den Kutscher und die Wirtin herunterkommen und laß mich hinauf und unsere Zimmer aussuchen.«

»Das werde ich nicht tun.«

»Harriet, bist du verrückt geworden?«

»Meinetwegen. Aber du kommst nicht herauf, bis du bei dem Italiener gewesen bist.«

»La signorina si sente male«, sagte Philip. »È il sole.«

»Poveretta!« riefen die Wirtin und der Kutscher wie aus einem Munde.

»Laßt mich in Ruhe!« sagte Harriet und knurrte sie an. »Ich brauche euch nicht. Ich bin Engländerin, und weder kommt ihr herunter noch er hinauf, bis er das Baby holt.«

»La prego – piano – piano – è un altra signorina che dorme –«

»Wir werden wahrscheinlich noch wegen Ruhestörung verhaftet werden, Harriet. Merkst du denn nicht, daß du dich lächerlich machst?«

Harriet merkte es nicht; deshalb war sie auch so stark. Sie hatte diese Szene im Wagen ausgeheckt, und nichts auf der Welt sollte sie daran hindern. Gegen die Beschimpfungen von vorn und die Schmeicheleien von hinten blieb sie gleichermaßen unempfindlich. Wie lang sie so noch, gleich dem ruhmreichen Horatius, die Treppe nach beiden Seiten versperrend dagestanden hätte, konnte niemals festgestellt werden. Denn die junge Dame, deren Schlaf sie störten, wachte auf, öffnete ihre Zimmertür und trat auf den Treppenabsatz hinaus. Es war Miss Abbott.

Philips erste zusammenhängende Empfindung war ein Gefühl der Entrüstung. Von seiner Mutter losgehetzt und von seiner Schwester tyrannisiert zu werden, war alles, was er eben noch ertragen konnte. Die Einmischung eines dritten weiblichen Wesens ließ ihn plötzlich die Grenzen der Höflichkeit überschreiten. Er stand im Begriff, genau das zu sagen, was er über die ganze Sache von Anfang bis zu Ende dachte. Aber bevor er loslegen konnte, hatte Harriet Miss Abbott ebenfalls entdeckt. Sie stieß einen schrillen Freudenschrei aus. »Du hier, Caroline, ausgerechnet du!« Und trotz der Hitze stürmte sie die Treppe hinauf und drückte ihrer Freundin einen zärtlichen Kuß auf die Wange.

Philip hatte eine Eingebung. »Du wirst Miss Abbott eine Menge zu erzählen haben, Harriet, und Miss Abbott hat dir vielleicht ebensoviel zu erzählen. Daher will ich, wie du vorgeschlagen hast, Signor Carella meinen Besuch machen und nachsehen, wie die Dinge stehen.«

Miss Abbott gab einen Laut von sich, der sowohl eine Begrüßung als einen Schreckensruf bedeuten konnte. Er antwortete nicht darauf und trat auch nicht näher. Er bezahlte nicht einmal den Kutscher und entkam auf die Straße.

»Kratzt euch gegenseitig die Augen aus!« rief er und gestikulierte heftig vor der Fassade des Hotels. »Gib es ihr gründlich, Harriet. Bring ihr bei, daß sie uns in Ruhe lassen soll. Gib es ihr gründlich, Caroline! Bring ihr bei, daß sie dir zu Dank verpflichtet ist. Los, meine Damen, los!«

Die Leute, welche ihn beobachteten, wurden neugierig, schlossen daraus aber nicht, daß er verrückt sei. Ein solches Nachspiel einer Unterhaltung ist in Italien nichts Außergewöhnliches.

Er versuchte sich vorzustellen, wie spaßig das Ganze sei; aber es wollte ihm nicht gelingen – Miss Abbotts Anwesenheit ging ihm persönlich zu nahe. Entweder verdächtigte sie ihn der Unehrlichkeit, oder sie war selbst unehrlich. Er zog die letztere Annahme vor. Vielleicht hatte sie bereits mit Gino gesprochen, und die beiden hatten eine wohlüberlegte Beleidigung der Herritons vorbereitet. Vielleicht hatte er ihr aus Spaß das Baby billig verkauft; es war gerade die Art von Spaß, die ihm zusagen würde. Philip erinnerte sich noch des Gelächters, mit dem er seine erfolglose Reise kommentiert, und des ungeschlachten Stoßes, mit dem er ihn aufs Bett geworfen hatte. Was sie auch zu bedeuten hatte, Miss Abbotts Anwesenheit verdarb den Spaß; sie würde nichts Spaßiges tun.

Während dieser kurzen Überlegung wanderte er durch die Stadt und kam auf der anderen Seite wieder heraus. »Wo wohnt Signor Carella?« fragte er die Leute an der Dogana.

»Ich zeige es Ihnen«, rief ein kleines Mädchen, wie aus dem Boden geschossen, so wie italienische Kinder dies zu tun pflegen.

»Sie wird es Ihnen zeigen«, sagten die Dogana-Leute und nickten beruhigend. »Gehen Sie ihr nur immer nach, immer geradeaus, dann wird Ihnen nichts passieren. Sie ist eine zuverlässige Führerin. Sie ist meine Tochter, Base, Schwester.«

Philip kannte diese Verwandtschaften gut. Sie verzweigen sich, wenn nötig, über die ganze Halbinsel.

»Weißt du zufällig, ob Signor Carella zu Hause ist?« fragte er.

Sie hatte ihn gerade nach Hause kommen sehen. Philip nickte. Diesmal war er auf die Unterredung vorbereitet: Es würde ein geistiges Duell mit einem Mann ohne viel Geist werden. Was hatte Miss Abbott vor? Das war eins von den Dingen, die er herausbekommen mußte. Während sie sich mit Harriet auseinandersetzte, wollte er es mit Gino tun. Er folgte der Verwandten der Dogana-Leute vorsichtig wie ein Diplomat.

Er folgte ihr nicht lange, denn schon waren sie am Volterra-Tor, und das Haus lag genau gegenüber. In einer halben Minute waren sie den Maultierpfad hinabgeklettert und standen vor dem einzigen benutzbaren Eingang. Philip lachte, teils bei dem Gedanken an Lilia in einem solchen Gebäude, teils im Vertrauen auf seinen Sieg. Indessen erhob die Verwandte der Dogana-Leute ihre Stimme und stieß einen Ruf aus.

Während einer eindrucksvollen Pause erfolgte keine Antwort. Dann zeigte sich eine weibliche Gestalt hoch oben auf der Loggia.

»Das ist Perfetta«, sagte das Mädchen.

»Ich möchte zu Signor Carella«, rief Philip.

»Ausgegangen.«

»Ausgegangen«, echote das kleine Mädchen selbstzufrieden.

»Warum, zum Teufel, hast du dann gesagt, er sei zu Hause?« Er hätte sie erwürgen können. Er war gerade für eine Unterredung reif gewesen – hatte gerade die richtige Mischung von Entrüstung und Geistesschärfe gehabt: heißes Blut und kalten Kopf. Aber in Monteriano ging niemals etwas nach Wunsch. »Wann kommt er zurück?« rief er zu Perfetta hinauf. Es war wirklich zu ärgerlich. Sie wußte es nicht. Er sei in Geschäften unterwegs. Vielleicht würde er am Abend zurück sein, vielleicht auch nicht. Er sei nach Poggibonsi gefahren.

Bei diesem Wort legte das kleine Mädchen seinen Finger an die Nase und fuhr damit durch die Luft. Dabei sang sie, genau wie ihre Ahnfrauen vor siebenhundert Jahren:

»Poggibonizzi fatti in là,
Chè Monteriano si fà città!«

Dann bat sie Philip um einen Groschen. Eine deutsche Dame, die der Vergangenheit hold war, hatte ihr im selben Frühling auch einen gegeben. »Ich habe eine Botschaft zu hinterlassen«, rief er.

»Jetzt holt Perfetta ihren Korb«, sagte das kleine Mädchen. »Wenn sie wiederkommt, läßt sie ihn herunter – so. Dann können Sie Ihre Karte hineinlegen. Dann zieht sie ihn hoch – so. Auf diese Weise –«

Als Perfetta zurückkam, fiel es Philip ein, nach dem Baby zu fragen. Es schien schwieriger zu finden als der Korb, und er stand schweigend in der Abendsonne und bemühte sich, den Abwässergeruch nicht einzuatmen und das kleine Mädchen daran zu hindern, von Poggibonsi zu singen. Die Olivenbäume neben ihm waren mit der wöchentlichen – oder, wahrscheinlicher, monatlichen – Wäsche drapiert. Was für eine fürchterliche getupfte Bluse! Er kam nicht darauf, wo er sie schon einmal gesehen hatte. Dann fiel ihm ein, daß es Lilias gewesen war. Sie hatte sie mitgebracht, um sie in Sawston »aufzutragen«, und sie mit nach Italien genommen, weil »in Italien alles gut genug« sei. Er hatte ihr wegen dieser Ansicht noch einen Verweis erteilt.

»Schön wie ein Engel!« brüllte Perfetta und hielt etwas hoch, was Lilias Baby sein mußte.

»Aber wer sind Sie?«

»Danke schön. – Hier ist meine Karte.« Er hatte eine höfliche Bitte an Gino um eine Unterredung am nächsten Morgen darauf geschrieben. Aber bevor er sie in den Korb legte und seine Identität preisgab, wünschte er noch etwas ausfindig zu machen. »Ist kürzlich zufällig eine junge Dame hier gewesen, eine junge englische Dame?«

Perfetta bat um Entschuldigung; sie sei ein bißchen schwerhörig.

»Eine junge Dame – blaß, groß und schlank.«

Sie verstand immer noch nicht recht.

*»Eine junge Dame!«*

»Perfetta ist schwerhörig, wenn es ihr in den Kram paßt«, sagte das junge Mädchen. Schließlich fand Philip sich mit dieser Eigentümlichkeit ab und ging weg. Am Volterra-Tor entlohnte er das abscheuliche Kind. Sie erhielt zwei Nickelstücke und war nicht zufrieden, teils weil es zuviel war, teils weil er kein zufriedenes Gesicht machte, als er sie ihr gab. Er bemerkte, wie ihre Väter und Vettern sich gegenseitig zuzwinkerten, als er an ihnen vorbeiging. Ganz Monteriano schien sich verschworen zu haben, ihn zum Narren zu halten. Er fühlte sich müde, unruhig und verwirrt und keiner einzigen Sache sicher, außer daß seine gute Stimmung dahin war. In dieser Verfassung kehrte er ins Hotel »Stella d'Italia« zurück, wo Miss Abbott, während er die Treppe hinaufstieg, schnell aus dem Speisezimmer im ersten Stock trat und ihn mit geheimnisvoller Miene hereinwinkte.

»Ich wollte mir gerade einen Tee bereiten«, sagte er; seine Hand ruhte noch auf dem Treppengeländer.

»Ich wäre Ihnen äußerst dankbar…«

So folgte er ihr in das Speisezimmer und machte die Tür hinter sich zu.

»Sehen Sie«, begann sie, »Harriet weiß von nichts.«

»Ich auch nicht. Er war nicht zu Hause.«

»Aber was hat das damit zu tun?«

Er zeigte ihr ein unliebenswürdiges Lächeln. Sie machte geschickte Ausflüchte, wie er schon früher festgestellt hatte. »Er war nicht zu Hause. Sie finden mich ebenso unwissend, wie Sie Harriet verlassen haben.«

»Was meinen Sie? Bitte, bitte, Mr. Herriton, tun Sie nicht so geheimnisvoll; wir haben keine Zeit dazu. Harriet kann jeden Augenblick herunterkommen, und wir haben uns nicht geeinigt, wie wir uns ihr gegenüber verhalten wollen. In Sawston war es etwas anderes. Dort mußten wir den Schein wahren. Aber hier müssen wir uns aussprechen, und ich glaube, ich darf Ihnen vertrauen, daß auch Sie dazu bereit sind. Sonst sehen wir niemals klar.«

»Bitte, lassen Sie uns klarsehen«, sagte Philip. »Erlauben Sie mir, daß ich zuerst eine Frage an Sie richte. In welcher Eigenschaft sind Sie nach Monteriano gekommen, als Spionin oder als Verräterin?«

»Als Spionin«, antwortete sie, ohne einen Augenblick zu zögern. Sie stand, während sie sprach, an dem kleinen gotischen Fenster – das Hotel war ursprünglich ein Palast gewesen – und folgte mit dem Finger den Kurven seiner Umrahmung, als fühlten sie sich schön und seltsam an. »Als Spionin«, wiederholte sie; denn Philip war verblüfft, ihre Schuld so leicht offenbart zu bekommen, und konnte kein Wort hervorbringen. »Ihre Mutter hat sich die ganze Zeit über unehrenhaft benommen. Sie hat das Kind in Wirklichkeit niemals haben wollen; nun, das wäre nicht so schlimm; aber sie ist zu stolz, es mir zu überlassen. Sie hat alles getan, damit die Sache schiefgeht; sie hat Ihnen nicht alles gesagt; Harriet hat sie überhaupt nichts gesagt; sie hat dauernd gelogen. Ich kann Ihrer Mutter nicht mehr trauen. Daher bin ich selbst hergekommen, um Mrs. Herriton auszuspionieren – allein durch ganz Europa, niemand weiß es; mein Vater denkt, ich sei in der Normandie. Wir wollen nicht streiten!« Er hatte fast mechanisch begonnen, sie wegen ihrer Unverschämtheit zurechtzuweisen. »Wenn Sie hier sind, um das Kind zu holen, so will ich Ihnen dabei helfen; wenn Sie aber gekommen sind, um sich eine Abfuhr einzuhandeln, so will ich es an Ihrer Stelle holen.«

»Ich kann unmöglich annehmen, daß Sie mir glauben werden«, stammelte er. »Aber ich kann Ihnen versichern, daß wir hier sind, um das Kind zu holen, selbst wenn es uns alles kosten sollte, was wir besitzen. Meine Mutter hat für den Preis überhaupt keine Grenze gesetzt. Ich bin nur hier, um ihre Anweisungen auszuführen. Ich nehme an, daß Sie diese Anweisungen billigen werden, da Sie sie ja praktisch diktiert haben. Ich billige sie nicht. Sie sind verrückt.«

Sie nickte zerstreut. Sie hörte nicht auf das, was er sagte. Das einzige, woran ihr lag, war, das Baby aus Monteriano herauszubekommen.

»Auch Harriet führt nur Ihre Anweisungen aus«, fuhr er fort. »Aber sie billigt sie und weiß nicht, daß sie von Ihnen ausgehen. Ich meine, Miss Abbott, Sie sollten die ganze Rettungsaktion lieber allein durchführen. Ich habe Signor Carella um eine Unterredung für morgen vormittag gebeten. Sind Sie einverstanden?«

Sie nickte erneut.

»Dürfte ich übrigens um Einzelheiten Ihrer Unterredung mit ihm bitten? Sie könnten von Nutzen für mich sein.«

Er hatte aufs Geratewohl gesprochen. Er war entzückt, daß sie plötzlich zusammenbrach. Ihre Hand sank vom Fenster herab. Ihr Gesicht war nicht nur vom Widerschein der Abendsonne gerötet.

»Meine Unterredung? – Wie haben Sie das erfahren?«

»Von Perfetta, falls es Sie interessiert.«

»Wer, um alles in der Welt, ist Perfetta?«

»Das Frauenzimmer, das Sie eingelassen haben muß.«

»Wo eingelassen?«

»In Signor Carellas Haus.«

»Mr. Herriton!« rief sie aus. »Wie konnten Sie ihr glauben? Glauben Sie wirklich, daß ich das Haus dieses Mannes betreten würde nach allem, was ich von ihm weiß? Mir scheint, Sie haben sehr merkwürdige Vorstellungen von dem, was sich für eine Dame schickt. Ich hörte, Sie wollten, daß Harriet hingeht. Sie hat sich völlig zu Recht geweigert. Vor achtzehn Monaten hätte ich das vielleicht fertiggebracht. Aber ich bilde mir ein, ich habe inzwischen gelernt, wie ich mich zu benehmen habe.«

Philip begann einzusehen, daß es zwei Miss Abbotts gab – die Miss Abbott, die ganz allein nach Monteriano zu reisen vermochte, und die Miss Abbott, die Ginos Haus nicht zu betreten wagte, nachdem sie dort angekommen war. Es war eine spaßige Entdeckung. Welche von beiden würde auf seinen nächsten Zug reagieren?

»Wahrscheinlich habe ich Perfetta mißverstanden. Und wo hat die Verabredung stattgefunden?«

»Es war keine Verabredung – ein Zufall – es tut mir sehr leid – ich war der Meinung, Sie sollten zuerst Gelegenheit haben, ihn zu sprechen. Aber es ist Ihre eigene Schuld. Sie sind einen Tag zu spät gekommen. Sie hätten gestern kommen sollen. Ich bin auch gestern gekommen, und da ich Sie nicht antraf, ging ich zur *rocca* hinauf – Sie wissen, zu dem Küchengarten, wo sie einen hineinlassen, und da führt eine Leiter zu dem verfallenen Turm hinauf, wo man stehen und all die anderen Türme, die Ebene und all die anderen Hügel sehen kann.«

»Ja, ja. Ich kenne die *rocca;* ich habe Ihnen davon erzählt.«

»So ging ich abends hinauf, um den Sonnenuntergang zu sehen. Ich hatte nichts weiter zu tun. Er war gerade in dem Garten; er gehört einem Freund von ihm.«

»Und Sie haben mit ihm gesprochen?«

»Es war ganz furchtbar für mich. Aber ich mußte sprechen: Er schien mich zu zwingen. Sehen Sie, er dachte, ich sei als Touristin hier; er denkt es immer noch. Er bemühte sich offenbar, höflich zu sein, und ich hielt es für das beste, ebenfalls höflich zu sein.«

»Und wovon haben Sie gesprochen?«

»Vom Wetter – es gibt Regen, sagte er, morgen abend –, über andere Städte, über England, über mich selbst, ein wenig über Sie, und er hat doch tatsächlich Lilia erwähnt.

Es war absolut widerwärtig; er behauptete, er habe sie geliebt; er erbot sich, mir ihr Grab zu zeigen das Grab der Frau, die er ermordet hat.«

»Meine liebe Miss Abbott, er ist kein Mörder. Das habe ich gerade vorhin Harriet eingehämmert. Und wenn Sie die Italiener so gut kennen würden, wie ich, so würden Sie einsehen, daß er in allem, was er zu Ihnen gesagt hat, vollkommen aufrichtig gewesen ist. Die Italiener sind von Natur ein wenig dramatisch: Sie betrachten Tod und Liebe wie ein Schauspiel. Ich bezweifle nicht, daß er im Augenblick davon überzeugt war, sich vortrefflich benommen zu haben, sowohl als Ehemann wie auch als Witwer.«

»Sie mögen recht haben«, sagte Miss Abbott, zum erstenmal wirklich beeindruckt. »Als ich versuchte, ihm sozusagen entgegenzukommen – und anzudeuten, daß er sich nicht so benommen habe, wie er sollte –, nun, da war es ganz und gar verkehrt. Er konnte oder wollte mich nicht verstehen.«

Es lag etwas sehr Komisches in der Vorstellung, daß Miss Abbott sich Gino auf der *rocca* in Gestalt einer Vergnügungsreisenden genähert hatte. Philips gute Laune war wiederhergestellt, und er lachte.

»Harriet würde sagen, er weiß nicht, was Sünde ist.«

»Harriet würde recht haben, fürchte ich.«

»Wenn das stimmt, ist er vielleicht ohne Sünde.«

Miss Abbott war nicht der Mensch, Leichtsinn zu ermutigen. »Ich weiß, was er getan hat«, sagte sie. »Was er sagt und denkt, ist gänzlich unwichtig.«

Philip lächelte über ihren Freimut. »Ich möchte aber doch gern erfahren, was er über mich gesagt hat. Wird er mir einen warmen Empfang bereiten?«

»O nein, das nicht. Ich habe ihm nichts davon gesagt, daß Sie und Harriet kommen würden. Sie hätten ihn überrumpeln können, wenn Sie gewollt hätten. Er fragte nur nach Ihnen und wünschte, er wäre vor achtzehn Monaten nicht so grob zu Ihnen gewesen.«

»Was für ein Gedächtnis für Kleinigkeiten der Bursche hat!« Er wandte sich ab, als er sprach, denn er wollte nicht, daß sie sein Gesicht sähe. Es war von Freude übergossen. Denn eine Entschuldigung, die vor achtzehn Monaten unerträglich gewesen wäre, war jetzt schmeichelhaft und angenehm.

Aber sie wollte nicht darüber hinweggehen. »Damals hielten Sie es nicht für eine Kleinigkeit. Sie sagten zu mir, er habe Sie ›überfallen‹!«

»Ich hatte die Nerven verloren«, sagte Philip leichthin. Seine Eitelkeit war befriedigt, und er war sich dessen bewußt. Diese geringfügige Zurschaustellung von Höflichkeit hatte seine Stimmung umgewandelt. »Hat er wirklich... was hat er genau gesagt?«

»Er sagte, es tue ihm leid – liebenswürdig, wie Italiener solche Dinge sagen. Aber das Baby hat er nicht ein einziges Mal erwähnt.«

Was ging Philip das Baby noch an, wenn die Welt plötzlich wieder eingerenkt war? Er lächelte, war selber entsetzt, daß er lächelte, und lächelte erneut. Denn die Romantik war nach Italien zurückgekehrt; es hatte keinen Platz für Schufte; es war schön, höflich und liebenswert wie einst. Und Miss Abbott – auch sie war schön in ihrer Art, trotz all ihrer Ungeschicklichkeit und Förmlichkeit. Sie gab sich wirklich Mühe um das Leben und versuchte, es richtig zu leben. Und Harriet – sogar Harriet versuchte es.

Dieser wunderbare Wandel in Philips Gesinnung hatte eine gar nicht wunderbare Ursache und mag daher den Spott der Zyniker hervorrufen. Aber Engel und andere erfahrene Leute werden ihn ehrerbietig als etwas Gutes verbuchen.

»Die Aussicht von der *rocca* (kleines Trinkgeld) ist am schönsten bei Sonnenuntergang«, murmelte er mehr für sich selbst als zu ihr gewandt.

»Und das Baby hat er nicht ein einziges Mal erwähnt!« wiederholte Miss Abbott. Aber sie war an das Fenster zurückgekehrt, und wieder folgte ihr Finger seinen zarten Linien. Er beobachtete sie schweigend und fühlte sich mehr zu ihr hingezogen als je zuvor. Sie war wirklich die seltsamste Mischung von der Welt.

»Die Aussicht von der *rocca* – war sie nicht schön?«

»Was wäre hier nicht schön?« antwortete sie sanft und fuhr dann fort: »Ich wollte, ich wäre Harriet«, und schien eine ganz besondere Bedeutung in diese Worte zu legen.

»Weil Harriet...«

Sie würde nicht weiterreden, aber er glaubte, sie habe der Vielschichtigkeit des Lebens Anerkennung gezollt. Für sie jedenfalls war die Expedition weder leicht noch hübsch. Schönheit und Gemeinheit, das Böse, das Reizvolle und das Geheimnisvolle – auch sie erkannte ihre Verquickung, ob sie wollte oder nicht. Und ihre Stimme ließ ihn erbeben, als sie das Schweigen mit den Worten brach: »Mr. Herriton, kommen Sie hierher – sehen Sie sich das an!«

Sie räumte einen Stapel Teller von dem gotischen Fenster hinweg, und sie lehnten sich zusammen hinaus. Dicht gegenüber, eingekeilt zwischen niedrigen Häusern, erhob sich einer der großen Türme. Es ist dein Turm: Du errichtest eine Barrikade zwischen ihm und dem Hotel, und der Verkehr ist augenblicklich abgesperrt. Weiter oben, wo die Straße auf die Kirche stößt, machen es deine Freunde, die Merli und die Capocchi, ebenso. Sie beherrschen die Piazza, wie du das Siena-Tor. Auf keiner Seite kann einer herein, oder er wird auf der Stelle entweder durch Bogen, Armbrüste oder griechisches Feuer umgebracht. Hüte dich jedoch vor den hinteren Schlafzimmerfenstern. Denn sie sind vom Turm der Aldobrandeschi bedroht, und erst vor kurzem haben zuckende Pfeile über dem Waschständer gesteckt. Hüte dich wohl vor diesen Fenstern, damit sie die Ereignisse vom Februar 1338 nicht wiederholen, wo das Hotel von hinten überrumpelt und dein liebster Freund – du konntest gerade noch feststellen, daß er es war – über die Treppe auf dich zu geschleudert wurde.

»Er reicht bis in den Himmel hinauf«, sagte Philip, »und hinab bis an den anderen Ort.« Die Spitze des Turmes erglänzte in der Sonne, während der untere Teil im Schatten lag und mit Plakaten beklebt war. »Sollte dies ein Symbol dieser Stadt sein?«

Sie ließ nicht erkennen, ob sie ihn verstanden hatte. Aber sie blieben zusammen am Fenster stehen, weil es hier ein wenig kühler und so angenehm war. Philip entdeckte eine gewisse Anmut und Leichtigkeit an seiner Gefährtin, die er in England niemals an ihr beobachtet hatte. Sie war zwar beängstigend beschränkt, aber ihr Wissen darum, daß es größere Dinge gibt, verlieh ihrer Beschränktheit einen pathetischen Reiz. Er ahnte nicht, daß auch er anmutiger war. Denn unsere Eitelkeit ist so beschaffen, daß wir unseren eigenen Charakter für unwandelbar halten und lange brauchen, um anzuerkennen, daß er sich geändert hat, selbst wenn es zum Besseren war.

Die Bürger kamen zu einem kleinen Spaziergang vor dem Abendessen aus ihren Häusern. Einige standen vor dem Turm und starrten auf die Plakate.

»Das ist doch nicht etwa ein Anschlagzettel für eine Oper?« fragte Miss Abbott.

Philip setzte seinen Kneifer auf. »›Lucia di Lammermoor‹. Von Maestro Donizetti. Einzige Aufführung. Heute abend.«

»Aber gibt es hier denn eine Oper, ausgerechnet hier?«

»Nun, warum nicht? Die Leute wissen zu leben. Sie wurden lieber mit etwas Schlechtem vorliebnehmen, als es gar nicht haben. Daher kommen sie auch zu soviel Gutem. Wie schlecht die Aufführung heute abend auch sein mag, sie wird bestimmt voller Leben sein. Die Italiener genießen die Musik nicht schweigend wie die gräßlichen Deutschen. Das Publikum nimmt sich auch seinen Anteil – und manchmal sogar noch mehr.«

»Könnten wir nicht hingehen?«

Er sah ihr ins Gesicht, aber nicht unfreundlich. »Aber wir sind doch hergekommen, um ein Kind zu retten!«

Er hätte sich ohrfeigen können wegen dieser Bemerkung. Alle Freude und alles Licht entwichen sofort aus ihrem Antlitz, und sie wurde wieder Miss Abbott aus Sawston – ein guter Mensch, o ja, ohne jeden Zweifel sehr gut, aber ganz entsetzlich langweilig. Langweilig und voller Reue: Eine tödliche Kombination, und er kämpfte vergeblich dagegen an, bis er durch das Öffnen der Speisezimmertür in seinen Gedanken unterbrochen wurde.

Sie fuhren so schuldbewußt in die Höhe, als seien sie bei

einem Flirt ertappt worden. Ihre Unterhaltung hatte eine so unerwartete Wendung genommen. Zorn, Zynismus und starrsinnige Moral – all das war verschwunden in einem Gefühl des Wohlwollens gegeneinander und gegenüber der Stadt, die sie aufgenommen hatte. Und jetzt stand Harriet vor ihnen – mürrisch, unerbittlich und von beängstigender Körperlichkeit; in Italien dieselbe wie in England – ihre Sinnesart niemals ändernd und ihre Umgebung nur unter Protest.

Doch sogar Harriet war menschlich, und sie wurde noch menschlicher, nachdem sie ein wenig Tee getrunken hatte. Sie schalt Philip nicht, weil er Gino nicht zu Hause angetroffen hatte, wozu sie doch allen Grund gehabt hätte; sie überschüttete Miss Abbott mit Liebenswürdigkeiten und rief immer wieder aus, daß Carolines Besuch eines der glücklichsten Zusammentreffen von der Welt sei. Und Caroline widersprach ihr nicht.

»Du triffst ihn also morgen früh um zehn, Philip. Gut, und vergiß nicht den Blankoscheck. Rechnen wir eine Stunde für das Geschäft. Nein, die Italiener sind langsam; sagen wir zwei. Zwölf Uhr. Mittagessen. Gut. Dann hat es keinen Zweck, eher als mit dem Abendzug zu fahren. Bis Florenz kann ich mit dem Baby fertig werden.«

»Meine liebe Schwester, so schnell geht das nun nicht. Du kaufst ein paar Handschuhe nicht in zwei Stunden, viel weniger ein Baby.«

»Dann drei Stunden oder vier; oder bring ihm englische Manieren bei. In Florenz bekommen wir ein Kindermädchen.«

»Aber Harriet«, sagte Miss Abbott, »wenn er sich anfangs nun weigert?«

»Das Wort kenne ich nicht«, sagte Harriet mit Nachdruck. »Ich habe der Wirtin gesagt, daß Philip und ich unsere Zimmer für eine Nacht benötigen, und dabei bleibt es.«

»Ich muß schon sagen, das ist alles schön und gut. Aber, wie ich Ihnen schon erklärte, ich halte den Mann, den ich auf der *rocca* getroffen habe, für einen sonderbaren und äußerst schwierigen Mann.«

»Er ist unverschämt gegen Damen, das wissen wir. Aber meinem Bruder ist es immerhin zuzutrauen, daß er ihn zur Vernunft bringt. Die Weibsperson, Philip, die du gesehen hast, kann das Baby ins Hotel bringen. Natürlich mußt du ihr ein Trinkgeld geben. Und sieh zu, daß du die silbernen Armreifen der armen Lilia mitbringst, wenn du kannst. Sie waren ganz nett und unauffällig und würden für Irma vollkommen genügen. Und dann ist da noch ein eingelegter Kasten, den ich ihr zum Aufbewahren von Taschentüchern geliehen – geliehen und nicht geschenkt – hatte; er hat keinen besonderen Wert, aber dies ist unsere einzige Gelegenheit. Du brauchst nicht danach zu fragen, aber wenn du ihn herumstehen siehst, dann sag einfach...«

»Nein, Harriet; ich will mich um das Baby bemühen, aber um nichts anderes. Ich verspreche dir, morgen hinzugehen, so wie du es wünschst. Aber heute abend sind wir alle müde und müssen auf andere Gedanken kommen. Wir wollen uns ein wenig entspannen und ins Theater gehen.«

»Ins Theater? Hier? Und in einem solchen Augenblick?«

»Wir würden es kaum genießen können, solange wir die große Unterredung noch vor uns haben«, meinte Miss Abbott mit einem besorgten Blick auf Philip.

Er verriet sie nicht, sondern sagte: »Findet ihr es nicht besser, als den ganzen Abend hier herumzusitzen und nervös zu werden?«

Seine Schwester schüttelte den Kopf. »Mutter würde es nicht gutheißen. Es wäre höchst unpassend – beinahe unehrerbietig. Außerdem ist allgemein bekannt, daß ausländische Theater nichts taugen. Erinnerst du dich nicht an diese Berichte in der ›Christlichen Familienzeitung‹?«

»Aber dies ist eine Oper – ›Lucia di Lammermoor‹ – Sir Walter Scott – etwas Klassisches, weißt du.«

Harriet machte ein resigniertes Gesicht. »Es ist wahr, man hat so selten Gelegenheit, Musik zu hören. Sie ist sicher sehr schlecht. Aber es ist besser, als den ganzen Abend müßig herumzusitzen. Wir haben kein Buch hier, und meine Häkelarbeit habe ich in Florenz liegenlassen.«

»Also gut. Sie kommen doch auch mit, Miss Abbott?«

»Sehr freundlich von Ihnen, Mr. Herriton. In gewisser Hinsicht möchte ich schon; aber – entschuldigen Sie, daß ich davon spreche – ich meine, wir sollten keine billigen Plätze nehmen.«

»Du liebe Güte!« rief Harriet, »daran hätte ich nie gedacht. Wir hätten womöglich versucht, Geld zu sparen, und unter den entsetzlichsten Leuten sitzen müssen. Man vergißt immer wieder, daß wir in Italien sind.«

»Unglücklicherweise habe ich kein Abendkleid mit; und wenn die Plätze...«

»Oh, das geht schon in Ordnung«, sagte Philip und lächelte über seine überängstliche Weiblichkeit. »Wir gehen, wie wir sind, und nehmen die besten Plätze, die wir bekommen können. In Monteriano ist man nicht so förmlich.«

So fand dieser Tag der Entschlüsse, Pläne, Befürchtungen, Schlachten, Siege, Niederlagen und des Waffenstillstands sein Ende in der Oper. Miss Abbott und Harriet waren beide ein bißchen kleinlaut, denn sie dachten an ihre Freunde in Sawston, die annahmen, daß sie jetzt gegen die Mächte des Bösen im Kampf lägen. Was würden Irma oder die Vikare in der Hinterküche sagen, wenn sie die Rettungsmannschaft am allerersten Tage ihrer Mission an einer Vergnügungsstätte sehen könnten? Auch Philip wunderte sich, daß er den Wunsch verspürte, hinzugehen. Er hatte allmählich das Gefühl, daß er in Monteriano trotz der Langweiligkeit seiner Begleiterinnen und der gelegentlichen Verdrießlichkeit seiner selbst auf seine Kosten kam.

Vor vielen Jahren war er schon einmal in diesem Theater gewesen, gelegentlich einer Aufführung von »La Zia di Carlo«. Seitdem war es in den Farben von Tomaten und Roter Bete vollständig renoviert worden und gereichte auch sonst der kleinen Stadt in vieler Hinsicht zur Ehre. Das Orchester war vergrößert worden, und über jede Loge war jetzt eine riesige, sauber gerahmte Tafel mit der Nummer dieser Loge angebracht. Es war auch ein Zwischenaktvorhang mit einer rosa- und purpurfarbenen Landschaft vorhanden, darin sich manch leichtbekleidete Dame verlustierte, während zwei weitere Damen über dem Proszenium lagen, um eine große bleiche Uhr zu stützen. So reich und so überwältigend war die Wirkung, daß Philip mit Mühe einen Ausruf unterdrückte. Es liegt etwas Majestätisches in dem schlechten Geschmack der Italiener; dies ist nicht der schlechte Geschmack eines Volkes, das es nicht besser versteht; er hat nicht die Nervosität des Gewöhnlichen in England noch die Blindheit des Gewöhnlichen in

Deutschland. Er kennt die Schönheit und geht absichtlich an ihr vorbei. Aber er besitzt das Vertrauen auf die Schönheit. Dieses winzige Theater von Monteriano nahm es auf und wetteiferte mit den besten Italiens, und diese Damen mit ihrer Uhr hätten den jungen Männern an der Decke der Sixtina zugenickt.

Philip versuchte, eine Loge zu bekommen, aber die besten Plätze waren schon alle ausverkauft; es war eine ziemlich berühmte Aufführung, und er mußte sich mit Sperrsitzen begnügen. Harriet war schlecht gelaunt und unzugänglich. Miss Abbott war freundlich und lobte alles mit Nachdruck; ihr einziger Kummer war, daß sie keine hübschen Kleider mitgebracht hatte.

»Es ist schon gut so«, sagte Philip, der sich über ihre ungewohnte Eitelkeit amüsierte.

»Ja, ich weiß; aber hübsche Sachen packen sich doch ebenso leicht ein wie häßliche. Wir hätten doch nicht als Vogelscheuchen nach Italien zu kommen brauchen.«

Diesmal antwortete er nicht: »Aber wir sind doch hergekommen, um ein Baby zu retten.« Denn er erblickte ein bezauberndes Bild, das bezauberndste Bild, das er seit Jahren erblickt hatte – das vor Hitze dampfende rote Theater, außerhalb des Theaters Türme und dunkle Tore und mittelalterliche Mauern; und jenseits der Mauern Olivenbäume im Sternenlicht, weiße, gewundene Landstraßen, Feuerfliegen und friedlich daliegenden Staub; und hier inmitten von allem Miss Abbott, die wünschte, nicht als Vogelscheuche hergekommen zu sein. Sie hatte die einzig richtige Bemerkung gemacht. Ganz ohne Zweifel. Die Steifheit dieser Kleinstadtdame entspannte sich vor dem Altar der Schönheit.

»Gefällt es Ihnen denn gar nicht?« fragte er sie.

»Doch, ganz schrecklich sogar.« Und durch diesen dürftigen Gedankenaustausch überzeugten sie sich gegenseitig ihrer romantischen Gefühle. Inzwischen hatte Harriet den Zwischenaktvorhang, der jetzt vor den Talgründen von Ravenswood hochging, unheilverkündend angehustet, und der Chor der schottischen Lehensmänner brach in wildes Geheul aus. Das Publikum begleitete das Ganze mit Klopfen und Trommeln und wogte unter der Melodie wie ein Kornfeld im Winde. Harriet machte sich zwar nichts aus Musik, aber sie wußte, wie man sie zu hören hatte. Sie stieß ein scharfes »Schscht!« aus.

»Mund halten!« flüsterte ihr ihr Bruder zu.

»Wir müssen von vornherein dagegen angehen. Die Leute reden ja einfach.«

»Es stört zwar«, sagte Miss Abbott, »aber vielleicht steht es uns nicht zu, uns einzumischen.«

Harriet schüttelte den Kopf und zischte erneut. Die Leute verstummten, nicht weil es sich nicht gehört, während des Chorgesangs zu reden, sondern weil man selbstverständlich gegen einen Gast höflich ist. Für kurze Zeit hielt sie das ganze Haus in Ruhe und konnte ihrem Bruder selbstgefällig zulächeln.

Ihr Erfolg ärgerte ihn. Er hatte das Prinzip der Oper in Italien begriffen – es bezweckt nicht Illusion, sondern Unterhaltung –, und er wollte diese große Abendgesellschaft nicht in eine Gebetsversammlung verwandelt sehen. Aber bald begannen sich die Logen zu füllen, und mit Harriets Macht war es vorbei. Die Familien begrüßten einander über den Zuschauerraum hinweg. Die Leute im Parterre riefen ihren Brüdern und Söhnen im Chor zu, wie schön sie sängen. Als Lucia an der Quelle erschien, gab es lauten Applaus und Zurufe »Willkommen in Monteriano!«

»Lächerliche Kindsköpfe!« sagte Harriet und machte es sich auf ihrem Sperrsitz bequem.

»Was? Das ist doch die berühmte Dame mit der fliegenden Hitze aus dem Apennin«, rief Philip, »die noch niemals, niemals in ihrem Leben...«

»Uff! Sei bloß still. Sie wird entsetzlich gewöhnlich sein. Und ich wette, daß es hier noch schlimmer ist als in dem Tunnel. Ich wollte, wir wären nie...«

Lucia begann zu singen, und für einen Augenblick herrschte Ruhe. Sie war dick und häßlich, aber ihre Stimme war noch schön, und als sie sang, summte das ganze Theater gleich einem Schwarm glücklicher Bienen mit. Während der ganzen Koloratur wurde sie von Seufzern begleitet, und der höchste Ton ging in einem allgemeinen Freudengeheul unter.

So rückte die Oper voran. Die Sänger ließen sich durch das Publikum begeistern, und die beiden großen Sextette wurden nicht unwürdig wiedergegeben. Auch Miss Abbott wurde von dem Geist des Ganzen ergriffen. Auch sie schwatzte und lachte und applaudierte, rief »Da capo!« und freute sich am Dasein der Schönheit. Philip vergaß sich selbst ebensosehr wie seine Mission. Er war nicht einmal mehr ein begeisterter Reisender. Denn schon immer war er an diesem Ort gewesen. Es war seine Heimat.

Harriet bemühte sich, wie Monsieur Bovary anläßlich einer berühmteren Gelegenheit, dem Ränkespiel zu folgen. Gelegentlich stieß sie ihre Begleiter an und fragte, was aus Walter Scott geworden sei. Sie blickte grimmig um sich. Das Publikum war wie betrunken, und selbst Caroline, die nie einen Tropfen Alkohol trank, begann seltsam zu schwanken. Heftige Wogen der Erregung, ausgelöst durch einen sehr geringfügigen Anlaß, fegten durch das Theater. Der Höhepunkt war in der Wahnsinnsszene erreicht. Lucia, weißgekleidet, wie es sich angesichts ihrer Krankheit geziemte, raffte plötzlich ihr aufgelöstes Haar und verbeugte sich anerkennend gegen das Publikum. Dann kam vom Hintergrund der Bühne – sie tat, als ob sie es nicht sähe – eine Art deckenbehangenes Pferd aus Bambus nach vorn, das über und über mit Blumensträußen besteckt war. Es war sehr häßlich, und die meisten Blumen waren künstlich. Lucia wußte das, und das Publikum wußte es ebenfalls; sie alle wußten, daß das Deckenpferd nur ein Bühnenrequisit war, das Jahr für Jahr hereingebracht wurde, damit die Aufführung klappte. Nichtsdestoweniger rührte es an die Tiefe der Seelen. Mit einem Schrei freudiger Verwunderung umarmte sie das Tier, zog ein oder zwei echte Blumen heraus, preßte sie an ihre Lippen und warf sie unter ihre Verehrer. Diese warfen sie unter lauten und klangvollen Rufen zurück, und ein kleiner Junge in einer der Proszeniumslogen haschte nach den Nelken seiner Schwester und bot sie ihr an. »Che carino!« rief die Sängerin. Sie stürzte auf den kleinen Jungen zu und gab ihm einen Kuß. Jetzt wuchs der Lärm ins Ungeheure. »Ruhe! Ruhe!« riefen viele alte Herren im Hintergrund. »Laßt das göttliche Wesen weitersingen!« Aber die jungen Leute in der Nachbarloge flehten Lucia an, ihre Liebenswürdigkeit auch auf sie auszudehnen. Sie weigerte sich mit einer nachdrücklichen humoristischen Geste. Einer von ihnen schleuderte ihr einen Strauß entgegen. Sie stieß ihn mit dem Fuß weg. Dann hob sie ihn, vom Gebrüll des Publikums ermutigt, auf und warf ihn zurück. Der Blumenstrauß traf sie mitten auf die Brust, und ein kleines *billet-doux* fiel aus ihm in ihren Schoß.

»Und das nennt ihr klassisch?« rief sie und erhob sich empört von ihrem Sitz. »Es ist ja nicht einmal anständig! Philip! Bitte, begleite mich sofort hinaus!«

»Wem gehört es?« rief ihr Bruder und hielt den Blumenstrauß in der einen und das *billet-doux* in der anderen Hand hoch. »Wem gehört es?«

Das ganze Haus explodierte, eine der Logen war in heftiger Bewegung, als ob jemand nach vorn gezerrt würde. Harriet zwängte sich durch den schmalen Gang und veranlaßte Miss Abbott, ihr zu folgen. Philip, immer noch lachend und rufend »Wem gehört es?«, beschloß den Zug. Er war trunken vor Erregung. Die Hitze, die Ermüdung und das Vergnügen waren ihm zu Kopf gestiegen.

»Links!« rief das Volk. »Der *innamorato* sitzt links.«

Er ließ seine Damen im Stich und kämpfte sich zu der Loge durch. Ein junger Mann wurde bäuchlings über die Balustrade geschleudert. Philip händigte ihm Strauß und Briefchen aus. Dann ergriff jemand mit großer Herzlichkeit seine eigenen Hände. Es schien alles ganz natürlich.

»Warum haben Sie nicht geschrieben?« rief der junge Mann. »Warum überrumpeln Sie mich?«

»Oh, ich habe geschrieben«, erwiderte Philip vergnügt. »Ich habe Ihnen heute nachmittag eine Botschaft hinterlassen.«

»Ruhe! Ruhe!« rief das Publikum, dem es allmählich zuviel wurde. »Laßt das göttliche Wesen weitersingen!« Miss Abbott und Harriet waren verschwunden.

»Nein! Nein!« rief der junge Mann. »Jetzt entkommen

Sie mir nicht wieder.« Denn Philip machte einen schwachen Versuch, seine Hände loszubekommen. Liebenswürdige Jünglinge beugten sich aus der Loge und luden ihn zum Eintreten ein.

»Ginos Freunde sind auch unsere Freunde.«

»Freunde?« rief Gino. »Ein Verwandter! Ein Bruder! Fra Filippo, der den ganzen Weg von England her gemacht und niemals geschrieben hat.«

»Ich habe doch eine Botschaft hinterlassen.«

Das Publikum begann zu zischen.

»Kommen Sie zu uns herein.«

»Vielen Dank... aber meine Damen... keine Zeit...«

Im nächsten Augenblick fühlte er sich an den Armen emporgezogen. Einen Augenblick später schoß er über die Balustrade in die Loge. Dann erhob der Dirigent, da er sah, daß der Zwischenfall beendet war, seinen Taktstock. Das Haus war zum Schweigen gebracht, und Lucia nahm ihren Gesang von Wahnsinn und Tod wieder auf.

Philip hatte sich den liebenswürdigen Leuten, die ihn heraufgezogen hatten, im Flüsterton vorgestellt – es waren vielleicht Kaufmannssöhne oder Medizinstudenten oder Rechtsanwaltsschreiber oder auch Söhne anderer Zahnärzte. In Italien weiß man nie, was der andere ist. Der Gast des Abends war ein gemeiner Soldat. Jetzt teilte er die Ehre mit Philip. Die beiden mußten Seite an Seite an der Brüstung stehen und Komplimente austauschen, während Gino den Vorsitz führte, höflich, aber mit bezaubernder Vertraulichkeit. Philip drohte von einem krampfhaften Entsetzen über die Verwirrung, die er angerichtet hatte, gepackt zu werden. Aber der Krampf würde vorübergehen, dachte er, und wieder würde er entzückt sein von den freundlichen, fröhlichen Stimmen, von dem Gelächter, das niemals schal war, und der leichten Liebkosung des Arms auf seinem Rücken.

Er konnte nicht fort, bis das Stück fast zu Ende war und Edgardo zwischen den Gräbern seiner Ahnen sang. Seine neuen Freunde hofften, ihn morgen abend im Garibaldi zu sehen. Er versprach zu kommen; dann fiel ihm ein, daß er nach Harriets Plan um diese Zeit Monteriano schon wieder verlassen haben würde. »Also um zehn Uhr«, sagte er zu Gino. »Ich möchte gern mit Ihnen allein sprechen. Um zehn.«

»Aber gewiß doch«, sagte der andere lachend.

Miss Abbott wartete noch auf ihn, als er zurückkam. Harriet war anscheinend sofort zu Bett gegangen.

»Das war er, nicht wahr?« fragte sie.

»Ja, freilich.«

»Ich nehme an, Sie haben noch nichts vereinbart?«

»Nein, warum; wie konnte ich? Tatsache ist – nun, daß ich überrumpelt wurde, aber schließlich, was schadet das? Es gibt keinen Grund auf Erden, warum wir das Geschäft nicht in aller Freundschaft abmachen sollten. Er ist ein ganz reizender Mensch, und seine Freunde ebenfalls. Ich bin jetzt sein Freund – sein langentbehrter Bruder. Was schadet das? Ich sage Ihnen, Miss Abbott, das eine gehört sich für England und das andere für Italien. Dort machen wir große Pläne und sitzen hoch zu Roß und wachen über die Moral. Hier sehen wir, was für Esel wir im Grunde sind, denn die Dinge gehen ganz leicht und ganz von selbst. Weiß Gott, was für eine Nacht! Haben Sie jemals einen wirklich purpurnen Himmel und wirklich silberne Sterne gesehen? Nun, wie ich schon sagte, es ist Unsinn, sich Sorgen zu machen. Er ist kein vernarrter Vater. Ihm liegt an dem Baby ebensowenig wie mir selbst. Er hat nur meine liebe Mutter zum Narren gehalten – gerade wie er mich vor achtzehn Monaten zum Narren gehalten hat, und ich habe ihm vergeben. Ja, aber Sinn für Humor hat er!«

Auch Miss Abbott erlebte einen wundervollen Abend und erinnerte sich nicht, jemals solche Sterne oder einen solchen Himmel gesehen zu haben. Auch ihr Kopf war voll von Musik, und als sie in dieser Nacht ihr Fenster öffnete, wurde ihr Zimmer von lieblicher, warmer Luft erfüllt. Sie war in Schönheit gebadet, von innen und von außen; sie konnte vor Glück nicht schlafen gehen. War sie schon jemals zuvor so glücklich gewesen? Ja, einmal und an eben dieser Stelle, in einer Märznacht, als Gino und Lilia von ihrer Liebe zu ihr gesprochen hatten – deren Unheil wiedergutzumachen sie jetzt gekommen war.

Vor Scham stieß sie plötzlich einen Schrei aus. Dieses Mal, derselbe Ort, dieselbe Angelegenheit, und sie begann, ihr Glücksgefühl niederzukämpfen, da sie wußte, daß es sündig war. Sie war hier, um gegen diesen Ort zu kämpfen und um eine kleine, noch unschuldige Seele zu retten. Sie war hier, um die Sittlichkeit, die Reinheit und das heilige Leben eines englischen Heims zu verteidigen. In jenem Frühling hatte sie aus Unwissenheit gesündigt; jetzt war sie nicht mehr unwissend. »Hilfe!« rief sie und schloß das Fenster, als läge ein böser Zauber in der Luft um sie herum. Aber die Melodien wollten ihr nicht aus dem Kopf; die ganze Nacht hindurch wurde sie verwirrt von rauschender Musik, von Applaus und Gelächter und von zornigen jungen Männern, die das Distichon aus dem Baedeker riefen:

»Poggibonizzi fatti in là,
Chè Monteriano si fà città!«

Poggibonsi offenbarte sich ihr, wie sie sangen, als ein freudloser, abgelegener Ort voll eingebildeter Menschen. Als sie erwachte, wußte sie, daß es Sawston gewesen war.

# VII

Am nächsten Morgen, ungefähr um neun Uhr, trat Perfetta auf die Loggia hinaus, nicht um die Aussicht zu bewundern, sondern um schmutziges Wasser auszugießen. »Scuse tante!« jammerte sie, denn das Wasser bespritzte eine schlanke junge Dame, die seit einiger Zeit an der unteren Tür klopfte.

»Ist Signor Carella zu Hause?« fragte die junge Dame. Es war nicht Perfettas Sache, schockiert zu sein, und die Aufmachung der Besucherin schien das Empfangszimmer zu erfordern. Dementsprechend öffnete sie dessen Läden, entstaubte einen runden Fleck auf einem der Roßhaarstühle und forderte die Dame auf, sich die Mühe zu machen, sich zu setzen. Dann lief sie nach Monteriano hinein und rief straßauf straßab, solange bis ihr junger Herr es hören würde.

Das Empfangszimmer war dem Gedächtnis der verstorbenen Frau geweiht. Ihr Porträt hing in leuchtenden Farben an der Wand – ohne Zweifel in jeder Hinsicht demjenigen ähnlich, das auf ihren Grabstein geklebt sein würde. Ein kleines Stück schwarzer Drapierung war oberhalb des Rahmens befestigt, um der Trauer einen würdigen Ausdruck zu verleihen. Aber zwei von den Nägeln hatten sich gelöst, und nun wirkte es liederlich wie die verrutschte

Mütze eines Betrunkenen. Die Noten eines Schlagers standen aufgeschlagen auf dem Klavier, auf dem einen der beiden Tische lag Baedekers »Mittel-Italien«, auf dem anderen stand Harriets eingelegter Kasten. Und über allem ruhte eine dicke Schicht weißen Staubes, die von einem der Andenken nur weggeblasen wurde, um sich auf einem anderen um so dichter niederzulassen. Es ist gut, wenn man die Erinnerung an uns liebevoll wach hält. Es ist nicht so schlimm, wenn man uns völlig vergißt. Aber wenn wir nach unserem Tode über irgend etwas auf Erden gekränkt sein sollten, so werden wir über die Heilighaltung eines verlassenen Zimmers gekränkt sein.

Miss Abbott setzte sich nicht, teils weil die Überzüge Fliegen beherbergen mochten, teils weil ihr plötzlich ein wenig übel geworden und sie froh war, sich am Rauchfang des Ofens festhalten zu können. Sie kämpfte mit sich, denn sie mußte sehr ruhig sein; nur wenn sie sehr ruhig blieb, mochte ihr Verhalten zu verantworten sein. Sie hatte Philip und Harriet die Treue gebrochen; sie wollte sich vor ihnen um das Baby bemühen. Wenn es ihr mißlang, könnte sie ihnen kaum je mehr unter die Augen treten.

»Harriet und ihr Bruder«, überlegte sie, »machen sich nicht klar, was ihnen bevorsteht. Sie würde lärmen und grob sein; er würde freundlich sein und das Ganze als Scherz auffassen. Und beiden würde es – selbst wenn sie Geld böten – mißlingen. Ich aber beginne die Natur dieses Mannes zu begreifen; er liebt das Kind nicht, aber er wird empfindlich reagieren – und das ist für uns ebenso schlimm. Er hat ein bezauberndes Wesen, aber er ist nicht dumm; er hat mich letztes Jahr eingewickelt; er hat Mr. Herriton gestern eingewickelt, und wenn ich nicht auf der

Hut bin, wird er uns heute alle einwickeln, und das Baby wird in Monteriano aufwachsen. Er ist furchtbar stark; Lilia hat es erfahren, aber jetzt bin ich die einzige, die noch daran denkt.«

Dieser Versuch und seine Rechtfertigung waren das Ergebnis der langen, schlaflosen Nacht. Miss Abbott war zu der Überzeugung gekommen, daß sie allein es mit Gino aufnehmen könne, weil sie allein ihn verstand; und sie hatte dies in einer für Philip hinterlassenen Mitteilung so freundlich wie möglich ausgedrückt. Es bekümmerte sie, daß sie eine solche Mitteilung schreiben mußte, teils weil sie auf Grund ihrer Erziehung geneigt war, zum männlichen Geschlecht mit Ehrfurcht aufzublicken, teils weil sie Philip seit ihrem letzten seltsamen Zusammensein gut leiden mochte. Seine Empfindlichkeit würde sich schon geben, und was sein »unkonventionelles« Wesen anging, worüber in Sawston soviel geklatscht wurde, so begann sie einzusehen, daß es in vielem ihren eigenen Vorstellungen nahekam. Wenn er ihr nur ihr jetziges Vorgehen vergeben würde, hatten sie vielleicht eine lange und fruchtbringende Freundschaft vor sich. Aber es mußte ihr gelingen. Niemand würde ihr vergeben, wenn es ihr nicht gelänge.

Die Stimme ihres Gegners wurde endlich hörbar, wie er aus vollen Lungen furchtlos wie ein Berufssänger sang. Darin unterschied er sich von den Engländern, die immer eine gewisse Abneigung gegen das Singen haben und nur mit der Kehle singen, gleichsam als bäten sie um Entschuldigung. Er kam die Treppe herauf und blickte zur offenen Tür des Empfangszimmers hinein, ohne sie zu sehen. Ihr Herz pochte wild, und ihre Kehle war trocken, als er sich abwandte und, immer noch singend, in das gegenüberliegende Zimmer trat. Es ist ein aufregendes Gefühl, wenn man nicht gesehen wird.

Er hatte die Tür jenes Zimmers offengelassen, und sie konnte hineinsehen, gerade über den Treppenabsatz hinweg. Es war in heilloser Unordnung. Nahrungsmittel, Bettzeug, Lackstiefel, schmutzige Teller und Messer lagen über einen großen Tisch und den Fußboden verstreut. Aber diese Unordnung rührte vom Leben und nicht von der Trostlosigkeit her. Sie war besser als das Totenzimmer, in dem sie jetzt stand, und das Licht darin war breit und weich.

Er hörte zu singen auf und rief: »Wo ist Perfetta?«

Er wandte ihr den Rücken zu und zündete sich eine Zigarre an. Er sprach nicht mit Miss Abbott. Er konnte ihre Gegenwart nicht einmal ahnen. Der Durchblick durch die beiden offenen Türen und über den Treppenabsatz hinweg ließ ihn fern und bedeutend erscheinen, vertraut und unnahbar zugleich, wie ein Schauspieler auf der Bühne. Sie konnte ihn ebensowenig anrufen, wie dies bei Hamlet der Fall gewesen wäre.

»Du weißt es ganz genau!« fuhr er fort. »Du willst es mir nur nicht sagen. Das sieht dir wieder mal ähnlich.« Er lehnte sich gegen den Tisch zurück und blies einen dicken Rauchring von sich. »Und warum willst du mir die Nummern nicht sagen? Ich habe von einer roten Henne geträumt – das heißt zweihundertfünf, und von einem unerwarteten Freund – das bedeutet zweiundachtzig. Aber ich versuche es diese Woche mit dem *terno.* Also sag mir eine andere Nummer.«

Miss Abbott verstand nichts von der Tombola. Seine Sprache erschreckte sie. Sie empfand jene spitzfindigen Bedenken, welche uns überkommen, wenn wir müde sind. Hätte sie gut geschlafen, würde sie ihn sofort begrüßt haben, als sie ihn erblickte. Jetzt war das unmöglich. Er befand sich in einer anderen Welt.

Sie beobachtete seinen Rauchring. Die Luft hatte ihn langsam von ihm hinweggetragen und brachte ihn unversehrt auf den Treppenabsatz hinaus.

»Zweihundertfünf – zweiundachtzig. Auf jeden Fall werde ich sie auf Bari setzen, nicht auf Florenz. Ich kann dir nicht sagen, warum, aber ich habe diese Woche ein Gefühl für Bari.« Wieder versuchte sie, etwas zu sagen. Aber der Ring hypnotisierte sie. Er war groß und ellipsenförmig geworden und schwebte durch die Tür ins Empfangszimmer herein.

»Oh! Dir ist es natürlich ganz gleich, wenn du nur den Gewinn bekommst. Du sagst nicht einmal ›Danke, Gino‹. Sag ›Danke‹, oder ich werde heiße, glühendheiße Kohlen auf dein Haupt sammeln. ›Danke, Gino –‹«

Der Ring hatte seine blaßblauen Windungen bis zu ihr ausgedehnt. Sie verlor die Selbstbeherrschung. Der Rauchring hüllte sie ein. Als ob es ein Hauch aus der Hölle wäre, schrie sie laut auf.

Da kam er, wollte wissen, was sie so erschreckt habe, wie sie hereingekommen sei und warum sie die ganze Zeit kein Wort gesagt habe. Er veranlaßte sie, sich zu setzen. Er brachte ihr Wein. Sie lehnte ab. Sie konnte kein Wort hervorbringen.

»Was gibt es?« wiederholte er. »Was hat Sie so erschreckt?«

Auch er war erschrocken, und der Schweiß brach auf seiner braunen Haut hervor. Denn es ist eine ernste Sache, wenn man beobachtet worden ist. Wir strahlen alle etwas merkwürdig Intimes aus, wenn wir uns allein glauben.

»Ein Geschäft –«, sagte sie schließlich.

»Ein Geschäft mit mir?«

»Ein sehr wichtiges Geschäft.« Sie lag weiß und schlaff in dem staubigen Stuhl.

»Vor dem Geschäft müssen Sie sich erst einmal erholen; dies ist der beste Wein dafür.«

Ihre Ablehnung war nur noch schwach. Er goß ihr ein Glas ein. Sie trank es aus. Währenddessen wurde sie immer befangener. Wie wichtig das Geschäft auch war, es schickte sich nicht für sie, ihn aufgesucht oder seine Gastfreundschaft angenommen zu haben.

»Vielleicht haben Sie etwas vor?« sagte sie. »Und da mir nicht ganz wohl ist...«

»Ihnen ist nicht wohl genug, um wieder zu gehen. Und ich habe nichts vor.«

Sie blickte nervös nach dem anderen Zimmer hinüber.

»Aha, jetzt verstehe ich«, rief er aus. »Jetzt weiß ich, was Sie erschreckt hat. Aber warum haben Sie die ganze Zeit kein Wort gesagt?« Und er führte sie in sein Wohnzimmer hinüber und zeigte auf – das Baby.

Sie hatte soviel an das Baby gedacht, an sein Wohl, sein Seelenheil, seine Moral und seine vermutlichen Gebrechen. Aber wie die meisten unverheirateten Leute hatte sie daran nur gedacht, wie an ein Wort – gerade wie ein gesunder Mensch nur an das Wort Tod denkt und nicht an den Tod selbst. Das wirkliche Wesen, das schlafend auf einem schmutzigen Bettvorleger vor ihr lag, brachte sie aus der Fassung. Es bedeutete nicht länger ein Prinzip. Es bestand aus soviel Fleisch und Blut, soviel Zoll und Unzen Leben –

eine herrliche und unbezweifelbare Wirklichkeit, welche ein Mann und eine andere Frau der Welt geschenkt hatten. Man konnte mit ihm sprechen; zur gegebenen Zeit würde es einem nur dann antworten, wenn es Lust dazu hatte, aber es würde innerhalb des Bereichs seines Körpers eigene Gedanken und wundervolle Leidenschaften entwickeln. Und dies war das Gebilde, an dem sie und Mrs. Herriton, Philip und Harriet im letzten Monat ihre verschiedenen Ideale ausprobiert hatten – beschlossen hatten, daß es zur gegebenen Zeit diesen oder jenen Weg einschlagen, dieses und nicht jenes vollbringen sollte. Es sollte protestantisch werden, sollte hohe Grundsätze haben, sollte taktvoll, vornehm und künstlerisch sein – lauter ausgezeichnete Eigenschaften. Aber jetzt, da sie das Baby schlafend auf einem schmutzigen Bettvorleger liegen sah, bekam sie große Lust, ihm nicht eine einzige davon vorzuschreiben und nicht mehr Einfluß auf es auszuüben, als in einem Kuß oder dem unbestimmtesten von Herzen kommenden Gebet liegen mag.

Aber sie war an Selbstbeherrschung gewöhnt, und ihre Gedanken und Taten stimmten noch nicht überein. Um ihre Selbstachtung wiederzugewinnen, versuchte sie sich vorzustellen, daß sie daheim in ihrem Bezirk sei und sich entsprechend zu benehmen habe.

»Was für ein schönes Kind, Signor Carella! Und wie nett von Ihnen, mit ihm zu sprechen! Obwohl der undankbare kleine Bursche schläft, wie ich sehe. Sieben Monate? Nein, acht; natürlich acht. Trotzdem ist er ein ungewöhnlich schönes Kind für sein Alter.«

Die italienische Sprache ist ein schlechter Vermittler für Herablassung. Die gönnerhaft gemeinten Worte kamen anmutig und aufrichtig heraus, und er lächelte vor Vergnügen.

»Sie dürfen nicht stehen. Lassen Sie uns auf der Loggia sitzen, dort ist es kühl. Ich fürchte, das Zimmer ist sehr unordentlich«, fuhr er mit der Miene einer Gastgeberin fort, die sich für einen verirrten Faden auf dem Salonteppich entschuldigt. Miss Abbott bahnte sich den Weg zu einem Stuhl. Er setzte sich nahe bei ihr rittlings auf das Geländer, mit einem Fuß auf der Loggia, während der andere in der Luft baumelte. Sie sah ihn im Profil, und die schönen Konturen seines Gesichts hoben sich kunstvoll von dem dunklen Grün der gegenüberliegenden Hügel ab. »Pose!« sagte Miss Abbott zu sich selbst. »Das geborene Künstlermodell.«

»Mr. Herriton war gestern hier«, begann sie, »aber Sie waren nicht zu Hause.«

Er begann eine umständliche und liebenswürdige Erklärung. Er war den ganzen Tag über in Poggibonsi gewesen. Warum hatten die Herritons ihm auch nicht geschrieben, damit er sie geziemend hätte empfangen können? Nach Poggibonsi hätte er auch jeden anderen Tag fahren können; nicht, als ob seine Geschäfte dort besonders wichtig wären. Was meinte sie übrigens, könne es wohl sein? Natürlich interessierte sie das nicht sonderlich. Sie war nicht den ganzen Weg von Sawston hergekommen, um zu erraten, warum er in Poggibonsi gewesen war. Höflich antwortete sie, sie habe nicht die geringste Ahnung, und dachte wieder an ihre Aufgabe.

»Aber raten Sie doch einmal!« beharrte er und umfaßte die Balustrade mit beiden Händen.

Sie deutete mit sanftem Spott an, daß er vielleicht nach

Poggibonsi gegangen sei, um sich eine Beschäftigung zu suchen?

Er gab zu verstehen, daß es so wichtig wiederum nicht sei. Beschäftigung? – ein nahezu hoffnungsloses Bemühen! »È manca questo!« Er rieb seinen Daumen und Zeigefinger gegeneinander, um anzudeuten, daß er kein Geld habe. Dann seufzte er und blies einen neuen Rauchring von sich.

Miss Abbott faßte sich ein Herz.

»Dies Haus«, sagte sie, »ist ein großes Haus.«

»Das ist es eben«, war seine düstere Antwort. »Und als meine arme Frau starb –« Er stand auf, ging ins Haus und schritt über den Treppenabsatz zur Tür des Empfangszimmers, um sie ehrerbietig zu schließen. Dann schloß er die Wohnzimmertür mit dem Fuß, kehrte lebhaft an seinen Platz zurück und fuhr fort: »Als meine arme Frau starb, meinte ich, meine Verwandten sollten hier wohnen. Mein Vater wollte seine Praxis in Empoli aufgeben; meine Mutter und Schwestern und zwei Tanten waren ebenfalls bereit. Aber es erwies sich als unmöglich. Sie haben ihre Gewohnheiten, und als ich jünger war, habe ich mich damit zufriedengegeben. Aber jetzt bin ich ein Mann und habe meine eigenen Gewohnheiten. Verstehen Sie das?«

»Ja, das verstehe ich«, sagte Miss Abbott und dachte an ihren eigenen lieben Vater, dessen Eigentümlichkeiten und Angewohnheiten ihr nach fünfundzwanzig Jahren des Zusammenlebens auch allmählich auf die Nerven gingen. Sie erinnerte sich jedoch daran, daß sie nicht hier war, um Mitgefühl für Gino zu empfinden – jedenfalls nicht, um zu zeigen, daß sie Mitgefühl mit ihm habe. Sie erinnerte sich, daß er des Mitgefühls unwürdig war. »Es ist ein großes Haus«, wiederholte sie.

»Unheimlich groß; und die Steuern! Aber es wird besser werden, wenn ich erst – Ach! aber Sie haben ja immer noch nicht erraten, weshalb ich nach Poggibonsi gefahren bin – warum ich nicht zu Hause war, als er zu Besuch kam.«

»Ich kann es wirklich nicht erraten, Signor Carella. Außerdem bin ich wegen eines Geschäftes hier.«

»Aber versuchen Sie es doch einmal.«

»Ich kann es wirklich nicht. Ich kenne Sie ja kaum.«

»Aber wir sind doch alte Freunde«, sagte er, »und ich würde Ihnen für Ihre Zustimmung dankbar sein. Sie haben Sie mir früher schon einmal gegeben. Wollen Sie sie mir auch jetzt geben?«

»Ich bin diesmal nicht als Freundin gekommen«, antwortete sie steif. »Und es ist nicht sehr wahrscheinlich, Signor Carella, daß ich irgend etwas billige, was Sie tun.«

»Oh, Signorina!« Er lachte, als fände er ihren Ausspruch anziehend und witzig. »Sicherlich billigen Sie doch das Heiraten?«

»Wenn Liebe im Spiel ist«, sagte Miss Abbott und sah ihn scharf an. Sein Gesicht hatte sich im letzten Jahr verändert, aber nicht zum Schlechteren, wie sie mit Verblüffung feststellte.

»Wenn Liebe im Spiel ist«, sagte er und sprach höflich den englischen Gesichtspunkt nach. Dann lächelte er sie an und erwartete offenbar ihre Glückwünsche.

»Verstehe ich recht, Sie beabsichtigen, sich wieder zu verheiraten?«

Er nickte.

»Dann verbiete ich es Ihnen.«

Er machte ein bestürztes Gesicht, dann nahm er es für einen ausländischen Scherz und lachte.

»Ich verbiete es Ihnen«, wiederholte Miss Abbott, und die ganze Entrüstung ihres Geschlechts und ihrer Nation erbebten in ihren Worten.

»Aber warum denn?« Er sprang auf und runzelte die Stirn. Seine Stimme war quäkend und ungeduldig wie die eines Kindes, dem man plötzlich ein Spielzeug wegnimmt.

»Sie haben bereits eine Frau unglücklich gemacht. Ich verbiete Ihnen, noch eine zweite unglücklich zu machen. Es ist noch kein Jahr her, seit Lilia tot ist. Sie haben gestern mir gegenüber behauptet, Sie hätten sie geliebt. Das ist nicht wahr. Sie wollten ihr Geld. Hat diese Frau ebenfalls Geld?«

»Wieso? Ja!« sagte er gereizt. »Etwas.«

»Und ich nehme an, Sie sagen wieder, Sie lieben sie?«

»Das sage ich nicht. Es wäre nicht wahr. Nun, was meine arme Frau anbetrifft...« Er hielt inne, da er merkte, daß der Vergleich ihn in Schwierigkeiten bringen würde. Und tatsächlich hatte er Lilia oft so nett gefunden wie nur irgend jemanden.

Miss Abbott war wütend über diese letzte Beleidigung ihrer verstorbenen Freundin. Sie freute sich, daß sie schließlich doch so zornig auf den Burschen werden konnte. Sie glühte und zitterte, ihre Zunge bewegte sich rasch. Am Ende, wenn das eigentliche Geschäft des Tages abgeschlossen sein würde, hätte sie ja majestätisch aus dem Zimmer rauschen können. Aber das Baby war noch da, es schlief auf einem schmutzigen Bettvorleger.

Gino stand nachdenklich da und kratzte sich den Kopf. Er hatte Achtung vor Miss Abbott, und er wünschte, daß auch sie ihn achten sollte. »Also raten Sie mir ab?« fragte er bekümmert. »Aber warum sollte es denn nicht gutgehen?«

Miss Abbott versuchte, daran zu denken, daß er wirklich noch ein Kind war – ein Kind mit der Kraft und der Leidenschaft eines übel beleumundeten Mannes. »Wie kann es gutgehen«, sagte sie feierlich, »wenn keine Liebe im Spiel ist?«

»Aber sie liebt mich doch; ich vergaß es Ihnen zu sagen.«

»Ach, tatsächlich!«

»Leidenschaftlich.« Er legte seine Hand auf sein Herz.

»Dann helfe ihr Gott!«

Er stampfte ungeduldig auf den Boden. »Was ich auch sage, es mißfällt Ihnen, Signorina. Gott helfe Ihnen, denn Sie sind sehr ungerecht. Sie behaupten, daß ich meine liebe Frau schlecht behandelt habe. Das ist nicht wahr. Ich habe niemals jemanden schlecht behandelt. Sie beklagen, daß bei dieser Heirat keine Liebe im Spiel sei. Ich beweise Ihnen, daß es doch der Fall ist, und Sie werden noch zorniger. Was wollen Sie denn? Glauben Sie, sie wird nicht zufrieden sein? Sie ist froh genug, mich zu bekommen, und sie wird bestimmt ihre Pflicht erfüllen.«

»Ihre Pflicht!« rief Miss Abbott mit all der Bitterkeit, deren sie fähig war.

»Wieso, natürlich. Sie weiß, warum ich sie heirate.«

»Damit ihr gelingt, was Lilia nicht gelungen ist! Ihre Haushälterin zu sein, Ihre Sklavin, Ihre...« Die Worte, die sie hätte sagen wollen, waren zu heftig für sie.

»Um nach dem Baby zu sehen, jawohl«, sagte er.

»Das Baby –?« Sie hatte es ganz vergessen.

»Es ist eine englische Heirat«, sagte er stolz. »Ich gebe nichts auf Geld. Ich will sie für meinen Sohn. Haben Sie das denn nicht begriffen?«

»Nein«, sagte Miss Abbott, völlig verwirrt. Dann sah sie für einen Augenblick Land. »Es ist nicht nötig, Signor Carella. Da Sie des Babys überdrüssig sind...«

Jedesmal, wenn sie sich hinterher daran erinnerte, konnte sie sich zu ihrer Ehre gestehen, daß sie ihren Mißgriff sofort eingesehen hatte. »Ich meine das nicht so«, sagte sie schnell.

»Ich weiß«, war seine höfliche Antwort. »Ach, in einer fremden Sprache (und wie perfekt Sie Italienisch sprechen!) macht man sicherlich dann und wann ein Versehen.«

Sie blickte ihm ins Gesicht. Es drückte offenbar Unschuld und nicht den geringsten Spott aus.

»Sie meinten, daß wir doch nicht immer zusammen sein können, mein Sohn und ich. Sie haben recht. Was soll geschehen? Ich kann mir kein Kindermädchen leisten, und Perfetta ist zu grob. Als er krank war, habe ich nicht zugelassen, daß sie ihn anrührte. Wenn er gewaschen werden muß, was dann und wann vorkommt, wer tut es? – Ich. Ich füttere ihn oder ordne an, was er haben soll. Ich schlafe bei ihm und beruhige ihn, wenn er nachts weint. Niemand darf mit ihm sprechen, niemand darf ihm etwas vorsingen außer mir. Und bitte, seien Sie diesmal nicht ungerecht; ich tue all diese Dinge gern. Aber nichtsdestoweniger« (seine Stimme wurde pathetisch), »nehmen sie viel Zeit in Anspruch, und sie sind ganz und gar nicht passend für einen jungen Mann.«

»Ganz und gar nicht passend«, sagte Miss Abbott und schloß die Augen vor Ermüdung. Mit jedem Augenblick nahmen die Schwierigkeiten für sie zu. Sie wünschte nur, daß sie nicht so müde, so offen für widerspruchsvolle Eindrücke wäre. Sie sehnte sich nach Harriets robuster Stumpfheit oder Mrs. Herritons seelenloser Verhandlungsfähigkeit.

»Noch ein bißchen Wein?« fragte Gino freundlich.

»O nein, vielen Dank. Aber die Ehe, Signor Carella, ist doch ein sehr ernster Schritt. Könnten Sie es nicht einfacher einrichten? Ihre Verwandten zum Beispiel...«

»Empoli? Ebensogut könnte ich ihn nach England schicken!«

»Also nach England –«

Er lachte.

»Er hat dort eine Großmutter, Sie wissen doch Mrs. Theobald.«

»Hier hat er auch eine Großmutter. Nein, er macht zwar Unruhe, aber ich muß ihn bei mir haben. Ich will nicht einmal meinen Vater und meine Mutter hier haben. Denn sie würden uns auseinanderbringen«, setzte er hinzu.

»Wieso?«

»Sie würden unsere Gedanken auseinanderbringen.«

Sie schwieg. Dieser grausame, lasterhafte junge Mann war mit seltsamen Feinheiten vertraut. Die furchtbare Wahrheit, daß schlechte Menschen der Liebe fähig sind, stand in ihrer ganzen Nacktheit vor ihr, und ihr moralisches Empfinden war beschämt. Es war ihre Pflicht, das Baby zu retten und vor Ansteckung zu bewahren, und sie beabsichtigte immer noch, ihre Pflicht zu tun. Aber das beruhigende Gefühl der Tugendhaftigkeit ließ sie jetzt im Stich. Sie fühlte die Gegenwart von etwas, was größer ist als Gut und Böse.

Er hatte ganz vergessen, daß er Besuch hatte, und war ins Haus zurückgekehrt, von dem Instinkt getrieben, den sie in ihm geweckt hatte. »Wach auf!« rief er seinem Baby zu, als sei es ein erwachsener Freund. Dann hob er den Fuß und stellte ihn leicht auf seinen Körper.

Miss Abbott rief: »Oh, seien Sie vorsichtig!« An diese Methode, Kinder aufzuwecken, war sie nicht gewöhnt.

»Er ist nicht viel länger als mein Stiefel, nicht wahr? Können Sie sich vorstellen, daß seine eigenen Stiefel eines Tages ebenso groß sein werden? Und daß er auch...«

»Aber dürfen Sie so mit ihm umgehen?«

Sein einer Fuß ruhte auf dem kleinen Körper, plötzlich war er nachdenklich und von dem Wunsch erfüllt, daß sein Sohn ihm gleichen und Söhne gleich ihm haben sollte, um die Erde zu bevölkern. Es ist der stärkste Wunsch, der einen Mann beseelen kann – wenn ihn überhaupt ein Wunsch beseelt –, stärker selbst als die Liebe oder der Wunsch nach persönlicher Unsterblichkeit. Alle Männer brüsten sich damit und erklären, daß es ihr Wunsch sei, aber den meisten steht der Sinn nach etwas anderem. Diejenigen sind die Ausnahmen, die begreifen, daß körperliches und geistiges Leben für immer aus ihnen strömen kann. Miss Abbott konnte es trotz all ihrer Güte nicht begreifen, obwohl solche Dinge eigentlich mehr im Begriffsvermögen einer Frau liegen. Und als Gino zuerst auf sich selbst und dann auf das Baby zeigte und sagte »Vater – Sohn«, da faßte sie es immer noch als Kleinkindergeschwätz auf und lächelte mechanisch.

Das Kind, das Erstgeborene, erwachte und starrte sie an. Gino beachtete es nicht, sondern fuhr fort, seine Politik auseinanderzusetzen.

»Diese Frau wird genau das tun, was ich ihr sage. Sie ist kinderlieb. Sie ist sauber, sie hat eine angenehme Stimme.

Sie ist nicht schön. Ich müßte lügen, wenn ich Ihnen das vormachen wollte. Aber sie ist genau das, was ich brauche.«

Das Baby stieß einen durchdringenden Schrei aus.

»Oh, seien Sie vorsichtig!« bat Miss Abbott. »Sie drükken es zu sehr.«

»Das macht nichts. Wenn er leise weint, müßten Sie Angst haben. Er denkt, ich will ihn waschen, und er hat ganz recht.«

»Ihn waschen?« rief sie. »Sie? Hier?« Diese anheimelnde Neuigkeit schien all ihre Pläne über den Haufen zu werfen. Sie hatte eine lange halbe Stunde mit kunstvollen Annäherungsversuchen und hohen moralischen Angriffen zugebracht; sie hatte ihren Feind weder eingeschüchtert noch ihn zornig gemacht, noch sich in die kleinste Einzelheit seines häuslichen Lebens eingemischt.

»Ich war in die *farmacia* gegangen«, fuhr er fort, »und saß da ganz gemütlich, als mir plötzlich einfiel, daß Perfetta vor einer Stunde Wasser heiß gemacht hatte – da drüben, sehen Sie, unter dem Kissen steht es. Ich kam sofort her, denn er muß wirklich gewaschen werden. Sie müssen mich entschuldigen. Ich kann es nun nicht länger aufschieben.«

»Ich habe Ihre Zeit vergeudet«, sagte sie schwach.

Er ging mit ernster Miene auf die Loggia und holte eine große irdene Schüssel hervor. Sie war innen schmutzig; er wischte sie mit einem Tischtuch aus. Dann holte er das heiße Wasser, das in einem Kupfertopf stand, goß es ein, goß kaltes hinzu. Er suchte in seiner Tasche und zog ein Stück Seife hervor. Dann nahm er das Baby hoch und begann es auszuwickeln, während er die Zigarre zwischen den Zähnen stecken behielt. Miss Abbott wandte sich zum Gehen.

»Aber warum wollen Sie gehen? Entschuldigen Sie, daß ich ihn wasche, während wir uns weiter unterhalten.«

»Ich habe nichts mehr zu sagen«, erwiderte Miss Abbott. Alles, was sie jetzt noch tun konnte, war: Philip aufsuchen, ihre elende Niederlage beichten und ihn bitten, es an ihrer Stelle zu versuchen, möglichst mit mehr Erfolg. Sie verwünschte ihre Schwäche: Sie sehnte sich danach, sie zu bekennen, ohne Entschuldigungsversuche oder Tränen.

»Oh, aber bleiben Sie doch noch einen Augenblick!« rief er. »Sie haben ihn ja noch nicht gesehen.«

»Ich habe soviel gesehen, wie ich wollte, ich danke Ihnen.«

Die letzte Hülle fiel ab. Er hielt ihr mit beiden Händen ein kleines, strampelndes Bronzebild entgegen.

»Nehmen Sie ihn!«

Sie wollte das Kind nicht anrühren.

»Ich muß sofort gehen«, rief sie; denn die Tränen – die unerbetenen Tränen – traten ihr in die Augen.

»Wer würde glauben, daß seine Mutter blond war? Denn er ist ganz und gar braun – jeder Zoll an ihm ist braun. Ja, aber wie schön er ist! Und er ist mein, mein für immer. Selbst wenn er mich haßt, wird er mein sein. Er kann nicht anders; er ist ein Stück von mir; ich bin sein Vater.«

Es war zu spät, um wegzugehen. Sie konnte nicht sagen, warum, aber es war zu spät. Sie wandte den Kopf ab, als Gino seinen Sohn an seine Lippen hob. Dies war unendlich weit entfernt von der Niedlichkeit irgendeines Kinderzimmers. Der Mann war majestätisch; er war ein Stück Natur; in keiner gewöhnlichen Liebesszene würde er jemals so großartig sein können. Denn ein wunderbares natürliches Band verbindet die Eltern mit ihren Kindern; und – durch eine traurige und seltsame Ironie bindet es uns Kinder nicht an unsere Eltern. Denn wenn es das täte, wenn wir ihre Liebe nicht mit Dankbarkeit, sondern mit gleicher Liebe erwidern könnten, dann würde das Leben viel von seinem Leid und seiner Häßlichkeit verlieren, und wir könnten auf wundervolle Art glücklich sein. Gino, der sein Kind leidenschaftlich umarmte, Miss Abbott, die ehrfürchtig ihr Gesicht abwandte – beide hatten sie Eltern, die sie nicht so sehr liebten.

»Darf ich Ihnen helfen, ihn zu waschen?« fragte sie demütig.

Er gab ihr seinen Sohn, ohne ein weiteres Wort, und sie knieten Seite an Seite nieder und krempelten die Ärmel auf. Das Kind hatte zu weinen aufgehört, und seine Arme und Beine bewegten sich vor übermächtiger Freude. Miss Abbott fand ein weibliches Vergnügen daran, alles zu säubern – ein Vergnügen, das um so größer ist, wenn der Gegenstand ein menschliches Wesen ist. Sie verstand sich, aufgrund einer langjährigen Erfahrung in ihrem Bezirk, auf Babys, und Gino hörte bald auf, ihr Anweisungen zu geben, sondern bedankte sich nur.

»Es ist sehr freundlich von Ihnen«, murmelte er, »besonders in Ihrem schönen Kleid. Jetzt ist er schon beinahe sauber. Und ich brauche den ganzen Morgen dazu! Es ist so viel mehr an einem Baby, als man denkt. Und Perfetta wäscht ihn genau so wie sie Kleider wäscht. Dann schreit er stundenlang. Meine Frau muß eine leichte Hand haben.

Oh, sehen Sie doch, wie er strampelt. Er hat Sie ganz naß gespritzt! Das tut mir wirklich leid.«

»Ich bin jetzt so weit, daß ich ein weiches Handtuch brauche«, sagte Miss Abbott, von ihrer Arbeit seltsam erregt.

»Natürlich! Natürlich!« Er ging mit wissender Miene auf einen Schrank zu. Aber er hatte keine Ahnung, wo das weiche Handtuch war. Für gewöhnlich wischte er das Baby mit dem ersten besten trockenen Zeug ab, das er fand.

»Und wenn Sie noch etwas Puder hätten.«

Er schlug sich verzweifelt vor die Stirn. Offensichtlich war der Vorrat an Puder gerade ausgegangen.

Sie opferte ihr eigenes sauberes Taschentuch. Er stellte ihr einen Stuhl auf die Loggia, die nach Westen ging und noch angenehm kühl war. Dort saß sie, mit dreißig Kilometer Aussicht im Hintergrund, und er legte ihr das triefende Baby auf die Knie. Es strahlte jetzt von Gesundheit und Schönheit und schien das Licht zurückzuwerfen wie ein Kupfergeschirr. Gerade solch ein Baby setzt Bellini weich auf seiner Mutter Schoß, oder Signorelli wirft es zappelnd auf Marmorfliesen, oder Lorenzo di Credi legt es, ehrfurchtsvoll, aber weniger göttlich, vorsichtig zwischen lauter Blumen, mit dem Kopf auf ein Bündel goldenen Strohs. Eine Zeitlang betrachtete Gino sie stehend. Dann kniete er, um sie besser sehen zu können, mit gefalteten Händen neben dem Stuhl nieder.

So saßen sie, als Philip eintrat und in vollendeter Darstellung »Die Jungfrau und das Kind mit Stifter« erblickte.

»Hallo!« rief er, denn er war froh, die Dinge so gut in Gang zu finden.

Sie begrüßte ihn nicht, sondern erhob sich unsicher und reichte das Baby seinem Vater.

»Nein, bleiben Sie!« flüsterte Philip. »Ich habe Ihren Brief bekommen, ich bin nicht beleidigt; Sie haben ganz recht. Ich brauche Sie wirklich; allein hätte ich es niemals fertiggebracht.«

Sie sprach kein Wort, aber sie hob die Hände an ihren Mund wie jemand, der sich plötzlich in großer Qual befindet.

»Signorina, bleiben Sie doch noch ein wenig – nach all Ihrer Freundlichkeit.«

Sie brach in Tränen aus.

»Was ist denn?« fragte Philip freundlich.

Sie versuchte zu sprechen, ging dann aber bitterlich weinend hinaus.

Die beiden Männer starrten einander an. Aus der gleichen plötzlichen Eingebung liefen sie beide auf die Loggia hinaus. Sie kamen gerade zurecht, um Miss Abbott zwischen den Bäumen verschwinden zu sehen.

»Was ist denn?« fragte Philip wieder. Er bekam keine Antwort, und irgendwie wünschte er sich auch gar keine Antwort. Etwas Seltsames mußte geschehen sein, was zu begreifen er sich nicht anmaßen konnte. Er würde es von Miss Abbott erfahren, wenn er es überhaupt jemals erfahren würde.

»Nun, und Ihr Geschäft?« fragte Gino nach einem verlegenen Seufzer.

»Unser Geschäft – hat es Ihnen Miss Abbott nicht gesagt?«

»Nein.«

»Aber gewiß doch –«

»Sie war wegen eines Geschäftes gekommen. Aber sie hat es vergessen – und ich auch.«

Perfetta, die eine geniale Begabung besaß, Leute zu verfehlen, kam jetzt zurück und beklagte sich über die Größe von Monteriano und die Unübersichtlichkeit seiner Straßen. Gino sagte ihr, sie solle auf das Baby achten. Dann bot er Philip eine Zigarre an, und sie begannen, vom Geschäft zu sprechen.

# VIII

Verrückt!« schrie Harriet. »Total blödsinnig, wahnwitzig verrückt!«

Philip hielt es für besser, ihr nicht zu widersprechen. »Was will sie hier überhaupt? Kannst du mir das einmal erklären? Was tut sie im August in Monteriano? Warum ist sie nicht in der Normandie? Antworte! Sie wird es dir nicht sagen. Aber ich kann es dir sagen. Sie ist hergekommen, um unsere Pläne zu durchkreuzen; sie hat uns verraten – hat Mutters Absichten für sich ausgenutzt. O Gott, mein Kopf!«

Es war gewiß unklug, zu antworten: »Du darfst ihr deshalb keinen Vorwurf machen. Obwohl Sie einen zur Verzweiflung bringen kann, ist sie nicht hergekommen, um uns zu verraten.«

»Aber warum ist sie dann hergekommen? Antworte!«

Er antwortete nicht. Aber glücklicherweise war seine Schwester auch viel zu aufgeregt, um überhaupt eine Antwort abzuwarten. »Stürzt auf mich los – flennt und sieht widerwärtig aus – und sagt, sie sei bei diesem Italiener gewesen. Konnte nicht einmal ordentlich sprechen; behauptet, sie habe ihre Ansichten geändert. Was gehen uns ihre Ansichten an? Ich war sehr ruhig. ›Miss Abbott‹, sagte ich, ›mir scheint, hier liegt ein kleines Mißverständnis vor.

Meine Mutter, Mrs. Herriton –‹ Ach, du lieber Gott, mein Kopf! Natürlich ist es dir nicht gelungen – gib dir keine Mühe zu antworten – ich weiß, daß du einen Fehlschlag erlitten hast. Wo ist das Baby, bitte? Natürlich hast du es nicht bekommen. Die liebe, süße Caroline läßt es nicht zu. O ja, und wir sollen sofort abreisen und den Vater nicht mehr belästigen. Das sind ihre Befehle. Befehle! *Befehle!*« Und Harriet brach ebenfalls in Tränen aus.

Philip beherrschte sich. Seine Schwester fiel ihm zwar auf die Nerven, aber ihre Entrüstung war nicht unbegründet. Außerdem hatte sich Miss Abbott noch schlimmer benommen, als er gefürchtet hatte.

»Ich habe das Baby nicht, Harriet. Aber ich habe auch keinen absoluten Fehlschlag erlitten. Ich habe heute nachmittag noch eine Unterredung mit Signor Carella im Caffè Garibaldi. Er ist vollkommen vernünftig und sehr zuvorkommend. Wenn du geneigt sein solltest, mit mir zu kommen, so würdest du Gelegenheit haben, dich zu überzeugen, daß er durchaus gewillt ist, über die Sache zu reden. Er braucht verzweifelt Geld und hat keine Aussicht, welches zu bekommen, soviel habe ich gemerkt. Zugleich empfindet er eine gewisse Zuneigung für das Kind.« Denn Philips Einsicht war derjenigen Miss Abbotts noch nicht gleichgekommen; vielleicht hatte er dazu auch nicht genügend Gelegenheit gehabt.

Harriet konnte nichts als schluchzen und ihren Bruder bezichtigen, er habe sie beleidigt; wie konnte eine Dame nur mit einem solchen entsetzlichen Mann sprechen! Das allein genügte, um Caroline ein für allemal abzustempeln. Oh, die arme Lilia!

Philip trommelte auf das Fensterbrett des Schlafzimmers. Er sah keinen Ausweg aus der verfahrenen Situation. Denn wenn er von seiner zweiten Unterredung mit Gino auch zuversichtlich gesprochen hatte, so fühlte er doch im Grunde seines Herzens, daß auch sie fehlschlagen werde. Gino war zu höflich; er würde die Verhandlungen nicht durch eine scharfe Weigerung abbrechen; er liebte dies höfliche, halbhumoristische Geplänkel. Und er liebte es, seinen Gegner zum Narren zu halten, machte es aber so charmant, daß sein Gegner es ihm nicht übelnehmen konnte, von ihm zum Narren gehalten zu werden.

»Miss Abbott hat sich ungewöhnlich benommen«, sagte er, »andererseits...«

Seine Schwester wollte nichts mehr hören. Sie tobte wieder gegen die Verrücktheit, die Einmischung, die unerträgliche Doppelzüngigkeit Carolines.

»Harriet, du mußt zuhören, meine Liebe. Du mußt aufhören zu weinen. Ich habe dir etwas sehr Wichtiges zu sagen.«

»Ich werde nicht aufhören zu weinen«, sagte sie. Aber in dem Augenblick, wo sie merkte, daß er nicht weiterreden würde, hörte sie doch auf.

»Bedenke, daß Miss Abbott uns nicht geschadet hat. Sie hat ihm nichts von der ganzen Sache erzählt. Er nimmt an, daß sie mit uns zusammenarbeitet: Das habe ich deutlich gemerkt.«

»Aber sie tut es doch nicht.«

»Nein; aber wenn wir vorsichtig sind, tut sie es vielleicht doch noch. Ich lege mir ihr Benehmen so aus: Sie ist in der ehrlichen Absicht hingegangen, das Kind zu holen. In dem Brief, den sie mir hinterlassen hat, sagte sie es, und ich glaube nicht, daß sie lügt.«

»Aber ich.«

»Als sie hinkam, wurde sie Zeugin einer hübschen häuslichen Szene zwischen ihm und dem Baby und hat sich von einem sentimentalen Überschwang hinreißen lassen. In nicht allzu langer Zeit – falls ich irgend etwas von Psychologie verstehe – wird die Reaktion eintreten, und sie wird eine Kehrtwendung machen.«

»Ich verstehe dein langes Gerede nicht. Sprich deutlich.«

»Wenn sie eine Kehrtwendung macht, wird sie von unschätzbarem Nutzen für uns sein. Denn sie hat einen großen Eindruck auf ihn gemacht. Er findet es so reizend, wie sie mit dem Baby umgeht. Weißt du, sie hat es für ihn gewaschen und gewickelt.«

»Widerwärtig!«

Harriets Ausrufe waren aufreizender als alles andere an ihr. Aber Philip wollte sich seine gute Laune nicht verderben lassen. Der Anfall von Freude, den er gestern abend im Theater verspürt hatte, versprach von Dauer zu sein. Er gab sich mehr Mühe als sonst, gegen jedermann gütig zu sein.

»Wenn du das Baby mitnehmen willst, dann halte Frieden mit Miss Abbott. Denn wenn sie will, kann sie dir mehr nützen als ich.«

»Ich kann keinen Frieden mit ihr halten«, erwiderte Harriet finster.

»Hast du...?«

»O längst nicht alles, was ich wollte. Sie ging weg, bevor ich ausgeredet hatte – wie alle feigen Leute! – in die Kirche.«

»Nach Santa Deodata?«

»Ja, ich bin überzeugt, sie hat es nötig. Etwas Unchristlicheres ...«

Im geeigneten Augenblick ging auch Philip zur Kirche; er ließ seine Schwester etwas ruhiger zurück und etwas geneigter, über seinen Rat nachzudenken. Was war nur in Miss Abbott gefahren? Er hatte sie immer für beständig und auch für aufrichtig gehalten. Jene Unterhaltung, die er letzte Weihnachten im Zug nach Charing Cross mit ihr geführt hatte, war das einzige, was ihm einen Anhaltspunkt hierfür bot. Zum zweiten Male mußte Monteriano ihr den Kopf verdreht haben. Er war nicht zornig auf sie, denn ihm war der Ausgang der Expedition vollkommen gleichgültig.

Es war jetzt beinahe Mittag, und die Straßen leerten sich. Aber die starke Hitze hatte nachgelassen, und eine angenehme Regenneigung lag in der Luft. Die Piazza mit ihren drei großen Anziehungspunkten – dem Palazzo Pubblico, der Kollegiatenkirche und dem Caffè Garibaldi: dem Geist, der Seele und dem Leib – hatte niemals reizvoller ausgesehen. Einen Augenblick blieb Philip in der Mitte stehen, sehr zum Träumen aufgelegt, und dachte, wie wundervoll es sein müsse, sich zu einer Stadt gehörig zu fühlen, wie klein sie auch sein möge. Er jedoch stand hier als Sendbote der Zivilisation und in der Absicht, Charakterstudien zu machen, und mit einem Seufzer betrat er Santa Deodata, um seine Mission fortzusetzen.

Zwei Tage vorher hatte eine *festa* stattgefunden, die Kirche duftete noch nach Weihrauch und Knoblauch. Der kleine Sohn des Mesners fegte das Schiff, mehr zum Vergnügen als um der Reinlichkeit willen, und jagte große Staubwolken über die Fresken und die vereinzelten Beter. Der Mesner selbst hatte eine Leiter mitten an die Sintflut gelehnt, die eine der Mauerfüllungen des Schiffs bedeckt, und befreite eine der Säulen von ihrem Reichtum an scharlachrotem Kattun. Viel scharlachroter Kattun lag auch am Boden – denn eine Kirche kann genauso prächtig aussehen wie jedes Theater –, und des Mesners kleine Tochter bemühte sich, die Stoffbahnen zusammenzulegen. Sie trug eine Flitterkrone. Die Krone gehörte eigentlich dem heiligen Augustinus. Aber sie war zu groß ausgefallen; sie fiel ihm wie ein Kragen über die Wangen herunter – man hatte noch nie etwas so Unmögliches gesehen. Einer der Domherren hatte sie kurz vor Beginn der *festa* losgemacht und der Mesnerstochter geschenkt.

»Ach bitte«, rief Philip, »befindet sich hier wohl eine englische Dame?«

Der Mann hatte den Mund voll von Tapeziernägeln, aber er nickte vergnügt in Richtung auf eine kniende Gestalt. Inmitten all dieses Trubels betete Miss Abbott.

Er war nicht sonderlich überrascht. Ein seelischer Zusammenbruch war durchaus zu erwarten gewesen. Denn obwohl er gütiger gegen die Menschen geworden war, blieb er doch ein wenig frivol und allzu geneigt, den Weg, den die verwundete Seele einschlagen wird, im voraus abzustecken. Es überraschte ihn jedoch, daß sie ihn ganz natürlich und ohne die säuerliche Verlegenheit einer Person, die sich soeben von ihren Knien erhoben hat, zu begrüßen vermochte. Das war in der Tat der Geist von Santa Deodata, wo ein Gebet vor Gott nicht geringer gilt, weil ihm ein freundliches Wort an den Nachbar folgt. »Ich bin sicher, daß ich es nötig habe«, sagte sie; und da er erwartet hatte, sie beschämt zu sehen, wurde er verwirrt und wußte nicht, was er antworten sollte.

»Ich habe nichts zu sagen«, fuhr sie fort. »Ich habe nur meine Ansicht gründlich geändert. Wenn ich mir die ganze Sache vorher ausgeklügelt haben würde, hätte ich mich nicht schlimmer gegen Sie benehmen können. Jetzt kann ich darüber sprechen; aber bitte, glauben Sie mir, daß ich geweint habe.«

»Und bitte, glauben Sie mir, daß ich nicht gekommen bin, um Ihnen Vorwürfe zu machen«, sagte Philip. »Ich weiß, was vorgefallen ist.«

»Was denn?« fragte Miss Abbott. Instinktiv führte sie ihn zu der berühmten Kapelle, der fünften Kapelle zur Rechten, die Giovanni da Empoli mit Tod und Begräbnis der Heiligen ausgemalt hat. Hier konnten sie fern von Lärm und Staub sitzen und eine Unterhaltung führen, die wichtig zu werden versprach.

»Was auch mir hätte passieren können – er hat Sie überzeugt, daß er das Kind liebt.«

»O ja, das hat er. Er wird es niemals hergeben.«

»Das ist noch nicht ausgemacht.«

»Und es wird niemals ausgemacht werden.«

»Vielleicht haben Sie recht. Nun, wie ich schon sagte, ich weiß, was vorgefallen ist, und bin nicht hier, um Ihnen Vorwürfe zu machen. Aber ich muß Sie bitten, sich fürs erste aus der Sache rauszuhalten. Harriet ist wütend, aber sie wird sich beruhigen, wenn sie einsieht, daß Sie uns nicht geschadet haben und uns auch nicht schaden werden.«

»Ich kann nichts mehr tun«, sagte sie. »Aber ich sage Ihnen ganz offen, daß ich die Partei gewechselt habe.«

»Wenn Sie nur nichts mehr unternehmen, das ist alles, was wir wollen. Sie versprechen also, unserer Sache nicht zu schaden, indem Sie mit Signor Carella sprechen?«

»O gewiß. Ich wünsche nicht wieder mit ihm zu sprechen, ich werde ihn nie wiedersehen.«

»Er war sehr nett, nicht wahr?«

»Sehr nett.«

»Gut. Das ist alles, was ich wissen wollte. Ich werde jetzt gehen und Harriet von Ihrem Versprechen erzählen, und dann wird sich die Sache wohl wieder beruhigen.«

Aber er rührte sich nicht, denn das Gefühl, ihr nahe zu sein, erfüllte ihn mit wachsendem Vergnügen, und ihr Zauber war heute besonders stark. Er dachte kaum noch an Psychologie und weibliche Wirkung. Der sentimentale Überschwang, von dem sie sich hatte hinreißen lassen, machte sie nur noch verlockender. Er war zufrieden, ihre Schönheit zu betrachten und an der Zärtlichkeit und Weichheit, von denen sie beseelt wurde, teilzuhaben.

»Warum sind Sie nicht böse auf mich?« fragte sie nach einer Pause.

»Weil ich Sie verstehe – alle Parteien, glaube ich – Harriet, Signor Carella und sogar meine Mutter.«

»Ihr Verständnis ist wundervoll. Sie sind der einzige von uns allen, der einen Überblick über dies ganze Durcheinander hat.«

Er lächelte geschmeichelt. Es war das erstemal, daß sie ihn gelobt hatte. Seine Blicke ruhten wohlgefällig auf Santa Deodata, die in voller Heiligkeit, auf dem Rücken liegend, verschied. Hinter ihr stand ein Fenster offen, das gerade so eine Aussicht enthüllte, wie er sie diesen Morgen genossen hatte, und auf dem Küchentisch ihrer verwaisten Mutter stand gerade noch ein solches Kupfergefäß. Die Heilige hatte weder einen Blick für die Aussicht noch für das Gefäß und noch viel weniger für ihre verwaiste Mutter. Denn siehe da! Sie hatte eine Vision: Der Kopf und die Schultern des heiligen Augustinus glitten gleich einem wunderbaren Schmelz über die roh verputzte Mauer. Es ist ein sanfter Heiliger, der zufrieden ist, eine andere halbe Heilige sterben zu sehen. Im Tode wie im Leben leistete Santa Deodata nicht viel.

»Was wollen Sie also tun?« fragte Miss Abbott.

Philip fuhr auf, nicht so sehr durch ihre Worte als durch den plötzlich veränderten Klang ihrer Stimme überrascht. »Tun?« echote er, ziemlich erschrocken. »Heute nachmittag habe ich noch eine Unterredung mit ihm.«

»Es wird nichts dabei herauskommen. Und dann?«

»Dann noch eine. Wenn die ebenfalls erfolglos bleibt, werde ich um weitere Anweisungen nach Hause drahten. Ich muß wohl zugeben, daß das Unternehmen möglicherweise ganz mißlingt, aber wir werden dann wenigstens einen ehrenhaften Mißerfolg erleiden.«

Sie war schon oft entschlossen gewesen. Aber jetzt hatte ihre Entschlossenheit einen leidenschaftlichen Beigeschmack. Sie machte einen tiefen Eindruck auf ihn, als sie sagte:

»Das heißt soviel wie gar nichts tun. Sie würden etwas tun, wenn Sie das Baby stehlen oder sofort abreisen wurden. Aber so etwas! Ein ehrenhafter Mißerfolg! Sich so gut wie möglich aus der Affäre ziehen! Ist das alles, worauf Sie aus sind?«

»Wieso, ja«, stammelte er. »Da wir ja offen miteinander sprechen wollen, das ist alles, worauf ich inzwischen aus bin. Was sollte ich denn sonst tun? Wenn ich Signor Carella zum Nachgeben bewegen kann, um so besser. Wenn nicht, so muß ich meiner Mutter von dem Mißerfolg berichten und dann nach Hause fahren, oder? Miss Abbott, Sie können doch nicht erwarten, daß ich all Ihre Sinnesänderungen mitmache.«

»Das erwarte ich auch nicht. Aber ich erwarte von Ihnen, daß Sie sich dazu entschließen, was Sie als richtig erkannt haben, und danach handeln. Wollen Sie, daß das Kind bei seinem Vater bleibt, der es liebt und schlecht erziehen wird, oder wollen Sie, daß es nach Sawston kommt, wo es niemand liebt und wo es gut erzogen werden wird? So sieht die Alternative doch aus, ich glaube, selbst für Sie leidenschaftslos genug formuliert. Entscheiden Sie sich! Entscheiden Sie sich, auf welcher Seite Sie kämpfen wollen. Aber sprechen Sie nicht von einem ›ehrenhaften Mißerfolg‹, was nichts anderes bedeutet als überhaupt nichts zu sagen und zu tun.«

»Daß ich Signor Carella und Ihre Situation verstehe, ist doch noch kein Grund, daß...«

»Durchaus nicht. Kämpfen Sie, als wenn Sie uns im Unrecht glaubten. Ach, was nützt all Ihr Gerechtigkeitssinn, wenn Sie sich doch niemals entscheiden können. Ein jeder kann Anspruch auf Sie erheben und Sie dazu bringen, zu tun, was er will. Und Sie durchschauen alle und machen sich lustig über sie – und tun es. Es reicht nicht, klarzusehen; ich bin wirrköpfig und dumm und nicht halb soviel wert wie Sie, aber ich habe versucht zu tun, was ich im Augenblick für richtig hielt. Und Sie Ihr Verstand und Ihre Einsicht sind glänzend. Aber wenn Sie erkannt haben, was Sie für richtig halten, sind Sie zu träge, um es auszuführen. Sie haben mir einmal gesagt, daß wir nach unseren Gesinnungen beurteilt werden sollten und nicht nur nach unseren Leistungen. Ich hielt das für eine großartige Bemerkung. Aber wir müssen doch versuchen, etwas zu leisten – und uns nicht mit unseren edlen Gesinnungen in eine Ecke zurückzuziehen.«

»Sie sind wundervoll«, sagte er ernst.

»Ach! Sie geben mir auch noch recht!« ereiferte sie sich wieder. »Ich wollte, Sie täten es nicht. Sie geben uns allen recht – sehen etwas Gutes in uns allen. Und die ganze Zeit über sind Sie tot – tot – tot. Sehen Sie, warum sind Sie jetzt nicht wütend?« Sie rückte näher zu ihm heran, und da veränderte sich plötzlich ihre Stimmung, und sie ergriff seine beiden Hände. »Sie sind so fabelhaft, Mr. Herriton. Ich kann es nicht ertragen, wie Sie Ihr Leben vergeuden. Ich kann es nicht ertragen. Sie kann nicht gut zu Ihnen gewesen sein – Ihre Mutter.«

»Miss Abbott, machen Sie sich meinetwegen keine Sorgen. Manche Menschen sind nun einmal nicht dazu geboren, etwas zu tun. Ich bin einer von ihnen. Ich habe noch niemals, weder in der Schule noch beim Gericht etwas getan. Ich bin hierhergekommen, um Lilias Heirat zu verhindern, und ich kam zu spät. Ich bin hergekommen, um das Baby zu holen, und ich werde mit einem ›ehrenhaften Mißerfolg‹ wieder abziehen. Ich werde jetzt nie mehr erwarten, daß irgend etwas geschieht, und daher werde ich auch niemals enttäuscht sein. Sie wären erstaunt, wenn Sie wüßten, welches die großen Ereignisse meines Lebens sind. Mein gestriger Theaterbesuch, mein Gespräch mit Ihnen – ich glaube nicht, daß ich jemals etwas Bedeutsameres erleben werde. Es scheint mein Schicksal zu sein, daß ich durch die Welt gehe, ohne mit ihr zusammenzustoßen oder sie in Bewegung zu setzen, und ich kann Ihnen nicht sagen, ob dies ein gutes oder böses Schicksal ist. Ich sterbe nicht, ich verliebe mich nicht, und wenn andere Leute sterben oder sich verlieben, bin ich immer gerade nicht da. Sie haben ganz recht: Das Leben ist für mich nur ein Schauspiel, das – Gott sei es gedankt, Italien sei es gedankt, und Ihnen sei es gedankt – im Augenblick schöner und ermutigender ist denn je.«

Sie sagte feierlich: »Ich wollte, es würde Ihnen etwas zustoßen, mein lieber Freund; ich wollte, es würde Ihnen etwas zustoßen.«

»Aber warum denn?« fragte er lächelnd. »Beweisen Sie mir, warum ich nicht gut genug bin, so wie ich bin.«

Sie lächelte ebenfalls, sehr ernst. Beweisen konnte sie es nicht. Es gab keinen Beweis. Ihre Unterhaltung, so wundervoll sie gewesen war, hatte zu nichts geführt, und als sie die Kirche verließen, waren ihre gegenseitigen Meinungen und Methoden noch genau dieselben wie zu dem Zeitpunkt, da sie sie betreten hatten.

Beim Mittagessen war Harriet sehr grob. Sie nannte Miss Abbott ins Gesicht eine Wetterfahne und einen Feigling. Miss Abbott nahm keine der beiden Bezeichnungen übel, weil sie fühlte, daß die eine berechtigt und die andere nicht unbegründet war. Sie bemühte sich sogar, den Anflug eines Spottes in ihren Antworten zu vermeiden. Aber Harriet war überzeugt, daß sie sie doch ironisch meinte, weil sie so ruhig blieb. Sie selbst wurde immer heftiger; Philip fürchtete einen Augenblick, sie würde handgreiflich werden.

»Nun hör mal!« rief er, und etwas von seiner alten Art kam wieder zum Durchbruch, »dafür ist es jetzt wirklich zu heiß. Wir haben den ganzen Morgen miteinander geredet und verhandelt, und heute nachmittag habe ich noch eine Verhandlung. Jetzt bitte ich mir Ruhe aus. Möge jeder der Damen sich mit einem Buch in ihr Zimmer zurückziehen.«

»Ich ziehe mich zurück, um zu packen«, sagte Harriet. »Und bitte erinnere Signor Carella daran, Philip, daß das Baby heute abend gegen halb neun Uhr hier zu sein hat.«

»O gewiß, Harriet. Ich werde es mir besonders angelegen sein lassen, ihn daran zu erinnern.«

»Und bestelle einen Wagen zum Nachtzug.«

»Und würden Sie bitte auch für mich einen Wagen bestellen?«

»Sie wollen auch schon fahren?« rief er aus.

»Natürlich«, antwortete sie, plötzlich errötend. »Warum denn nicht?«

»Nun ja, natürlich fahren Sie auch. Dann also zwei Wagen. Zwei Wagen für den Nachtzug.« Er blickte trübsinnig auf seine Schwester. »Harriet, um Gottes willen, was hast du vor? Wir werden bestimmt nicht fertig werden.«

»Bestelle meinen Wagen für den Nachtzug«, sagte Harriet und ging hinaus.

»Nun, dann muß ich wohl. Und ich muß auch zu meiner Unterredung mit Signor Carella.«

Miss Abbott seufzte leise.

»Was haben Sie denn dagegen? Glauben Sie, ich könnte den geringsten Einfluß auf ihn ausüben?«

»Nein. Aber – ich kann nicht alles wiederholen, was ich Ihnen in der Kirche gesagt habe. Sie sollten ihn nie wiedersehen. Sie sollten Harriet in einen Wagen packen, nicht heute abend, sondern jetzt, und sofort abfahren.«

»Vielleicht sollte ich das. Aber es ist kein sehr gewichtiges ›sollte‹. Was Harriet und ich auch tun mögen, das Ergebnis bleibt doch dasselbe. Nun, ich kann das Großartige daran begreifen – auch das Komische. Gino, wie er dort oben auf dem Berggipfel mit seinem Jungen hockt. Wir kommen und wollen es haben. Er heißt uns freundlich willkommen. Wir verlangen es zum zweiten Mal. Er bleibt genauso liebenswürdig. Mir macht es Spaß, und wenn ich die ganze Woche mit ihm verhandeln sollte. Aber ich weiß, daß ich am Ende mit leeren Händen in die Ebene hinabsteigen werde. Es mag sein, daß ich besser daran täte, wenn ich mich zu etwas entschließen könnte. Aber ich habe nun einmal keinen guten Charakter. Und es hängt nichts davon ab.«

»Vielleicht übertreibe ich ja«, sagte sie demütig. »Ich habe versucht, Sie loszuhetzen, genau wie Ihre Mutter. Ich glaube, Sie müssen es mit Harriet durchfechten. Jede geringste Kleinigkeit scheint mir heute aus irgendeinem Grunde von unberechenbarer Bedeutung, und wenn Sie von etwas sagen, ›es hänge nichts davon ab‹, so klingt das wie Gotteslästerung. Man weiß nie – wie soll ich es ausdrücken? –, welche unserer Handlungen, welche unserer Unterlassungen lebenslängliche Folgen haben werden.«

Er gab ihr recht, aber ihre Bemerkung hatte nur ästhetische Bedeutung für ihn. Er war nicht gewillt, sie sich zu Herzen zu nehmen. Den ganzen Nachmittag war er unruhig, aber nicht verzagt. Die Dinge würden schon irgendwie ihren Gang gehen. Wahrscheinlich hatte Miss Abbott recht. Das Baby blieb am besten dort, wo es geliebt wurde. Und wahrscheinlich war es das, was das Schicksal bestimmt hatte. Er hatte wenig Interesse an der Angelegenheit und war sicher, keinerlei Einfluß darauf zu haben.

Es war daher nicht überraschend, daß die Unterredung

im Caffè Garibaldi zu nichts führte. Keiner von beiden nahm sie sehr ernst. Nach kurzer Zeit hatte Gino herausgefunden, wie die Dinge lagen, und hielt seinen Begleiter hoffnungslos zum besten. Philip bemühte sich, ein beleidigtes Gesicht zu machen, doch am Ende mußte auch er lachen. »Nun, Sie haben recht«, sagte er. »Die Sache ist tatsächlich von den Damen angezettelt worden.«

»Oh, die Damen – die Damen!« rief der andere, und dann brüllte er wie ein Millionär nach zwei Tassen schwarzen Kaffees und bestand darauf, seinen Freund zu bewirten, zum Zeichen, daß ihr Streit beendet sei.

»Nun, ich habe getan, was ich konnte«, sagte Philip, indem er ein langes Stück Zucker in seine Tasse tauchte und beobachtete, wie die braune Flüssigkeit darin hochstieg. »Ich werde meiner Mutter mit gutem Gewissen gegenübertreten. Werden Sie mir bezeugen, daß ich getan habe, was ich konnte?«

»Das werde ich, mein armer Junge!« Er legte seine Hand mitfühlend auf Philips Knie.

»Und daß ich...« Der Zucker war jetzt mit Kaffee durchtränkt, und er beugte sich vor, um ihn hinunterzuschlucken. Dabei streifte sein Blick die gegenüberliegende Seite der Piazza, und dort sah er, wie Harriet sie beobachtete »Mia sorella!« rief er aus. Gino legte, sehr belustigt seine Hand auf den kleinen Tisch und trommelte vergnügt mit beiden Fäusten auf den Marmor. Harriet wandte sich ab und begann mit finsterer Miene den Palazzo Pubblico zu besichtigen.

»Arme Harriet!« sagte Philip und schluckte den Zucker hinunter. »Noch eine Drehung, und alles wird vorüber sein für sie; wir fahren noch heute abend ab.«

Gino war betrübt. »Dann sind Sie heute abend ja gar nicht hier, wie Sie uns doch versprochen haben. Sie fahren alle drei ab?«

»Alle drei«, sagte Philip und verriet nicht, daß Miss Abbott sich von ihnen losgesagt hatte; »mit dem Nachtzug; jedenfalls ist das der Plan meiner Schwester. Daher kann ich leider nicht kommen, fürchte ich.«

Sie beobachteten Harriets entschwindende Gestalt; dann machten sie sich an die Abschiedszeremonie. Sie schüttelten sich gegenseitig warm die Hand. Philip sollte nächstes Jahr wiederkommen und vorher schreiben. Er sollte Ginos Frau vorgestellt werden, denn er war ja jetzt von der bevorstehenden Heirat unterrichtet worden. Und er sollte Patenonkel bei dem nächsten Baby werden. Was Gino anging, so wollte er manchmal daran denken, daß Philip gern Wermut trank. Er bat ihn, Irma zu grüßen. Mrs. Herriton – sollte er ihr Empfehlungen ausrichten lassen? Nein; das wäre wohl kaum angebracht.

So trennten sich die beiden jungen Leute mit einem guten Teil echter Zuneigung. Denn die Grenze der Sprache ist manchmal eine segensreiche Grenze; sie läßt nur das durch, was gut ist. Oder – um es weniger frivol auszudrükken – wir sind vielleicht bessere Menschen in neuen, sauberen Wörtern, die niemals durch unsere Kleinlichkeit oder unsere Fehler verunreinigt worden sind. Philip jedenfalls lebte auf italienisch, dessen Sätze so bezaubern, daß wir selbst ganz glücklich und liebenswürdig werden, sehr viel angenehmer. Es war entsetzlich, an Harriets Englisch zu denken, dessen Worte so hart, so grob und so ungeschliffen waren wie ein Klumpen Kohle.

Harriet sprach jedoch wenig. Sie hatte genug gesehen,

um sich zu sagen, daß ihr Bruder wieder keinen Erfolg gehabt hatte, und mit ungewohnter Würde nahm sie die Situation hin. Sie packte ihre Koffer, schrieb ihr Tagebuch und schlug den neuen Baedeker in braunes Papier ein. Da Philip sie so umgänglich fand, versuchte er, ihre Pläne für die bevorstehende Reise mit ihr zu besprechen. Aber sie sagte nur, daß sie in Florenz übernachten wolle, und forderte ihn auf, telegraphisch Zimmer zu bestellen. Sie aßen allein zu Abend. Miss Abbott kam nicht herunter. Die Wirtin erzählte ihnen, daß Signor Carella Miss Abbott besucht habe, um ihr Lebewohl zu sagen, aber sie sei außerstande gewesen, ihn zu empfangen, obwohl sie zu Hause gewesen sei. Sie erwähnte auch, daß es angefangen habe zu regnen. Harriet seufzte, deutete ihrem Bruder gegenüber jedoch an, daß er nicht dafür verantwortlich sei.

Die Wagen fuhren Viertel nach acht vor. Es regnete nur wenig, aber die Nacht war außergewöhnlich dunkel, und einer der Kutscher wollte langsam zum Bahnhof fahren. Miss Abbott kam herunter und sagte, sie sie fertig und wolle sofort abfahren.

»Tun Sie das«, sagte Philip, der in der Vorhalle stand. »Jetzt, wo wir uns gestritten haben, möchten wir wohl nicht so gern den ganzen Berg hintereinander hinunterfahren. Also, leben Sie wohl; endlich ist alles vorüber; wieder ist eine Szene in meinem Festspiel vorbei.«

»Auf Wiedersehen; ich habe mich sehr gefreut, Ihnen hier zu begegnen. Ich hoffe, damit wird es jedenfalls nicht vorbei sein.« Sie ergriff seine Hand.

»Das klingt ja so verzagt«, sagte er lachend. »Vergessen Sie nicht, daß sie als Siegerin heimkommen.«

»Das tue ich wohl«, antwortete sie, verzagter als je, und

stieg in den Wagen. Er glaubte, sie dächte an ihren Empfang in Sawston, wohin ihr das Gerücht zweifellos voraneilen würde. Was würde Mrs. Herriton tun? Sie konnte einem das Leben recht ungemütlich machen, wenn sie es für richtig hielt. Vielleicht würde sie es für richtig halten zu schweigen, aber dann gab es da immer noch Harriet. Und wer würde Harriets Zunge zügeln? Die beiden würden Miss Abbott eine schlimme Zeit bereiten. Ihr Ruf, sowohl der Ruf ihrer Beständigkeit als auch der ihrer moralischen Begeisterung, würde für immer zerstört sein.

»Sie hat kein Glück«, dachte er. »Sie ist ein guter Mensch. Ich muß für sie tun, was ich kann.« Sie waren sehr schnell miteinander vertraut geworden, und auch er hoffte, daß das nicht ein für allemal vorbei sei. Er glaubte sie zu verstehen; sie hatte ihn bisher von seiner schlechtesten Seite kennengelernt. Wie, wenn er nach langer Zeit – wenn überhaupt... er errötete gleich einem Schuljungen, als er ihrem Wagen nachblickte.

Er ging ins Speisezimmer, um nach Harriet zu sehen. Harriet war nicht zu finden. Ihr Zimmer war ebenfalls leer. Alles, was sie zurückgelassen hatte, war das purpurfarbene Gebetbuch, das aufgeschlagen auf dem Bett lag. Philip nahm es gedankenlos auf und las – »Gesegnet sei der Herr, der meine Hände Krieg führen und meine Finger kämpfen lehrt.« Er steckte das Buch in seine Tasche und begann über nützlichere Dinge nachzudenken.

Von Santa Deodata schlug es halb neun. Das ganze Gepäck war aufgeladen, und noch war Harriet nicht erschienen. »Verlassen Sie sich darauf«, sagte die Wirtin, »sie ist zu Signor Carella gegangen, um ihrem kleinen Neffen Lebewohl zu sagen.« Philip hielt das kaum für möglich. Man rief durch das ganze Haus, aber keine Harriet kam zum Vorschein. Allmählich wurde er unruhig. Ohne Miss Abbott war er hilflos; ihr ernstes und freundliches Gesicht hatte ihn auf wunderbare Weise aufgeheitert, selbst wenn es ungnädig dreinsah. Ohne sie war Monteriano ein trauriger Ort; der Regen wurde stärker, Fetzen von Donizetti-Weisen flatterten unmelodisch aus den Weinstuben, und von dem großen Turm gegenüber konnte er nur den Unterbau sehen, der erneut über und über mit marktschreierischen Plakaten beklebt war.

Ein Mann mit einem Zettel kam die Straße herauf. Philip las: »Fahr sofort ab, und sammle mich draußen vor dem Tor auf. Bezahle Überbringer. H. H.«

»Hat die Dame Ihnen diesen Zettel selbst gegeben?« rief er.

Der Mann war nicht zu verstehen.

»Sprechen Sie!« rief Philip. »Wer hat Ihnen dies gegeben – und wo?«

Der Mann gab nichts als ein grauenvolles Geseufze und Gegurgel von sich.

»Sie müssen Geduld mit ihm haben«, sagte der Kutscher und drehte sich auf dem Bock zu ihm herum. »Es ist der arme Irre.« Die Wirtin kam aus dem Hotel und echote: »Der arme Irre. Er kann nicht sprechen. Er trägt für uns alle Botschaften aus.«

Da sah Philip, was für ein unheimliches Geschöpf der Bote war, ganz kahl, mit triefenden Augen und einer grauen, zuckenden Nase. In einem anderen Lande würde man ihn eingesperrt haben; hier aber nahm man ihn hin wie eine öffentliche Einrichtung und als Teil im Plan der Schöpfung.

»Uff!« schauderte der Engländer. »Signora padrona, fragen Sie ihn aus; diese Nachricht ist von meiner Schwester. Was hat das zu bedeuten? Wo hat er sie gesehen?«

»Es hat keinen Zweck«, sagte die Wirtin. »Er versteht alles, aber er kann nichts erklären.«

»Er hat Visionen verschiedener Heiliger«, sagte der Mann, der den Wagen fuhr.

»Aber meine Schwester – wo ist sie hingegangen? Unter welchen Umständen ist sie ihm begegnet?«

»Sie ist spazierengegangen«, versicherte die Wirtin. Es war ein scheußlicher Abend, und sie fing an, die Engländer zu verstehen. »Sie ist spazierengegangen – vielleicht um ihrem kleinen Neffen Lebewohl zu sagen. Und dann hat sie es vorgezogen, einen anderen Weg zurückzukommen; sie hat Ihnen diese Botschaft durch den armen Irren geschickt und erwartet Sie draußen vor dem Siena-Tor. Viele meiner Gäste machen es so.«

Er konnte nichts anderes tun als der Botschaft gehorchen. Er verabschiedete sich von der Wirtin, gab dem Boten ein Nickelstück und fuhr ab. Nach einem Dutzend Metern hielt der Wagen an. Der arme Irre lief und winselte hinterher.

»Weiterfahren«, rief Philip. »Ich habe ihm reichlich gegeben.«

Eine grauenerregende Hand schob drei *soldi* auf seinen Schoß. Es gehörte zur Krankheit des Irren, daß er nicht mehr annahm als das, was man ihm für seine Dienste schuldete. Dies war das Wechselgeld, das er auf das Nickelstück herausgab.

»Weiterfahren!« rief Philip und warf das Geld auf die Landstraße. Der Zwischenfall hatte ihn erschreckt; das ganze Leben war auf einmal unwirklich geworden. Es war eine Erleichterung, als sie das Siena-Tor passiert hatten. Für einen Augenblick fuhren sie die Terrasse entlang. Aber von Harriet war nichts zu sehen. Der Kutscher rief den Dogana-Leuten eine Frage zu. Aber auch sie hatten keine englische Dame vorbeikommen sehen.

»Was soll ich jetzt machen?« rief Philip; »es sieht der Dame nicht ähnlich, sich zu verspäten. Wir werden den Zug verpassen.«

»Lassen Sie uns langsam fahren«, sagte der Kutscher, »und rufen Sie ihren Namen, während wir weiterfahren.«

So fuhren sie in die Nacht hinab. Philip rief: »Harriet! Harriet! Harriet!« Und da war sie und erwartete ihn im Regen, an der ersten Zickzackkurve.

»Harriet, warum antwortest du nicht?«

»Ich habe euch kommen hören«, sagte sie und stieg schnell ein. Erst jetzt sah er, daß sie ein Bündel trug.

»Was ist das?«

»Still –«

»Was, um alles in der Welt, ist das?«

»Still – es schläft.«

Harriet war es gelungen, was Miss Abbott und Philip mißlungen war. Es war das Baby.

Sie wollte ihn nicht zu Wort kommen lassen. Das Baby schlafe, wiederholte sie und spannte einen Regenschirm auf, um das Kind und sich selbst vor dem Regen zu schützen. Später würde er alles erfahren; so mußte er sich mit Vermutungen über die wunderbare Begegnung – eine Begegnung mitten in der Wildnis – begnügen. Er konnte es sich leicht vorstellen; Gino war angesichts Harriets starker Überzeugungskraft plötzlich schwach geworden; vielleicht hatte sie ihm ins Gesicht gesagt, daß er ein gemeiner Schuft sei; er hatte seinen einzigen Sohn, vielleicht für Geld, vielleicht auch umsonst, hergegeben. »Armer Gino!« dachte er. »Er ist letzten Endes auch nicht stärker als ich.«

Dann dachte er an Miss Abbott, deren Wagen jetzt zwei bis drei Kilometer unter ihnen bergab fahren mußte, und seine bequeme Selbstbezichtigung versagte. Auch sie besaß Überzeugungskraft, er hatte ihre Stärke verspürt; und er würde sie wieder spüren, wenn sie von dem düsteren und unerwarteten Ende dieses Tages erfahren würde.

»Du bist reichlich geheimnisvoll«, sagte er; »du könntest mir jetzt ruhig ein bißchen erzählen. Was bezahlen wir für ihn? Alles, was wir besitzen?«

»Still!« antwortete Harriet und wiegte das Bündel unter großen Mühen wie eine knochige Prophetin – Judith, Deborah oder Jaël. Er hatte das Baby zuletzt auf Miss Abbotts Knien strampeln sehen, strahlend und nackt, mit einem Blick im Hintergrund, der dreißig Kilometer weit reichte, während der Vater zu seinen Füßen kniete.

Und diese Erinnerung zusammen mit Harriet und der Dunkelheit, dem armen Irren und dem leise rauschenden Regen erfüllte ihn mit Betrübnis und der Erwartung bevorstehenden Kummers.

Monteriano war längst verschwunden, und er konnte nichts sehen als gelegentlich den feuchten Stamm eines Olivenbaums, den ihre Lampe im Vorbeifahren beleuchtete. Sie fuhren schnell, denn diesem Kutscher kam es nicht darauf an, mit welcher Geschwindigkeit er zum Bahnhof gelangte; er stürmte den Abhang hinunter und sauste gefährlich um die Kurven.

»Hör mal, Harriet«, sagte er schließlich. »Mir ist nicht wohl, ich möchte das Baby sehen.«

»Still!«

»Es ist mir gleich, ob ich ihn aufwecke. Ich will ihn sehen. Ich habe ebensoviel Recht auf ihn wie du.«

Harriet gab nach. Aber es war zu dunkel, um das Gesicht des Kindes erkennen zu können. »Warte einen Augenblick«, flüsterte er, und bevor sie ihn daran hindern konnte, hatte er unter dem Schutz ihres Regenschirms ein Streichholz angezündet. »Aber er ist ja wach!« rief er. Das Streichholz ging aus.

»Brav so, klein' ruhiges Jungchen.«

Philip zuckte zusammen. »Sein Gesicht kommt mir ganz verkehrt vor.«

»Ganz verkehrt?«

»So merkwürdig runzlig.«

»Natürlich – mit den Schatten – du hast ihn ja auch nicht richtig sehen können.«

»Gut. Dann halt ihn noch einmal hoch.« Sie tat es. Er zündete noch ein Streichholz an. Es ging schnell wieder aus, aber nicht bevor er gesehen hatte, daß der Kleine weinte.

»Unsinn«, sagte Harriet scharf. »Wir würden es doch hören, wenn er weint.«

»Nein, er weint heftig; es schien mir vorhin schon so, und jetzt bin ich ganz sicher.«

Harriet berührte das Gesicht des Kindes. Es war in Tränen gebadet. »Ach, das kommt von der Nachtluft«, sagte sie, »oder vielleicht von der Feuchtigkeit.«

»Sag, du hast ihm doch nicht weh getan oder ihn falsch getragen oder sonst etwas; das ist wirklich zu unheimlich –

Weinen ohne ein Geräusch zu machen. Warum hast du Perfetta nicht gesagt, ihn ins Hotel zu bringen, anstatt dich mit dem Boten einzulassen? Es ist ein Wunder, daß er das mit dem Zettel begriffen hat.«

»Oh, er begreift alles.« Er konnte fühlen, wie sie schauderte. »Er hat versucht, das Baby zu tragen.«

»Aber warum denn nicht Gino oder Perfetta?«

»Philip, rede nicht. Muß ich das denn immer wieder sagen? Rede nicht. Das Baby will schlafen.« Sie summte rauh, als sie weiter hinabfuhren, und wischte dann und wann die Tränen ab, die unablässig aus den kleinen Augen quollen. Philip wandte den Blick ab, zeitweise blinzelte er selbst. Es war, als wenn sie mit der Trübsal der ganzen Welt führen, als wenn alles Geheimnis und alle Beharrlichkeit des Leidens in einer einzigen Quelle vereinigt wären. Die Straße war jetzt mit Schlamm bedeckt, der Wagen fuhr ruhiger, aber nicht weniger schnell und glitt in langen Zickzacklinien in die Nacht hinein. Er kannte die Gegend recht gut: Hier war die Wegkreuzung nach Poggibonsi; und von hier hätten sie den letzten Ausblick auf Monteriano, wenn man etwas sehen könnte. Bald mußten sie in den kleinen Wald kommen, wo im Frühling die Veilchen so üppig blühten. Er wünschte, das Wetter hätte nicht umgeschlagen; es war nicht kalt, aber die Luft war außerordentlich feucht. Für das Kind konnte es gewiß nicht gut sein.

»Ich nehme doch an, er atmet und alles übrige?« fragte er.

»Natürlich«, sagte Harriet in ärgerlichem Flüsterton. »Du hast ihn aufgeschreckt. Ich bin sicher, er hat geschlafen. Ich wollte wirklich, du hieltest den Mund; es macht mich ganz nervös.«

»Mich macht es auch nervös. Ich wollte, er würde schreien. Es ist zu unheimlich. Armer Gino! Es tut mir furchtbar leid um Gino!«

»Wirklich?«

»Weil er schwach ist – wie die meisten von uns. Er weiß nicht, was er will. Er packt das Leben nicht fest an. Aber ich habe den Mann gern, und er tut mir leid.«

Es war nicht verwunderlich, daß sie nicht antwortete.

»Du verachtest ihn, Harriet, und du verachtest mich ebenfalls. Aber du tust uns nichts Gutes damit. Wir Narren brauchen jemanden, der uns richtig auf die Füße stellt. Stell dir vor, eine wirklich anständige Frau hätte Gino seinen Platz zugewiesen – ich glaube, Caroline Abbott hätte es gekonnt –, hätte er dann nicht ein besserer Mensch werden können?«

»Philip«, antwortete sie und bemühte sich, gleichgültig zu erscheinen, »hast du die Streichhölzer gerade zur Hand? Wir könnten uns das Baby noch einmal ansehen, wenn du sie da hast.«

Das erste Streichholz ging sofort aus. Das zweite auch. Er schlug vor, den Wagen anzuhalten und vom Kutscher die Lampe zu entleihen.

»Nein, ich möchte nicht soviel Umstände machen. Versuch es noch einmal.« Als er versuchte, das dritte Streichholz anzureißen, fuhren sie gerade in den kleinen Wald hinein. Schließlich fing es Feuer. Harriet stellte den Regenschirm aufrecht, und eine volle Viertelminute lang betrachteten sie das Gesicht, das im Schein der flackernden Flamme zitterte. Dann gab es einen Schrei und ein Krachen. Sie lagen im Dunkeln am Boden. Der Wagen war umgestürzt.

Philip war ziemlich verletzt. Er richtete sich auf, wiegte sich hin und her und hielt seinen Arm mit der anderen Hand fest. Gerade eben konnte er die Umrisse des Wagens über sich und die Umrisse der Wagenkissen und ihres Gepäcks auf der grauen Landstraße erkennen. Der Unfall hatte sich im Walde ereignet, wo es noch dunkler war als im Freien.

»Bist du unverletzt?« brachte er gerade noch heraus. Harriet schrie, das Pferd schlug aus, und der Kutscher fluchte auf irgendeinen anderen Mann.

Harriets Schreie wurden zusammenhängender. »Das Baby – das Baby – es ist heruntergefallen – aus meinen Armen. Ich habe es gestohlen!«

»Gott helfe mir!« sagte Philip. Kalter Schweiß bildete sich um seinen Mund. Er wurde ohnmächtig.

Als er wieder zu sich kam, herrschte noch das gleiche Durcheinander. Das Pferd schlug aus. Das Baby hatte man noch nicht gefunden, und Harriet schrie wie eine Wahnsinnige. »Ich habe es gestohlen! Ich habe es gestohlen! Es ist mir aus den Armen gerutscht!«

»Ganz ruhig!« befahl er dem Kutscher. »Niemand soll sich bewegen. Wir könnten darauf treten. Ganz ruhig.«

Für einen Augenblick gehorchten ihm alle. Er begann durch den Schlamm zu kriechen und berührte erst dies, dann jenes, ergriff aus Versehen die Kissen und lauschte auf das leiseste Geräusch, das ihn leiten könnte. Er versuchte, ein Streichholz anzuzünden; die Schachtel hielt er zwischen den Zähnen fest und riß sie mit der unverletzten Hand an. Endlich gelang es ihm; das Licht fiel auf das Bündel, das er suchte.

Es war von der Landstraße ein kleines Stück in den Wald

hineingerollt und quer über eine breite Furche gefallen. So winzig war es, daß es, wäre es der Länge nach hineingefallen, verschwunden gewesen wäre und er es niemals gefunden hätte.

»Ich habe es gestohlen! Ich und der Irre – es war niemand zu Hause.« Harriet brach in lautes Lachen aus.

Er setzte sich und legte das Baby auf sein Knie. Dann versuchte er, das kleine Gesicht von Schlamm und Regen und von den Tränen zu reinigen. Sein Arm war anscheinend gebrochen, aber er konnte ihn noch ein wenig bewegen, und für einen Augenblick vergaß er allen Schmerz. Er lauschte – nicht auf einen Schrei, sondern auf das Pochen des Herzens oder das leiseste Zittern des Atems.

»Wo sind Sie?« rief eine Stimme. Es war Miss Abbott, gegen deren Wagen sie gestoßen waren. Sie hatte eine der Lampen wieder angezündet und bahnte sich einen Weg zu ihm.

»Ruhe!« rief er wieder, und wieder gehorchten sie. Er schüttelte das Bündel; er hauchte hinein; er öffnete seinen Rock und drückte es an sich. Dann lauschte er wieder, aber er hörte nichts als den Regen, die keuchenden Pferde und Harriet, die irgendwo im Dunkeln vor sich hinkicherte.

Miss Abbott kam näher und nahm es ihm vorsichtig ab. Das Gesicht war schon erkaltet, aber dank Philips Bemühungen war es nicht mehr naß. Nie wieder würde es von einer Träne benetzt werden.

# IX

Die Einzelheiten von Harriets Verbrechen wurden niemals bekannt. Während ihrer Krankheit sprach sie mehr von dem eingelegten Kasten, den sie Lilia geliehen – geliehen und nicht geschenkt – hatte, als von ihren letzten Kümmernissen. Es war klar, daß sie in der Absicht, mit ihm zu verhandeln, zu Gino gegangen war, und als sie ihn nicht zu Hause fand, hatte sie einer grotesken Versuchung nachgegeben. Aber wieweit dies das Ergebnis ihrer Übellaunigkeit war und in welchem Umfang sie sich durch ihre Religion bestärken ließ, wann und wo sie den armen Irren getroffen hatte – diese Fragen wurden niemals beantwortet, und sie interessierten Philip auch nicht besonders. Daß die Geschichte entdeckt worden wäre, war sicher: Die Polizei hätte sie in Florenz, in Mailand oder an der Grenze festgenommen. Nun waren sie auf einfachere Weise gleich ein paar Kilometer vor der Stadt festgehalten worden.

Bis jetzt konnte er das Ganze noch kaum übersehen. Es war zu gewaltig. Auf das italienische Baby, welches im Schlamm gestorben war, konzentrierten sich tiefe Leidenschaften und große Hoffnungen. Die daran beteiligten Menschen waren böse oder im Irrtum gewesen, aber niemand außer ihm selbst hatte sich armselig benommen. Jetzt war das Baby fort, aber der gewaltige Aufwand an

Stolz und Mitleid und Liebe war geblieben. Denn die Toten, die so viel mit sich fortzunehmen scheinen, nehmen in Wirklichkeit nichts mit, was uns gehört. Die Leidenschaft, die sie erweckt haben, überlebt sie, sie ist leicht zu verwandeln oder auf einen anderen Gegenstand zu übertragen, aber so gut wie unmöglich zu zerstören. Philip wußte, daß er immer noch auf demselben großartigen und gefährlichen Meer dahinfuhr, mit der Sonne oder den Wolken über sich und den Fluten darunter.

Was im Augenblick zu geschehen hatte – das war auf alle Fälle sicher. Er selbst und niemand anders mußte Gino die Nachricht überbringen. Es war leicht, von Harriets Verbrechen zu reden – leicht auch, Perfettas Nachlässigkeit oder Mrs. Herriton daheim zu tadeln. Sie hatten alle dazu beigetragen – selbst Miss Abbott und Irma. Wenn man wollte, mochte man die Katastrophe als ein Zusammentreffen oder als das Werk des Schicksals betrachten. Aber das wollte Philip nicht. Es war seine eigene Schuld, Schuld der anerkannten Schwäche seine Charakters. Daher mußte er selbst und niemand anders Gino die Nachricht überbringen.

Nichts hielt ihn davon ab. Miss Abbott war mit Harriet beschäftigt; aus der Dunkelheit waren Leute aufgetaucht, die sie zu irgendeiner Hütte begleiteten. Philip brauchte nur in den unbeschädigten Wagen zu steigen und dem Kutscher zu befehlen, umzukehren. Nach einer Abwesenheit von zwei Stunden war er wieder in Monteriano. Perfetta war inzwischen zu Hause und begrüßte ihn herzlich. Der Schmerz, der körperliche und seelische, betäubte ihn. Erst nach geraumer Zeit merkte er, daß sie das Kind noch gar nicht vermißt hatte.

Gino war noch nicht zurück. Die Frau führte ihn in das Empfangszimmer, genau wie Miss Abbott am Vormittag, und wischte mit dem Staubtuch einen Kreis für ihn auf einem der Roßhaarstühle ab. Aber es war jetzt dunkel, daher ließ sie bei dem Besucher eine kleine Lampe zurück.

»Ich mache so schnell, wie ich kann«, sagte sie zu ihm. »Aber es gibt so viele Straßen in Monteriano, und er ist manchmal schwer zu finden. Heute morgen konnte ich ihn auch nicht finden.«

»Gehen Sie zuerst ins Caffè Garibaldi«, sagte Philip, dem einfiel, daß sich seine Freunde von gestern zu dieser Stunde dort verabredet hatten.

Die Zeit, die er allein blieb, brachte er nicht mit Überlegen zu – es gab nichts zu überlegen, er hatte nur ein paar Tatsachen zu berichten –, sondern mit dem Versuch, eine Schlinge für seinen Arm zu machen. Die Verletzung saß im Ellbogengelenk; solange er dies nicht bewegte, konnte er es gerade eben noch aushalten. Aber es begann sich zu entzünden, und die leiseste Berührung verursachte ihm Höllenqualen. Die Schlinge saß noch nicht, als Gino die Treppe heraufsprang und rief:

»Also sind Sie zurück! Wie mich das freut! Wir warten alle...«

Philip hatte zuviel durchgemacht, um nervös zu werden. Mit leiser, eintöniger Stimme erzählte er, was geschehen war; und der andere hörte ihn, ebenfalls vollkommen ruhig, bis zu Ende an. In das Schweigen hinein rief Perfetta, daß sie die Abendmilch für das Baby vergessen habe; sie müsse sie holen. Als sie gegangen war, nahm Gino schweigend die Lampe auf, und sie gingen zusammen in das andere Zimmer hinüber.

»Meine Schwester ist krank«, sagte Philip, »und Miss Abbott trifft keine Schuld. Ich wäre Ihnen dankbar, wenn Sie die beiden nicht beunruhigen würden.«

Gino hatte sich im Vorbeigehen niedergebeugt und befühlte die Stelle, wo sein Sohn gelegen hatte. Dann und wann runzelte er leicht die Stirn und sah Philip an.

»Es ist meine Schuld«, fuhr dieser fort. »Es ist passiert, weil ich feig und träge war. Ich bin hergekommen, um zu hören, was Sie zu tun gedenken.« Gino begann am Ende des Tisches herumzutasten, wie wenn er blind wäre. Sein Tun war so unheimlich, daß Philip sich getrieben fühlte, einzugreifen, irgend etwas zu unternehmen.

»Sachte, Mann, sachte; er ist nicht hier.«

Er trat zu ihm und faßte ihn an der Schulter.

Gino zuckte zurück und begann, schneller mit den Händen über die Gegenstände zu fahren – über den Tisch, die Stühle, den ganzen Fußboden, die Wände, so hoch er hinaufreichen konnte. Philip wagte nicht, ihn zu trösten. Aber jetzt war die Spannung zu groß – er mußte es versuchen.

»Tobe dich aus, Gino, du mußt dich austoben. Schreie und fluche und laß dich eine Zeitlang gehen; du mußt dich austoben.«

Es erfolgte keine Antwort, aber das Streichen mit den Händen hörte nicht auf.

»Jetzt ist es an der Zeit, unglücklich zu sein. Tobe dich aus, oder du wirst krank wie meine Schwester. Du wirst –«

Die Runde im Zimmer war beendet. Er hatte alles berührt, was sich darin befand, außer Philip. Jetzt näherte er sich ihm. Sein Gesicht war das eines Menschen, der seinen bisherigen Lebensinhalt verloren hat und nach einem neuen sucht.

»Gino!«

Er hielt einen Augenblick inne, dann kam er näher, Philip wich nicht von der Stelle.

»Du kannst mit mir machen, was du willst, Gino. Dein Sohn ist tot, Gino. Er ist in meinen Armen gestorben, denke daran. Das ist keine Entschuldigung für mich; aber er ist in meinen Armen gestorben.«

Die linke Hand wurde ausgestreckt, langsam diesmal. Sie schwebte vor Philips Augen wie ein Insekt. Dann senkte sie sich und packte seinen gebrochenen Ellbogen.

Philip schlug mit der ganzen Kraft seines anderen Armes zu. Gino fiel durch den Schlag ohne einen Schrei oder ein Wort zu Boden.

»Du Hund!« rief der Engländer. »Schlag mich tot, wenn du willst! Aber laß meinen gebrochenen Arm in Ruhe!«

Dann packte ihn die Reue, und er kniete neben seinem Gegner nieder und versuchte, ihn wiederzubeleben. Es gelang ihm, ihn aufzurichten, er stützte seinen Körper gegen seinen eigenen. Er legte seinen Arm um ihn. Wieder war er von Mitleid und Zärtlichkeit erfüllt. Er wartete ohne Furcht darauf, daß der andere wieder zu sich käme, sicher, daß sie jetzt beide außer Gefahr seien.

Gino erholte sich plötzlich. Seine Lippen bewegten sich. Für einen gesegneten Augenblick schien es, als wolle er sprechen. Aber dann rappelte er sich schweigend auf, erinnerte sich an alles und ging nicht auf Philip, sondern auf die Lampe zu.

»Tu, was du willst; aber überlege zuerst –«

Die Lampe wurde durch das Zimmer nach draußen geschleudert, über die Loggia hinaus. Sie zerbrach an einem der Bäume. Philip begann im Dunkeln nach ihm zu rufen.

Gino näherte sich ihm von hinten und stieß ihn heftig. Mit einem Schrei fuhr Philip herum. Er hatte lediglich einen Stoß in den Rücken erhalten, aber er wußte, was ihm bevorstand. Er schlug zu und forderte den Teufel auf, mit ihm zu ringen, ihn zu töten, alles mit ihm zu machen, was er wollte, nur dies nicht. Dann stolperte er zur Tür. Sie war offen. Er verfehlte die Richtung und lief, anstatt die Treppe hinunter, über den Treppenabsatz in das gegenüberliegende Zimmer. Dort legte er sich auf den Boden, zwischen dem Ofen und der Wandleiste.

Seine Sinne schärften sich. Er hörte Gino auf Zehenspitzen hereinkommen. Er wußte genau, was in dem Kopf seines Gegners vorging, wie er bald auf falscher Fährte tappte, wie er bald hoffnungsvoll, bald im Zweifel war, ob sein Opfer ihm nicht schließlich doch über die Treppe entkommen sei. Er fühlte einen schnellen Stoß über sich und dann ein leises Winseln wie von einem Hund. Gino hatte sich die Fingernägel am Ofen abgebrochen.

Körperlicher Schmerz ist fast zu schrecklich, um ihn zu ertragen. Wir können ihn gerade noch ertragen, wenn er durch Zufall oder zu unserem Besten über uns kommt – wie es gewöhnlich im modernen Leben der Fall ist –, außer in der Schule. Aber wenn er durch die Bösartigkeit eines Menschen verursacht wird, der erwachsen und wie wir selbst beschaffen ist, dann verlieren wir alle Beherrschung. Philips einziger Gedanke war, aus diesem Zimmer zu entkommen, auf Kosten allen Edelmuts oder Stolzes.

Gino war jetzt am anderen Ende des Zimmers und tastete bei den kleinen Tischen herum. Plötzlich kam ihm sein Instinkt zu Hilfe. Er kroch schnell dorthin, wo Philip lag, und packte ihn direkt am Ellbogen.

Der ganze Arm schien feurig-glühend, der gebrochene Knochen knirschte im Gelenk und strahlte stoßweise rasende Schmerzen aus. Der andere Arm war gegen die Wand gezwängt, Gino war hinter dem Ofen hervorgeklettert und kniete auf seinen Beinen. Für die Dauer einer Minute schrie und schrie er mit der ganzen Kraft seiner Lungen. Dann wurde ihm auch dieser Trost versagt. Die andere Hand, feucht und stark, begann sich um seinen Hals zusammenzuschließen.

Zuerst war er froh, denn er dachte, nun käme endlich der Tod. Aber es war nur eine neue Folter; vielleicht hatte Gino die Geschicklichkeit seiner Vorfahren – jener jungenhaften Raufbolde, die sich gegenseitig von den Türmen hinabschleuderten – geerbt. Gerade als sich die Luftröhre schloß, ließ die Hand los, und Philip kehrte durch eine Bewegung seines Armes ins Leben zurück. Und gerade als er im Begriff war, ohnmächtig zu werden und endlich einen Augenblick Vergessen zu finden, hörte die Bewegung auf, und er mußte statt dessen gegen den Druck auf seiner Kehle ankämpfen.

Lebhafte Bilder tanzten durch seinen Schmerz – wie Lilia vor einigen Monaten gerade in diesem Hause starb, wie sich Miss Abbott über das Baby neigte, wie seine Mutter daheim jetzt gerade den Dienstboten das Abendgebet vorsprach. Er fühlte, daß er schwächer wurde; seine Gedanken gingen auf Wanderschaft; die Qual schien nachzulassen. Ginos äußerste Sorgfalt konnte das Ende nicht ewig hinausschieben. Sein Schreien und Gurgeln wurde mechanisch – mehr Reaktion des gemarterten Fleisches als die wahren Laute der Empörung und Verzweiflung. Er hatte die Empfindung eines grauenhaften Sturzes. Dann wurde an seinem Arm etwas zu grob gerissen, und alles war endlich ruhig.

»Aber dein Sohn ist tot, Gino. Dein Sohn ist tot. Lieber Gino! Dein Sohn ist tot.«

Das Zimmer war voller Licht, Miss Abbott hielt Gino bei den Schultern und hielt ihn auf einem Stuhl fest.

»Wozu noch ein Toter? Wozu noch mehr Schmerz?«

Er begann zu zittern. Dann wandte er sich um und sah neugierig auf Philip, dessen schmutz- und schweißbedecktes Gesicht beim Ofen sichtbar war. Miss Abbott erlaubte ihm aufzustehen, obwohl sie ihn weiter festhielt. Er stieß einen lauten und seltsamen Schrei aus – einen fragenden Schrei hätte man es nennen können. Unten hörte man Perfetta, die mit der Milch für das Baby zurückkam.

»Gehen Sie zu ihm«, sagte Miss Abbott und zeigte auf Philip. »Heben Sie ihn auf. Seien Sie freundlich zu ihm.«

Sie ließ ihn los, und langsam näherte er sich Philip. Er beugte sich nieder, als ob er ihn sanft aufheben wollte.

»Hilfe! Hilfe!« stöhnte Philip. Sein Körper hatte zuviel von Gino gelitten. Er konnte es nicht ertragen, von ihm berührt zu werden.

Gino schien zu verstehen. Über ihn gekauert hielt er inne. Miss Abbott trat selbst vor und half ihrem Freund mit ihren Armen auf.

»Oh, der verruchte Teufel!« murmelte dieser. »Töten Sie ihn, töten Sie ihn für mich.«

Miss Abbott legte ihn sanft auf die Couch und wischte ihm das Gesicht ab. Dann sagte sie ernst zu beiden: »Jetzt ist aber Schluß damit.«

»Latte! Latte!« rief Perfetta und kam fröhlich die Treppe herauf.

»Bedenken Sie«, fuhr sie fort, »daß es keine Rache geben darf. Ich will nicht, daß noch mehr vorsätzliches Unglück geschieht. Wir dürfen nicht mehr miteinander kämpfen.«

»Ich werde ihm niemals vergeben«, seufzte Philip.

»Latte! Latte freschissimo! Bianco come neve!« Perfetta kam mit einer zweiten Lampe und einem kleinen Krug herein.

Gino sprach zum erstenmal. »Stell die Milch auf den Tisch«, sagte er. »Sie wird dort drüben nicht mehr gebraucht.« Die Gefahr war endlich vorüber. Ein heftiges Schluchzen schüttelte seinen ganzen Körper, ein weiteres folgte, und dann stieß er einen durchdringenden Schrei aus und taumelte wie ein Kind auf Miss Abbott zu und klammerte sich an sie.

Den ganzen Tag über war Miss Abbott Philip wie eine Göttin erschienen, und mehr als je zuvor erschien sie ihm jetzt so. Manche Menschen sehen während einer großen Erregung jünger und vertrauter aus. Aber einige sehen auch älter und unnahbar aus, und er konnte sich nicht vorstellen, daß nur ein geringer Unterschied an Jahren und keiner in der Persönlichkeit zwischen ihr und dem Manne bestand, dessen Kopf an ihrer Brust lag. Ihre Augen waren geöffnet, voll unendlichen Mitleids und voller Majestät, als könnten sie die Grenzlinien des Schmerzes ermessen und erblickten unvorstellbare Wegstrecken dahinter. Solche Augen hatte er auf berühmten Gemälden gesehen, aber niemals an einem sterblichen Wesen. Ihre Arme umfingen den Dulder, und ihre Hände streichelten ihn sanft, denn selbst eine Göttin kann nicht mehr tun als dies. Und es schien auch natürlich, daß sie ihr Haupt neigte und seine Stirn mit ihren Lippen berührte.

Philip blickte weg, wie er manchmal den Blick von den großen Gemälden abwandte, auf denen die sichtbaren Formen plötzlich unzureichend werden für die Dinge, die sie uns enthüllt haben. Er war glücklich; er war sich sicher, daß es Größe auf der Welt gab; ihn überkam ein heißes Verlangen, durch das Beispiel dieses guten weiblichen Wesens selbst gut zu werden. Er wollte von nun an versuchen, der Dinge würdig zu sein; die sie offenbart hatte. Ruhig, ohne hysterische Gebete oder Trommelwirbel erlebte er seine Bekehrung. Er war gerettet.

»Diese Milch«, sagte sie, »braucht nicht vergeudet zu werden. Nehmen Sie sie, Signor Carella, und überreden Sie Mr. Herriton, zu trinken.«

Gino gehorchte ihr und brachte Philip die Milch des Kindes. Und auch Philip gehorchte und trank. »Ist noch etwas übrig?«

»Ein wenig«, antwortete Gino.

»Dann trinken Sie sie aus.« Denn sie war entschlossen, solche Reste, wie es sie in der Welt immer wieder gab, zu gebrauchen.

»Möchten Sie keine?«

»Ich mache mir nichts aus Milch; trinken Sie sie nur aus.«

»Philip, haben Sie genug Milch gehabt?«

»Ja, danke, Gino; trinken Sie sie aus.«

Er trank die Milch aus, und dann brach er, aus Zufall oder in einem Schmerzenskrampf, den Krug in Stücke.

Perfetta stieß einen Laut der Bestürzung aus. »Es macht nichts«, sagte er zu ihr. »Es macht nichts. Er wird nie mehr gebraucht werden.«

# X

Er wird diese Frau heiraten müssen«, sagte Philip. »Ich habe es heute morgen von ihm gehört, gerade als wir Mailand verließen. Er findet, daß er schon zu weit gegangen ist, um sich noch zurückziehen zu können. Es wäre zu kostspielig. Ich weiß nicht, wieviel er haben will – weniger als wir annehmen, wahrscheinlich. Jedenfalls findet sich kein Wort des Tadels in dem Brief. Ich glaube, er ist nicht einmal mehr zornig. Mir ist noch niemals so vollständig vergeben worden. Von dem Augenblick an, da Sie ihn hinderten, mich zu töten, bestand nur noch eine traumhaft vollendete Freundschaft. Er hat mich gepflegt, er hat bei der Untersuchung für mich gelogen; und bei dem Begräbnis – wenn er auch geweint hat – hätte man meinen sollen, es sei mein Sohn, der gestorben ist. Wahrscheinlich war ich der einzige Mensch, zu dem er freundlich sein konnte; er war so betrübt, daß er Harriets Bekanntschaft nicht gemacht und daß er Sie kaum zu sehen bekommen hat. Das betont er noch einmal in seinem Brief.«

»Danken Sie ihm bitte, wenn Sie ihm schreiben«, sagte Miss Abbott, »und bestellen Sie ihm Grüße von mir.«

»Das werde ich tun.« Er war überrascht, daß sie sich so leicht von dem Manne trennen konnte. Er selbst war durch Bande einer nahezu beängstigenden Vertrautheit an ihn gefesselt. Gino verstand die südliche Kunst der Freundschaft. In den Pausen zwischen den Geschäften forschte er Philips Leben aus, kehrte das Innerste nach außen, gestaltete es um und um und riet ihm, wie er es am besten nützen könne. Es war ein angenehmes Gefühl, denn er war ein ebenso liebenswürdiger wie geschickter Bursche. Aber Philip blieb mit dem Gefühl zurück, daß kein einziger Winkel in ihm unentdeckt zurückgeblieben sei. In jenem nämlichen Brief hatte Gino ihn wiederum beschworen, als Ausweg aus häuslichen Schwierigkeiten »Miss Abbott zu heiraten, selbst wenn die Mitgift gering sein sollte.« Und wie Miss Abbott selbst nach einer so tragischen Begegnung erneut eine konventionelle Höflichkeit zur Schau tragen konnte und ruhige, achtungsvolle Botschaften an ihn auszurichten vermochte, das war mehr, als er begreifen konnte.

»Wann werden Sie ihn wiedersehen?« fragte sie. Sie standen zusammen im Gang des Zuges, der langsam aus Italien heraus in Richtung des Sankt-Gotthard-Tunnels fuhr.

»Ich hoffe, nächstes Frühjahr. Vielleicht werden wir ein oder zwei Tage Siena mit einem Teil des Geldes seiner neuen Frau hochleben lassen. Das war einer der Gründe, sie zu heiraten.«

»Er hat kein Herz«, sagte sie streng. »In Wirklichkeit ist er wegen des Kindes überhaupt nicht bekümmert.«

»Nein; da irren Sie sich. Er ist bekümmert. Er ist genauso unglücklich wie wir. Aber er versucht nicht, den Schein zu wahren wie wir. Er weiß, daß die Dinge, die ihn einmal glücklich gemacht haben, wahrscheinlich wieder glücklich machen werden.«

»Er hat gesagt, er werde nie wieder glücklich sein.«

»In der Aufwallung der Leidenschaft. Nicht, als er ruhig war. Wir Engländer sagen es noch, wenn wir wieder ruhig sind – wenn wir es in Wirklichkeit schon nicht mehr glauben. Gino schämt sich seiner Unbeständigkeit nicht. Das ist einer der vielen Gründe, warum ich ihn gern habe.«

»Ja, ich war im Unrecht. Es ist so, wie Sie sagen.«

»Er ist viel ehrlicher gegen sich selbst, als ich es bin«, fuhr Philip fort, »und er ist ehrlich ohne Anstrengung und ohne Stolz. Aber Sie, Miss Abbott, wie ist es mit Ihnen? Werden Sie nächstes Frühjahr wieder nach Italien fahren?«

»Nein.«

»Wie schade! Wann glauben Sie dann, daß Sie wiederkommen?«

»Ich glaube, niemals.«

»Aber warum denn?« Er starrte sie an.

»Weil ich das Land begriffen habe. Es ist nicht nötig.«

»Italien begriffen?« rief er aus.

»Vollkommen!«

»Nun, ich nicht. Und ich begreife Sie auch nicht«, murmelte er vor sich hin, als er von ihr weg den Gang entlangschritt. Jetzt liebte er sie sehr und konnte es nicht ertragen, daß sie ihm Rätsel aufgab. Er war über den Geist zur Liebe gekommen: Zuerst hatten ihn ihre Gedanken, ihre Güte und ihr Edelmut bewegt, jetzt waren ihr Körper und all seine Bewegungen durch diese Eigenschaften verklärt worden. Die Schönheiten, welche als besonders ins Auge fallend gelten – die Schönheit ihrer Haare, ihrer Stimme und ihrer Glieder –, die hatte er zu allerletzt bemerkt; Gino, der niemals einen Umweg über den Geist gemacht hatte, hatte sie seinem Freund leidenschaftslos empfohlen.

Warum war sie so rätselhaft? Er hatte einmal so viel von ihr gewußt – was sie dachte, wie sie empfand, die Gründe für ihr Handeln. Und jetzt wußte er nur, daß er sie liebte, und all das andere Wissen schien ihn im Stich zu lassen, gerade da er es am allernötigsten hatte. Warum wollte sie nie wieder nach Italien kommen? Warum hatte sie ihn und Gino seit jenem Abend, da sie ihm das Leben gerettet hatte, gemieden? Der Zug war beinahe leer. Harriet schlummerte in einem Abteil für sich. Er mußte diese Fragen jetzt an sie richten und kehrte schnell über den Gang zu ihr zurück.

Sie empfing ihn ihrerseits mit einer Frage. »Haben Sie sich entschieden?«

»Ja. Ich kann nicht mehr in Sawston leben.«

»Haben Sie das Mrs. Herriton bereits mitgeteilt?«

»Ich habe ihr aus Monteriano geschrieben. Ich habe versucht, ihr alles zu erklären, aber sie wird mich niemals verstehen. Sie wird der Ansicht sein, daß die Angelegenheit erledigt ist – auf traurige Weise erledigt, da das Baby tot ist. Aber es ist vorbei; unsere Familie braucht sich nicht mehr darüber aufzuregen. Nicht einmal Ihnen wird sie mehr böse sein. Denn Sie haben uns ja letzten Endes nicht geschadet. Es sei denn, Sie redeten über Harriet und beschwören einen Skandal herauf. Deshalb habe ich mich für London und die Arbeit entschieden. Und Sie?«

»Arme Harriet!« sagte Miss Abbott. »Als ob ich es wagen dürfte, über Harriet zu urteilen! Oder überhaupt über irgend jemanden!« Und ohne auf Philips Frage zu antworten, verließ sie ihn, um die Kranke zu besuchen.

Philip sah ihr traurig nach, dann blickte er traurig aus dem Fenster auf die immer weniger breiten Flüsse. Alle

Aufregung war vorüber, die Untersuchung, Harriets kurze Krankheit, sein eigener Besuch beim Chirurgen. Er genas allmählich, sowohl körperlich als seelisch, aber die Genesung bereitete ihm keine Freude. Im Spiegel am Ende des Ganges erblickte er sein hageres Gesicht und seine vom Gewicht der Schlinge nach vorne gezogenen Schultern. Das Leben war komplizierter, als er vermutet hatte, aber es war noch weniger vollkommen. Er hatte das Bedürfnis nach tüchtiger Arbeit und nach Redlichkeit empfunden. Und jetzt sah er, daß er mit diesen Dingen nur ein ganz kleines Stück vorwärtskam.

»Ist Harriet bald wieder auf der Höhe?« fragte er Miss Abbott, die zu ihm zurückgekommen war.

»Sie wird bald wieder ganz die alte sein«, war die Antwort. Denn Harriet kehrte nach kurzer Krankheit und einem ebenso kurzen Anfall von Reue sehr schnell zu ihrem Normalzustand zurück. Sie war völlig »durcheinander« gewesen, wie sie es formulierte, aber sie hörte schon bald zu glauben auf, daß über den Tod eines armen kleinen Kindes hinaus irgend etwas nicht in Ordnung sei. Schon sprach sie von »diesem unglücklichen Unfall« und der »geheimnisvollen Vereitelung unserer Versuche, die Welt zu verbessern.« Miss Abbott hatte sich vergewissert, daß sie es so bequem wie möglich hatte, und ihr einen freundlichen Kuß gegeben. Aber sie kehrte mit dem Gefühl zurück, daß Harriet die Sache jetzt als erledigt betrachtete – genau wie ihre Mutter.

»Ich bin mir über Harriets Zukunft, und zum Teil auch über meine eigene im klaren. Aber ich frage Sie noch einmal. Wie steht es mit der Ihren?«

»Sawston und die Arbeit«, erwiderte Miss Abbott.

»Nein.«

»Warum nicht?« fragte sie lächelnd.

»Sie haben zuviel erlebt. Sie haben ebensoviel erlebt wie ich und mehr geleistet.«

»Aber das ist etwas anderes. Natürlich werde ich nach Sawston gehen. Sie vergessen meinen Vater, und selbst wenn er nicht wäre, habe ich dort hundert Bindungen: mein Bezirk – ich habe ihn schändlich vernachlässigt –, meine Abendklassen, die Sankt Jakobi...«

»Alberner Unsinn!« platzte er los, plötzlich entschlossen, sich mit ihr auszusprechen. »Sie sind zu gut – tausendmal besser als ich. Sie können in diesem Loch nicht leben; Sie müssen unter Menschen, die hoffen können, Sie zu verstehen. Ich denke dabei auch an mich selbst: Ich wünsche Sie oft zu sehen, immer und immer wieder.«

»Natürlich werden wir uns sehen, jedesmal wenn Sie herüberkommen; und ich hoffe, das wird oft der Fall sein.«

»Das ist nicht genug; es wird wieder auf die alte schreckliche Weise sein, jeder von einem Dutzend Verwandten umgeben. Nein, Miss Abbott, das ist nicht gut genug.«

»Wir können uns auf alle Fälle schreiben.«

»Sie wollen schreiben?« rief er mit einem freudigen Erröten. Zeitweise erschienen seine Hoffnungen so begründet.

»Das will ich wirklich.«

»Aber ich sage Ihnen, es ist nicht genug – Sie können nicht einfach in das alte Leben zurückkehren, selbst wenn Sie wollten. Zuviel hat sich in der Zwischenzeit ereignet.«

»Das weiß ich«, sagte sie traurig.

»Nicht nur Schmerz und Trübsal, sondern auch wundervolle Dinge; jener Turm im Sonnenlicht – erinnern Sie sich noch an ihn und an alles, was Sie mir gesagt haben? Sogar das Theater. Und der nächste Tag in der Kirche; und unser Zusammensein mit Gino.«

»All die wundervollen Dinge sind Vergangenheit«, sagte sie. »Das ist nun einmal so.«

»Das glaube ich nicht. Jedenfalls nicht für mich. Die wundervollsten Dinge kommen vielleicht erst noch...«

»Die wunderbaren Dinge sind Vergangenheit«, wiederholte sie und sah ihn so traurig an, daß er ihr nicht zu widersprechen wagte. Der Zug kroch die letzte Steigung in Richtung auf den Campanile von Airolo und den Tunneleingang hinauf.

»Miss Abbott«, murmelte er und sprach sehr schnell, als könne der freie Meinungsaustausch zwischen ihnen bald zu Ende sein, »was ist mit Ihnen? Ich glaubte, Sie zu verstehen, und ich verstehe Sie doch nicht. Jene beiden ersten herrlichen Tage in Monteriano konnte ich so deutlich in Ihnen lesen, wie Sie jetzt noch in mir. Ich erkannte, warum Sie gekommen waren und warum Sie die Partei wechselten, und nachher erkannte ich Ihren wundervollen Mut und Ihr Mitleid. Und jetzt sind Sie mir gegenüber in diesem Augenblick offen wie zuvor, und im nächsten Augenblick verschließen Sie sich vor mir. Sehen Sie, ich verdanke Ihnen zuviel, mein Leben, und ich weiß nicht, was sonst noch. Ich kann es nicht ertragen. Sie sind zu weit gegangen, um sich noch in Rätsel zu hüllen. Ich will zitieren, was Sie selbst zu mir gesagt haben: ›Tun Sie nicht so geheimnisvoll, wir haben keine Zeit dazu.‹ Ich will noch etwas anderes zitieren: ›Ich und mein Leben müssen dasein, wo ich lebe.‹ Sie können nicht in Sawston leben.«

Er hatte sie endlich gerührt. Sie flüsterte rasch vor sich

hin. »Es ist verlockend –« Und diese drei Worte versetzten ihn in freudigsten Aufruhr. Was war verlockend für sie? Also war das größte von allem vielleicht doch möglich? Vielleicht hatte sie nach langer Entfremdung und nach vielen tragischen Ereignissen der Süden am Ende doch zusammengeführt? Jenes Lachen im Theater, jene silbernen Sterne am purpurnen Himmel, selbst die Veilchen eines dahingeschwundenen Frühlings, alles hatte geholfen, und der Kummer hatte auch geholfen und auch die Zärtlichkeit für andere.

»Es ist verlockend«, wiederholte sie, »sich in kein Geheimnis zu hüllen. Ich habe es Ihnen schon oft sagen wollen und mich dann immer wieder gefürchtet. Ich könnte es niemals jemand anders sagen, bestimmt keiner Frau, und ich glaube, Sie sind der einzige Mensch, der es verstehen könnte, und nicht abgestoßen wäre.«

»Sind Sie einsam?« flüsterte er. »Ist es das?«

»Ja.« Durch die Bewegung des Zuges schien sie auf ihn zuzukommen. Er war entschlossen, sie in seinen Arm zu nehmen, obwohl ein Dutzend Leute zusahen.

»Ich bin schrecklich einsam, sonst würde ich nicht reden. Eigentlich müßten Sie es schon wissen.« Ihre Gesichter glühten, als durchzuckte sie derselbe Gedanke.

»Vielleicht weiß ich es.« Er kam ihr ganz nahe. »Vielleicht könnte ich an Ihrer Stelle reden. Aber wenn Sie das Wort offen aussprechen wollen, werden Sie es niemals bereuen. Ich werde es Ihnen mein Leben lang danken.«

Sie sagte einfach: »Ich liebe ihn.« Dann brach sie zusammen. Ihr ganzer Körper bebte vor Schluchzen, und damit kein Zweifel mehr möglich wäre, rief sie zwischen dem Schluchzen »Gino! Gino! Gino!«

Er hörte sich selber sagen: »Gewiß! Ich liebe ihn auch! Wo ich doch sogar vergessen kann, was er mir an jenem Abend angetan hat. Trotzdem, jedesmal wenn wir uns die Hand schütteln...« Einer von ihnen mußte sich einen oder zwei Schritte bewegt haben, denn als sie nun wieder sprach, stand sie schon ein wenig weiter weg. »Sie haben mich aus der Fassung gebracht.« Sie erstickte etwas, das einem hysterischen Ausbruch gefährlich nahekam. »Ich dachte, ich hätte dies alles schon hinter mir. Sie verstehen mich nicht. Ich bin in Gino verliebt – fassen Sie es nicht falsch auf – ich meine es ganz wörtlich – Sie wissen, was ich sagen will. Also lachen Sie mich aus.«

»Die Liebe auslachen?« fragte Philip.

»Ja. Lassen Sie kein gutes Haar daran. Sagen Sie mir, daß ich eine Törin bin oder noch Schlimmeres – daß er ein Schuft ist. Sagen Sie alles, was Sie gesagt haben, als Lilia sich in ihn verliebte. Das ist die Hilfe, die ich brauche. Ich wage es, Ihnen dies zu sagen, weil ich Sie gern habe – und weil Sie leidenschaftslos sind; Sie betrachten das Leben wie ein Schauspiel; Sie begeben sich nicht hinein; Sie finden es nur spaßig oder schön. Daher kann ich Ihnen vertrauen, daß Sie mich kurieren werden. Mr. Herriton, ist es nicht komisch?« Sie versuchte, selbst zu lachen, aber dann erschrak sie und mußte aufhören. »Er ist kein Gentleman, auch kein Christ und auch in keiner Weise gut. Er hat mir nie geschmeichelt, noch hat er mich besonders geachtet. Aber es hat genügt, daß er gut aussieht. Der Sohn eines italienischen Zahnarztes mit einem hübschen Gesicht.« Sie wiederholte den Satz, als sei er eine Zauberformel gegen Leidenschaft: »Oh, Mr. Herriton, ist es nicht komisch?« Dann begann sie, zu seiner Erleichterung, zu weinen. »Ich liebe ihn, und ich schäme mich dessen nicht. Ich liebe ihn, und ich gehe nach Sawston, und wenn ich nicht von Zeit zu Zeit mit Ihnen über ihn sprechen kann, dann werde ich sterben.«

Bei dieser furchtbaren Entdeckung brachte Philip es fertig, nicht an sich selbst, sondern nur an sie zu denken. Er jammerte nicht. Er sprach ihr nicht einmal freundlich zu, denn er sah, daß sie das nicht ertragen konnte. Eine frivole Antwort war das, was sie hören wollte, und was sie brauchte – etwas Frivoles und ein wenig Zynisches. Und tatsächlich war es die einzige Antwort, die er zu geben sich zutraute.

»Vielleicht ist es das, was die Dichter ›eine flüchtige Neigung‹ nennen?«

Sie schüttelte den Kopf. Auch diese Frage war noch zu pathetisch. Denn sofern sie etwas über sich selbst wußte, wußte sie, daß ihre Leidenschaft, einmal geweckt, verläßlich war. »Wenn ich ihn oft sehen würde«, sagte sie, »dann könnte ich mich darauf besinnen, wie er wirklich ist. Oder er könnte alt werden. Aber ich darf es nicht wagen; daher wird sich jetzt nichts bei mir ändern.«

»Nun, wenn die Neigung vorbei ist, lassen Sie es mich wissen.« Schließlich konnte er ja sagen, was er wollte.

»Oh, Sie werden es schnell genug erfahren.«

»Aber bevor Sie sich nach Sawston zurückziehen – sind Sie wirklich ganz sicher?«

»Wessen sicher?« Sie hatte zu weinen aufgehört. Er behandelte sie genau, wie sie gehofft hatte.

»Daß Sie und er...« Er lächelte bitter, wenn er sie sich zusammen vorstellte. Dies war die grausame antike Bosheit der Götter, wie sie sie einst gegen Pasiphae geübt hatten. Jahrhunderte des Fortschritts und der Kultur – und die Welt konnte ihr nicht entgehen. »Ich wollte sagen – was, um alles in der Welt teilen Sie denn mit ihm?«

»Nur die wenigen Male, die wir einander gesehen haben.« Wieder erglühte ihr Gesicht. Er wandte sein eigenes Gesicht ab.

»Welche... welche einige Male?«

»Das eine Mal, als ich Sie für schwach und gleichgültig hielt und statt Ihrer hinging, um das Baby zu holen. Damit fing es an, soweit ich von einem Anfang weiß. Vielleicht hat es auch angefangen, als Sie uns ins Theater mitnahmen und ich ihn inmitten all der Musik und all dem Lichterglanz sah. Aber ich begriff es erst am nächsten Morgen. Da öffneten Sie die Tür – und ich wußte, warum ich so glücklich gewesen war. Hinterher, in der Kirche, betete ich für uns alle, nicht um irgend etwas Neues, sondern nur, daß es gerade so bleiben möge, wie es war – er bei dem Kind, das er liebte, Sie und Harriet und ich in sicherer Entfernung von dem Ort – und daß ich ihn nie wieder sehen oder sprechen möchte. Damals hätte ich mich noch losreißen können – es kam auf mich zu wie ein Ring aus Rauch; es hatte mich noch nicht eingefangen.«

»Aber durch meine Schuld«, sagte Philip feierlich, »hat er das Kind verloren, das er liebt! Und weil mein Leben in Gefahr war, sind Sie gekommen und haben ihn wiedergesehen und mit ihm gesprochen.« Denn alles war noch wundervoller, als sie dachte. Niemand außer ihm selbst würde es jemals überblicken. Und um einen Überblick zu bekommen, stand er in unendlicher Ferne. Er konnte sogar froh sein, daß sie den Geliebten einmal in ihren Armen gehalten hatte.

»Sprechen Sie nicht von ›Schuld‹. Ich glaube, wir sind für immer Freunde, Mr. Herriton. Aber üben Sie keine Nachsicht, und verlagern Sie nicht die Schuld oder nehmen sie auf sich. Lösen Sie sich von der Vorstellung, als sei ich ein höherstehendes Wesen. Das ist es, was Ihnen Kopfzerbrechen macht. Lösen Sie sich von der Vorstellung.«

Während sie sprach, erschien sie wie verklärt, und als ob sie keinen Anteil mehr an Höherem oder Niederem hätte. Aus diesem Trümmerhaufen erwuchs ihm die Offenbarung von etwas Unzerstörbarem – etwas, was sie, die es gegeben hatte, nie wieder wegnehmen könnte.

»Ich sage noch einmal, üben Sie keine Nachsicht mir gegenüber. Wenn er mich dazu aufgefordert hätte, hätte ich mich ihm mit Leib und Seele hingegeben. Das wäre das Ende meiner Rettungsaktion gewesen. Aber er hat mich die ganze Zeit für ein höheres Wesen – für eine Göttin – gehalten. Mich, die ich jeden Zoll an ihm anbetete und jedes Wort, das er sagte. Und das hat mich gerettet.«

Philips Augen waren auf den Campanile von Airolo gerichtet. Aber statt dessen erblickte er den lieblichen Mythos von Endymion. Diese Frau war eine Göttin bis zuletzt. Für sie konnte keine Liebe erniedrigend sein; sie stand jenseits aller Erniedrigung. Diese Episode, die sie für so unwürdig hielt und die für ihn so tragisch war, war von höchster Schönheit. Zu solcher Höhe war er emporgehoben, daß er ihr jetzt ohne Bedauern hätte sagen können, auch er bete sie an. Aber wozu sollte er es ihr sagen? Jetzt, wo all die wundervollen Dinge Wirklichkeit geworden waren?

»Ich danke Ihnen«, war das einzige, was er sich zu sagen erlaubte. »Ich danke Ihnen für alles.«

Sie sah ihn mit großer Freundlichkeit an, denn er hatte ihr Leben erträglich gemacht. In diesem Augenblick fuhr der Zug in den Sankt-Gotthard-Tunnel ein. Sie eilten ins Innere des Wagens, um die Fenster zu schließen, damit Harriet keinen Ruß ins Auge bekäme.